W READERS

Über die Autorin

Ryvie Fux wurde 1993 in Bayern geboren und ist eine Träumerin, die ihre Freizeit am liebsten in Büchern und Wäldern verbringt. Bereits als zwölfjähriges Mädchen schrieb sie stundenlang Geschichten und musste regelrecht von Stift und Papier weggerissen werden. Ryvie liegt vor allem das Thema Mental Health am Herzen, weswegen jede ihrer fantastischen Geschichten auch immer einen nicht im Vordergrund stehenden Aspekt enthält, der dafür sensibilisieren soll.

„Träume sind die Seele des Lebens." – Ryvie Fux

RYVIE FUX

CAT

KATZENSEELE

WREADERS

WREADERS TASCHENBUCH
Band 206

Dieser Titel ist auch als E-Book erschienen

Vollständige Taschenbuchausgabe

Verlagsleitung: Lena Weinert
Druck: Sowa Sp. z o.o.
Bestellung und Vertrieb: Nova MD GmbH, Vachendor
Umschlaggestaltung & Zierden: Jenny Grams
Landkarte: Jasmin Kreillmann
Illustrationen: Carmen Di Mauro, Kalisdice
Lektorat: Nina Romanowski, Annina Anderhalden
Satz: Ryvie Fux

www.wreaders.de

ISBN: 978-3-98595-794-1

Für meine Seelenkatze Lyra.

WREADERS

KLEVEFELZ
Immergrünwald
Joels Lager
Höhle der Seherin
Raureif-Gebirge
Silbertau-Fluss
Baum der Wechsel
Mondfels
Wiesen der Weite
GRAVELAND
Tannsee-Fluss
Grauwind-Plateau
N
W
E
S

Prolog

Als ich damals in die besorgten, grünen Augen des aschblonden Mädchens geblickt hatte, war mir nicht klar gewesen, dass unsere Begegnung mein Leben völlig auf den Kopf stellen würde.

Fiara.

Sanft schlich sich der Name meiner großen Freundin durch mein nachdenkliches Inneres und mein Kehlkopf begann reflexartig zu vibrieren. Ich schnurrte zaghaft, als ich an den Tag zurückdachte, den ich ohne Fiaras Hilfe wahrscheinlich nicht überlebt hätte.

Wie ich am Waldrand gelegen hatte, verletzt, verlassen und so hilflos, dass mir selbst der Gedanke daran noch Tränen in die Augen trieb.

Ich war ihnen nur knapp entkommen. Pures Glück hatte dafür gesorgt, dass meine Verfolger die Fährte verloren hatten.

Und dann war Fiara gekommen.

Meine liebe, gute Fiara.

Ich seufzte.

Die Haare hatte sie zu einem lockeren Zopf geflochten, und ich weiß noch genau, dass sie die letzten Schritte zu meinem schlaffen Körper panisch gerannt kam.

Ein Lächeln zupfte an meinen Mundwinkeln. Durch den glasigen Schleier meiner Erinnerung sog ich die letzten Momente unserer ersten Begegnung förmlich in mich auf.

»Sch, ganz ruhig. Ich bin bei dir. Alles wird gut«, hatte Fiaras sich immer weiter entfernende Stimme behutsam gesagt.

Ein letztes Mal hatte ich meine Augen aufgeschlagen, dann umfing mich die grenzenlose Dunkelheit.

Sie rettete mein Leben.

Und von diesem Tag an wusste ich, dass es nun zwei Orte geben würde, an denen ich zu Hause war.

Graveland

Sehnsucht

Die schweren, engmaschigen Netze trieben fast bewegungslos im kalten, aber klaren Wasser des Tannsee-Flusses. Es würde ein karger Fang werden, das wusste Fiara bereits jetzt.

Ungeduldig trat sie auf der Stelle, den Blick sehnsüchtig gen Himmel gerichtet. Die letzten Sonnenstrahlen des Herbstes kämpften sich mühsam durch den dicken, wolkenverhangenen Himmel von Graveland. Und obwohl es ihre liebste Jahreszeit war, so lag doch ein dichter Nebel der Unsicherheit über Fiaras Gedanken.

Ein leises Seufzen entglitt ihrer Kehle. Sie war froh, dass sie die Einzige war, die im Augenblick am Flussbett ihre Arbeit verrichtete.

Die Ältesten des Dorfes saßen schon seit Sonnenaufgang beisammen. Sie berieten sich, wie immer gehüllt in Verschwiegenheit.

Zu gern würde sie ihnen sagen, dass ihr Volk besser weiter im Landesinneren fischen sollte. Die Bestände hier waren von dem jahrhundertelangen Fischfang völlig ausgeschöpft.

Aber sie war jung und als Aussätzige hatte sie sich erst recht dem Willen der Ältesten zu beugen. So wollte es das Gesetz und Fiara respektierte es.

Geknickt vom Wissen über die Sinnlosigkeit ihrer Arbeit holte sie Zug um Zug das beinahe leere Netz ein.

Samsa saß derweil auf einem kleinen, runden Holzpflock nahe dem Wasser und leckte sich rhythmisch ihr sandfarbenes Fell.

»Katze müsste man sein«, sagte Fiara wehmütig, als sie ihren Blick kurzzeitig auf ihre kleine Freundin richtete.

Doch Samsa schien sie nicht weiter zu beachten.

»Du könntest dich ruhig etwas nützlich machen, Sa«, ächzte Fiara angestrengt, während sie die Maschen des Netzes fein säuberlich über ihre Schulter wickelte. Dabei blieben sie von einigen Wasserspritzern nicht verschont.

Die Katze aber zuckte nicht einmal mit den Ohren.

Gedankenverloren fuhr Fiara mit ihrem Monolog fort, während Samsa gewissenhaft an ihren Pfoten knabberte.

»Ich verstehe nicht, wieso Gerla und die anderen immer glauben, alles besser zu wissen.« Fiara hielt einen Moment inne und wischte sich die Wassertropfen vom Gesicht.

Noch immer würdigte die Katze sie keines Blickes. Doch ihr mittlerweile wild peitschender Schwanz zeigte Fiara, dass Samsa ihr durchaus zuhörte.

»Wir müssen nicht hungern, da bin ich mir sicher«, fuhr sie unvermittelt fort. »An der Quelle des Flusses muss es weitere Abzweigungen geben.« Sie schüttelte verständnislos den Kopf. »Wenn sie mir nur zuhören würden.« Die Enttäuschung stand Fiara ins Gesicht geschrieben.

Da hob Samsa endlich neugierig ihren Blick und musterte das Mädchen mit den aschblonden Haaren aufmerksam.

»Ganz bestimmt sogar gibt es an der Quelle des Flusses Brutstätten von anderen Fischen. Was denkst du, Sa?«

Sie erwartete keine Antwort von ihrer kleinen Freundin. Es war eher eine Frage, die sie an sich selbst gerichtet hatte. Die Gespräche mit Samsa taten Fiara gut, denn dadurch fühlte sie sich nicht so allein.

Seitdem ihre Mutter nicht mehr das Haus verlassen wollte, wurden Unterhaltungen im Freien für sie rar.

Eine Woge der Sehnsucht überkam ihr Gemüt und sie hielt einen weiteren Moment lang mit der Arbeit inne. Sanft schloss Fiara die Augen und nahm einen tiefen Atemzug. Es roch nach Regen und ein schwaches Lächeln stahl sich auf ihre Lippen. *Endlich wieder Regen*, dachte sie zufrieden. Einen winzigen Augenblick lang fühlte sie sich tatsächlich locker und gelöst.

Obwohl das Leben hier in Graveland zumeist anstrengend und

mühsam sein konnte, war das kleine Dorf inmitten der dicht bewaldeten Hügel ihr Zuhause und dafür war sie dankbar.

Fiaras Vorahnung bestätigte sich, als erste, einzelne Regentropfen auf ihre Nase fielen und sich langsam ihren Weg an ihrem Kinn hinab bahnten. Sie lauschte dem ruhigen und rhythmischen Plätschern des Wassers und seufzte.

Als sie die Augen wieder öffnete, verfolgte ihr Blick einen kleinen Singvogel, der sich leichten Herzens durch die Lüfte bewegte. Erneut huschte ein schmales Lächeln auf Fiaras Lippen. *Frei wie ein Vogel sein*, schoss es ihr durch den Kopf, *das wäre ich auch gern*. Sie ließ ihren Blick schwermütig über das hohe Flussbett schweifen.

Gedankenverloren ging Fiara in die Knie und nahm einen flachen Stein in die Hand. Als sie sich wieder erhob, musste sie unwillkürlich an ihre Mutter Frea denken. Eine große, schmal gebaute Frau mit mittlerweile weißgrauen Haaren.

Sie erinnerte sich gern an die Zeit zurück, in der Frea ihr genau an diesem Fluss beigebracht hatte, wie man besonders flache Steine kunstvoll über die Oberfläche des Wassers springen lassen kann. Damals war ihre Mutter noch häufiger mit ihr nach draußen gegangen.

Fiara schluckte und schlagartig verschwand das Lächeln aus ihrem Gesicht. Der kalte Windhauch des immer stärker werdenden Regens kroch ihr in die Glieder.

»Ich verstehe einfach nicht, wie Mutter so leben kann. Tagein, tagaus in ein und derselben Hütte. Niemals den Wind spüren, der durch die hohen Tannen der Wälder streift.« *Niemals den Duft des lilanen Lavendels riechen, der nur wenige Meter von unserer Unterkunft entfernt prächtig gedeiht*, fügte sie in Gedanken hinzu.

Fiaras Blick wurde wehmütig. Mehr als einmal hatte sie daran gedacht, mit ihrer Mutter zu fliehen. Doch sie konnte weder für Frea und sich sorgen noch sie beide beschützen. Zumindest das erhielten sie in der Dorfgemeinschaft uneingeschränkt: Sicherheit, Nahrung und eine Aufgabe.

Samsa miaute zustimmend, als hätte sie die Gedanken des Mädchens verstanden. Dann beschloss die Katze, sich wieder ihrem glänzenden Fell zu widmen.

Fiara ging in die Hocke, holte zwei kleine Forellen aus dem verhedderten Wirrwarr an Schnüren und warf sie gleich darauf in den hölzernen Eimer neben sich.

Platsch.

Die Katze drehte ruckartig ihren Kopf und fixierte einen der noch zuckenden, frischen Fische mit ihren strahlend blauen Katzenaugen. Schlagartig war jeder Muskel ihres geschmeidigen Körpers bis zum Zerreißen gespannt. Ihr Schwanz peitschte ungeduldig und wild in alle Richtungen, während ihre Hinterbeine, zum Sprung bereit, hin und her wippten.

»Oh! Untersteh dich!«, drohte Fiara. Sie warf Samsa einen mahnenden Blick zu, nahm dann die maue Ausbeute und lief eilig zum Lagerhaus des Dorfes zurück.

Schnell und ohne Aufforderung sprang die Katze geschmeidig vom Holzpflock herab. Es schien sie wenig zu stören, dass ihr die fischige Mahlzeit verwehrt blieb, denn kurz darauf trabte sie hoch erhobenen Schwanzes neben ihrer großen Freundin her.

***

Das Lagerhaus stand in der Mitte der kleinen, aus hölzernen Gebäuden bestehenden Siedlung. Vor ihm brannte stets ein großes und gut besuchtes Feuer. Es war ein beliebter Treffpunkt und strahlte zugleich eine Sicherheit aus, die Fiara schon als kleines Mädchen wie magisch anzogen hatte.

Einige Bewohner saßen auf der gegenüberliegenden Seite des Feuers und unterhielten sich angeregt. Als Fiara an ihnen vorbeilief, würdigten sie sie jedoch keines Blickes. Ob es wegen der Katze war, die ihr fröhlich hinterhertappte, oder an der Tatsache lag, dass sie als Aussätzige generell nicht gern gesehen war, konnte Fiara nicht sagen.

Sie werden immer einen Grund finden, uns auszugrenzen, dachte Fiara während sie versuchte, die Situation nicht allzu sehr an sich heranzulassen.

Das Knarren der alten Treppen des völlig aus Ebenholz bestehenden Lagers holte sie schließlich aus ihren trüben Gedanken.

Noch bevor sie klopfen konnte, wurden die beiden Flügeltüren des Hauses aufgerissen und eine unfreundlich aussehende, alte Frau fixierte sie mit ihren müden, graublauen Augen.

»Fiara, Mädchen, da bist du ja endlich!« In Gerlas Stimme schwang übermäßige Ungeduld, aber auch ein Funken Angst mit. »Du bist die Letzte, alle anderen waren schon längst da. Wo ist dein Fang?« Ihr Blick wanderte hinab in den Eimer und ihre Augen wurden groß. »Das ist aber nicht alles, oder?«, fragte sie mit einem drohenden, beißenden Unterton.

Samsa lugte interessiert hinter Fiaras rechtem Bein hervor und Gerlas Miene verfinsterte sich augenblicklich noch mehr.

Angespannt hielt Fiara den Atem an.

»Du hast doch nicht etwa diesem Vieh alles gegeben?« Die Worte der alten Frau überschlugen sich förmlich. »Ich habe Liam schon vor Monden gesagt, er soll diese Bestien endlich ausrotten. Mein Gott, hör auf, es wie ein Haustier zu halten, oder willst du noch, dass wir alle verhungern?«

Bevor Fiara auch nur ein Wort entgegnen konnte, riss die alte Frau ihr den Eimer aus der Hand und knallte die beiden Türen ohne eine Verabschiedung vor ihrer Nase zu.

Völlig verdattert blickte Samsa Fiara an.

»Ich weiß, Sa. Nimm es nicht persönlich. Gerla weiß es einfach nicht besser.«

Sie tätschelte der Katze das weiche Fell am Kopf und machte sich auf den Weg zum Waldrand, in der Hoffnung, dort vielleicht ein paar Beeren für das Abendessen zu finden und die mahnenden Worte der Ältesten zu verdrängen.

***

Die Sonne stand tief und die letzten Strahlen berührten bereits die dicken Stämme der Bäume, welche rund um das kleine Dorf in Graveland emporragten.

Fiara hatte kaum mehr als eine Handvoll Stachelbeeren gefunden und Samsa war ihr dabei keine große Hilfe gewesen. Die weiße Katze war, kurz nachdem sie den Wald betreten hatten, mal wieder auf einen Streifzug verschwunden.

Doch ihre Mutter war selbst über die wenigen Beeren erfreut, als Fiara die kleine, unscheinbare Hütte betrat.

Ihr Haus befand sich ganz am Rand des Dorfes, weit genug entfernt von den anderen, doch immer noch nah genug, um bei Gefahr schnell Hilfe holen zu können. Auch wenn der morsche Holzzaun ihre Hütte mit in die Gemeinschaft einschloss, wusste Fiara, dass sich viel zu oft über ihre Mutter und sie der Mund zerrissen wurde. Familien ohne Väter waren per Gesetz als Aussätzige zu behandeln und seit Fiara denken konnte, ließen die Dorfmitglieder sie das auch jeden Tag spüren. Allen voran natürlich Gerla.

Fiara wusste nicht, was mit ihrem Vater geschehen war. Es wurde nie ein Wort über ihn verloren. Jedes Mal, wenn sie bei ihrer Mutter nachhaken wollte, wurde diese völlig fahrig und lenkte gezielt vom Thema ab. Der Schmerz, den Freas Augen dabei ausstrahlten, hinterließ bei Fiara dann immer tagelang Gewissensbisse. Irgendwann hatte sie aufgehört, die Ausreden ihrer Mutter zu hinterfragen und es einfach akzeptiert.

Gerade als Fiara die alte Tür hinter sich schließen wollte, huschte Samsa durch den Spalt ins Innere der Hütte. Unwillkürlich musste das Mädchen grinsen.

Ihre Mutter allerdings war über Samsas Anwesenheit ganz und gar nicht erfreut.

»Liebes, bringst du schon wieder diese Katze mit nach Hause? Du weißt doch, wie die Ältesten darüber denken.« Frea nahm ihrer Tochter die Beeren ab und fügte sie dem grauen, etwas nach Vanille duftenden Brei hinzu, den sie gerade auf den Tisch stellte.

Ohne aufzusehen, nahm Fiara am kleinen, hölzernen Tisch Platz. Sie wusste nicht, was sie antworten sollte.

Samsa ist die einzige Gesellschaft, die ich draußen noch habe? Ich bräuchte sie nicht, wenn du auch mal an die frische Luft gehen würdest? Nein, das waren keine Worte, die sie ihrer Mutter an den Kopf werfen wollte. Es war so schon schwer genug.

»Fiara Ophelia Silbertanz!«

Völlig aus den Gedanken gerissen schaute Fiara von ihrem Teller auf. Sie musste all ihre Beherrschung aufbringen, nicht laut zu seufzen. Fiara hasste ihren vollen Namen und ihre Mutter wusste das. Für einen kurzen Moment schloss sie die Augen, dann atmete sie einmal tief ein.

»Sie ist meine Freundin«, sagte sie schließlich, ohne ihrer Mutter dabei in die Augen blicken zu können.

Die Antwort ihrer Mutter war ein langes, bestimmtes Schweigen.

***

Frea räumte gerade die Reste des Reisbreis vom Tisch, den es als karges Abendessen gegeben hatte, da hüpfte die samtige Katze auf Fiaras Schoß und schnurrte unschuldig. Die sanften, beruhigenden Vibrationen breiteten sich in Fiaras gesamtem Körper aus. Es tat gut, ihre kleine Freundin hier zu haben.

Nachdem Frea die Schüsseln abgestellt hatte, fuhr sie sich mit den Fingern über ihre müden Augen.

Fiara sah die Besorgnis im Gesicht ihrer Mutter und sie wusste sehr wohl, dass sie Frea zurzeit enorm viel Kummer bereitete. Ein Seufzer entglitt Fiaras trockenen, vollen Lippen.

Im gleichen Moment hüpfte Samsa zurück auf den Boden und strich ihr schnurrend um die Beine. Ganz als wollte sie Fiara Trost spenden.

Keine Angst, ich bin froh, dass du da bist, dachte Fiara zärtlich. Dankbar fuhr sie dem Tier über das weiche, glänzende Fell. Dann atmete sie noch einmal tief ein und stellte, sich dem traurigen, anklagenden Blick ihrer Mutter.

»Also es ist so, ich ... Samsa ...« Händeringend versuchte Fiara die passenden Worte zu finden. »Es ist so, dass ...« Ihre Augen wanderten hilfesuchend umher.

»Nein, Fiara. Versuch es erst gar nicht«, unterbrach ihre Mutter sie freundlich, aber bestimmt. »Bitte zwing mich nicht dazu, sie selbst fortzubringen.« Frea stützte sich mit den Händen am Tisch ab, als fiele es ihr schwer, ihr eigenes Gewicht zu halten.

Gerade als Fiara zu einer Entgegnung ansetzen wollte, fuhr ihr Frea erneut – und diesmal deutlich ernster – über den Mund.

»Ich will diese Katze morgen hier nicht mehr sehen.« Die Worte wirkten zäh und Fiara merkte, dass es ihrer Mutter schwerfiel, sie auszusprechen.

Das kann sie nicht machen. Das kann sie nicht ernst meinen. Hastig schob Fiara den Stuhl zurück. Ihr verzweifelter Blick suchte nach Verständnis in Freas ernsten Augen.

Vergebens.

»Es tut mir leid, Kleines«, sagte diese beinahe flüsternd.

Als Frea dem flehenden Blick ihrer Tochter begegnete, fügte sie ein besänftigendes »Du weißt, ich kann nicht anders. Es muss sein« hinzu. Besorgt ging sie einen Schritt auf Fiara zu und gab ihr einen sanften Kuss auf die Wange. »Und geh jetzt bitte schlafen, morgen brauchst du deine Kräfte wieder fürs Fischen.« Ihr Ton war ernst, doch es schwang auch eine Woge der Sorge mit. Frea strich ihrer Tochter zärtlich über die Haare.

Ihre Mutter liebte sie, das wusste Fiara. Sofort schlich sich das schlechte Gewissen in ihre Gedanken, während sie schuldbewusst ihren Blick senkte. *Sie ist sowieso schon gestraft genug mit einem kleinen, vaterlosen, schwachen Mädchen wie mir.* Die giftigen Gedanken glitten unvermittelt, wie scharfe, zügellose Schlangen, durch Fiaras Kopf.

Wäre sie doch bloß ein Junge geworden. Sie biss die Zähne zusammen, bis sie ihren Puls in den Ohren rauschen hörte.

Männer und Jungen durften in Graveland zumindest einen richtigen Beruf erlernen. Die Traditionen der Ältesten waren schon lange nicht mehr zeitgemäß und schlichtweg unfair. So gab es keine Chance, weder für sie noch für ihre Mutter, im Ansehen der Dorfgemeinschaft zu steigen. *Lächerlich.* Gedankenversunken schüttelte Fiara den Kopf und drehte sich um.

Samsa tapste bereits selbstbewusst in Richtung des kleinen Zimmers, in dem sie beide stets die Nächte zusammen verbrachten.

Geknickt schlurfte Fiara ebenfalls den kurzen Gang entlang und steuerte auf ihre spärlich eingerichtete Kammer zu.

Der wohlbekannte Geruch von Zedernholz drang in ihre Nase. Es war ein kleines, unscheinbares Zimmer. Gerade groß genug, um ein Bett und einen Stuhl mit Waschschüssel zu beherbergen.

Fiara schloss die Tür hinter sich und warf sich, ohne die Kleidung zu wechseln, aufs Bett, dicht gefolgt von Samsa, die mit einem geschmeidigen Sprung direkt neben ihr landete und sich in Sekundenschnelle, ganz nah an sie gedrückt, einkringelte.

Traurig blickte Fiara auf das kleine Geschöpf hinunter. Sie konnte Samsa nicht aussperren oder aussetzen. Ein beklemmendes Gefühl breitete sich in ihrem Hals aus und hinderte sie daran, zu schlucken. Beinahe hätte sie angefangen, laut zu schluchzen.

»Sie ist doch die einzig wahre Freundin, die ich hier wirklich habe«, murmelte sie leise. Fiara beobachtete, wie sich der Bauch der Katze rhythmisch hob und senkte.

»Ach Samsa«, seufzte sie. »Ich weiß nicht, was ich tun soll.« Fiara atmete geräuschvoll ein. »Sie verstehen mich einfach nicht. Ohne die Katzen würden wir mit großer Sicherheit bald in einem Meer aus Ratten und Mäusen ertrinken.« Sanft kraulte sie das seidene, flauschige Fell der sandfarbenen Katze.

Purr! Augenblicklich hob diese ihr Köpfchen und sah schläfrig in Fiaras Richtung. Das rechte Ohr zuckte ein paar Mal, dann legte sie ihre Nase wieder unter ihren Schwanz und döste unbeeindruckt weiter.

Kurz darauf kroch auch Fiara die Erschöpfung des Tages in die Glieder und so schlief sie eingekauert neben ihrer kleinen Freundin ein.

***

Fiara spürte kleine, feste Pfoten auf ihrem Brustkorb auf und ab laufen und öffnete langsam ihre Augen.

Samsa knetete, wie jeden Morgen, fröhlich auf ihr herum. Seit die cremefarbene Katze mit dem langen Fell bei ihr war, hatte sie keinen Tag verschlafen.

»Guten Morgen, Sa.«

Fiara und der kleine Tiger gaben sich eine zärtliche Kopfnuss, dann sprangen beide vom Bett. Fiara fühlte die neue Energie, die die vergangene Nacht ihrem Körper zurückgegeben hatte. Gleichzeitig drangen allerdings auch die Worte ihrer Mutter wieder in ihren Kopf.

Heute musste sie sich überlegen, wo sie Samsa hinbringen konnte. An irgendeinen Ort, an dem sie sich trotzdem noch sehen konnten und wo sie es selbst bei Regen schön trocken hatte.

Auch wenn sie sich erst seit wenigen Monden kannten, irgendetwas verband sie so fest, dass sie glaubte, die Katze schon ihr ganzes Leben lang zu kennen.

Die zwei gingen aus dem Haus und wie jeden Morgen musste Fiara zuallererst zum Lagerhaus herüber, um sich ihren Eimer abzuholen.

»Sa, du musst diesmal draußen bleiben, ja? Versteck dich hinter der Tür, sobald sie sich öffnet.« Fiara zeigte mit dem Finger in Richtung des Verstecks.

Samsa hatte sofort verstanden.

Es wunderte Fiara nicht, dass die intelligente Katze sogleich die Treppen hoch tapste und sich dicht an das Geländer des Hauses gleich hinter eine der Türen setzte. Fein säuberlich legte sie ihren buschigen Schwanz um ihre Pfoten. Samsa war eine außerordentlich hübsche Katze, mit großen blauen Augen und langen Pinseln an den Ohren.

Fiara betete, dass keiner die Kleine sah.

Sie klopfte an die Tür und ging einen Schritt zurück. Ihr Herz pochte wild gegen ihre Brust.

Wie gestern auch öffneten sich die beiden Flügeltüren und – natürlich – war es Gerla, die dort stand und ihr sogleich forsch einen Eimer in die Hand drückte.

»Ich hoffe für dich, dass du heute mehr Erfolg hast. Wir können euch Aussätzige nicht ewig durchfüttern!« Und Zack, waren die Türen schon wieder zu.

»Dir auch einen guten Morgen, Gerla ...«, brummte Fiara genervt vor sich hin. Sie drehte ihren Kopf zu ihrer Katzenfreundin und nickte in Richtung des Wassers. »Komm, Sa, ab zum Fluss!«

Die kleine Katze streckte ihren buschigen Schwanz in die Höhe und miaute zustimmend.

Zusammen gingen sie die noch leeren, engen Wege zwischen den Holzhäusern entlang. Es war nicht weit bis zum Fluss und zu ihrem Glück schien Fiara an diesem Morgen eine der Ersten zu sein.

»Ich habe absolut keine Ahnung, wie und wo ich dich verstecken soll, aber vielleicht finden wir ja am Ufer irgendwo einen alten Fuchsbau?«

Bei dem Wort ›Fuchsbau‹ stellte sich das lange, seidige Fell der Katze auf. Doch Fiara beachtete es nicht weiter. In Gedanken ging sie die ihr bekannte Umgebung durch, in der Hoffnung, dass ihr ein passender Ort einfiel.

Samsa trabte unsicher neben ihrer Freundin her. Immer darauf bedacht, dass sie niemand sah. Einmal verschwand sie geschickt hinter einem alten, großen Holzfass, ein andermal unter einem Wagen mit verschiedenen Pelzen, die zum Verkauf ins Nachbardorf geschafft werden sollten.

Am Flussufer angekommen hüpfte Samsa wieder auf ihren Pflock und beobachtete Fiara beim gewissenhaften Auslegen des Netzes. Zum Glück war sie meist allein an diesem Teil des Ufers. Keiner wollte etwas mit einer wie ihr zu tun haben und so hatte sie auch vor den nicht selten auftretenden Anfeindungen ihre Ruhe.

***

Als der Mittag anbrach, war Fiara gerade dabei, mit einem Eimer Flusswasser in ein größeres Fass umzufüllen, als ein unmenschlicher Schrei das gleichmäßige Rauschen des Wassers zerriss.

Vor Schreck ließ Fiara ihren Eimer in den Fluss fallen, welcher zugleich mit der an diesem Tag starken Strömung davongetragen wurde.

»Ach verdammt!«, schimpfte sie. »Was zur Hölle war das?« Blitzschnell blickte sie sich um. »Mist, Mist, Mist!« Ihre Augen folgten dem verlorenen Eimer, der in einer Kurve des Flusses hinter den Bäumen davontrieb. »Wenn Gerla und die anderen davon erfahren, dann darf ich wieder Monde lang Holz sammeln gehen und mir die Hände dabei wund schuften.«

Fiara sah hastig zu Samsa herüber, welche ihre Pfoten wackelnd zum Sprung bereit machte. »Hey, Sa, was ist los? Wo willst du denn hin?« Fiaras Augen wurden groß.

Die Katze sprang unvermittelt auf und rannte, wie von der Tarantel gestochen, zielstrebig in Richtung des Waldes.

»Nein, Sa, warte!« Fiaras Stimme zitterte vor Angst. Hals über Kopf rannte sie der Katze hinterher. Während Fiaras Herz fordernd gegen ihre Brust hämmerte, glitten ihre Gedanken noch einmal zu Gerla.

Verdammt. Sie wird richtig wütend sein. Aber egal, um den Eimer kann ich mich auch später kümmern, dachte sie hektisch. Ärger würde es so oder so geben.

Zweige peitschten ihr ins Gesicht und hinterließen lange, rote Striemen auf ihren blassen Wangen, als sie durch das Unterholz des Waldes jagte.

»Hey, Samsa, nicht so schnell!«

Einzelne Sonnenstrahlen der Nachmittagssonne zwängten sich durch die dicht bewachsenen Baumkronen. Mit jedem Schritt wurde es dunkler und die Büsche und Bäume schienen sie am Weiterkommen hindern zu wollen. Beinahe wie Arme und Hände rankten sich die großen Wurzeln um Fiaras Füße. Sie hatte Mühe, nicht zu stolpern. Wohin war die kleine Katze nur verschwunden?

Mit einem Mal blieb sie stehen, umringt von lauter Farn und Dornenbüschen suchte sie fieberhaft ihre Umgebung ab. So tief war sie noch nie in den Wald gegangen. Langsam ließ sie ihren Blick umher gleiten.

Ein Fauchen riss Fiara aus ihren Gedanken.

»Sa, Kleines?« Sie konnte jetzt das Blut in ihren Ohren rauschen hören. Immer noch völlig außer Puste wendete sie sich in die Richtung, aus der sie das Geräusch vernommen hatte. Es schien von weiter unten aus der Nähe der Baumwurzeln zu kommen. Nur wenige Schritte von ihr entfernt sah sie gerade noch Samsas buschiges Schwänzchen wild im Unterholz herumwedeln und schlussendlich ganz verschwinden. *Samsa!* Langsam, bedacht darauf, nicht zu fallen, bewegte sich Fiara auf sie zu.

Am Fuße von zwei großen, alten Eichen und hinter vielen Farnwedeln erhob sich ein riesiger, duftender Minzbusch.

Mit Daumen und Zeigefinger rieb sie ein paar Blätter aneinander und hielt sie sich daraufhin unter die Nase. Ihre Augen wurden groß. War das etwa … Katzenminze? Fiara ging in die Hocke und steckte ihren Kopf durch die wohlig duftenden Blätter. *Ein Fuchsbau!* Ein wahrhaft großer noch dazu. Überrascht kroch sie näher an den Eingang heran.

Das Fauchen war noch immer zu hören und es schien tatsächlich aus dem Inneren des Baus zu kommen.

Ohne über mögliche Folgen ihres Handelns nachzudenken, kroch Fiara auf allen vieren hinein. *Ich muss Samsa finden. Wenn ihr etwas zugestoßen ist* … Sie schüttelte den Kopf, als wollte sie diesen Gedanken aus ihrem Geist verbannen. Zum Glück war sie recht klein gewachsen und schmal gebaut. Bisher wurde sie deshalb immer gehänselt, jetzt war sie jedoch froh darüber.

Es wurde merklich düsterer, bis das Licht vom Eingang des Tunnels völlig von der Dunkelheit verschluckt wurde. Beklemmung machte sich in ihrem Körper breit.

Was für ein seltsamer, langer Bau, dachte Fiara. Sie musste sich gezwungenermaßen auf ihre anderen Sinne konzentrieren, denn ihre Augen hatten sich noch nicht an das triefende Schwarz ihrer Umgebung gewöhnt.

Mit den Händen tastete sie vorsichtig den Weg vor sich ab. Staubtrockene Erde und hier und da ein paar alte Blätter knirschten unter ihren Knien.

»Samsa?«, rief sie noch einmal, gefolgt von einem fürchterlichen Hustenanfall.

Der Bau machte einige Biegungen und Wendungen und nach einer gefühlten Ewigkeit fragte sie sich, ob sie sich mittlerweile nicht doch verlaufen hatte. Oder ob ihre Freundin überhaupt wirklich hier drin war.

Zum Umkehren war es jetzt aber bereits zu spät, sie fühlte sich inzwischen in dem Labyrinth aus Tunneln gefangen. Rechts, links, in alle Richtungen war sie gefühlt bereits mindestens dreimal abgebogen. Wie lange sie wohl schon herumirrte? Fiaras Brustkorb zog sich krampfhaft zusammen. Pure Angst kroch ihr vom Hals bis in die Beine. Ein kalter, unangenehmer Schauer. Was, wenn sie nie mehr herausfinden würde? Eine selten dämliche Idee war es gewesen, da hineinzukriechen, sie könnte sich selbst dafür ohrfeigen.

Doch dann, gerade als sie aller Mut bereits zu verlassen drohte, spürte sie ein weiches, ihr bekanntes Fell an der Wange.

»Miau«, machte Samsa. Und war sogleich auch wieder in der Dunkelheit verschwunden.

Oh, zum Kuckuck noch mal, wo führte sie diese Katze nur hin?

»Sa, ich habe echt langsam Angst ...« Fiara kroch weiter in die Richtung, von der sie glaubte, dass die Katze dorthin verschwunden war.

Und ganz plötzlich wurde der Tunnel größer. Deutlich größer. Stück für Stück breitete sich der Bau zu allen Seiten hin aus, bis sie sich schlussendlich sogar komplett aufrichten konnte.

Verwundert und zugleich enorm erleichtert erkannte sie langsam in der Ferne das Tageslicht. *Endlich, das muss der Ausgang sein.*

Wie weit sie sich jetzt wohl schon im Wald befand? Mittlerweile vermutete Fiara, dass es sich hier um eine ganze Fuchssippe handeln musste, die diesen Bau angelegt hatte. Einer allein könnte niemals so ein großes Tunnelsystem ausgraben. Ganz zu schweigen vom letzten Teil, in dem sie sogar locker stehen konnte. Ihre flüchtig zusammengebundenen Haare klebten vom Schweiß an ihrem Nacken. Nur noch ein paar Schritte, dann würde sie wieder frei sein.

Das ungute Gefühl, sich hier viel zu weit im Wald verlaufen zu haben, wollte ihr jedoch einfach nicht von der Seite weichen. In Gedanken redete Fiara sich gut zu. So weit konnte sie auch wieder nicht gekrochen sein. Ganz bestimmt sogar würde sie den Weg außerhalb genauso gut zurückfinden.

Hoffentlich …

Endlich. Eine frische Brise wehte in den Ausgang – oder Eingang, je nachdem, wo man den Bau betrat. Erschöpft und gleichzeitig erleichtert nahm sie einen langen, tiefen Atemzug.

Freiheit.

Ihre Augen, die noch an die Dunkelheit gewohnt waren, brannten im Licht der Mittagssonne. Es dauerte eine Weile, bis sie die Umrisse ihrer Umgebung wahrnehmen konnte.

Sie hörte Vogelgezwitscher und der Geruch von Wurzeln und Erde umspielte erneut ihre Nase.

»Hallo, Fiara«, flötete es fröhlich von ihrer Linken. Verschwommen, aber langsam immer schärfer werdend erkannte sie eine große, seltsame Gestalt.

»Wa-wa-wer?« Stotternd rieb sich Fiara die Augen. Das war eine Katze.

Nein. Eine ... menschengroße ... riesige ... Katze! Das konnte nicht sein. Ihre müden Augen mussten ihr einen Streich spielen.

Fiara presste ihre Lider so fest zusammen, bis es schmerzte. Als sie sie wieder zu öffnen wagte, legte die große, sandfarbene Katze ihren Kopf schief. *Diese Stimme*, dachte Fiara. *Ich kenne sie. Das ist … Das muss … Sie klingt genau wie das Miauen von Samsa. Aber das ist doch unmöglich, oder?* Wie schlimm muss der Sauerstoffmangel dort unten im Bau wohl gewesen sein?

»Fiara, ich weiß, das alles muss jetzt ziemlich wirr für dich sein. Aber wir müssen hier weg. Es ist viel zu gefährlich hierzubleiben, für mich genauso wie für dich.« Das war wieder die Samsa-Stimme, Fiara war sich sicher. Trotzdem wollte ihr Gehirn das Gesagte und die Katzengestalt noch nicht in Einklang bringen. »Folge mir!«, rief die Katze abrupt und Schwupps, noch bevor sich Fiaras Mund zu einer Antwort öffnen konnte, war das riesige Katzentier bereits hinter einem Felsen verschwunden.

Erst jetzt bemerkte Fiara, dass sie gar nicht mehr im Wald war. Sie ließ ihren Blick über die weiten, fast baumlosen Hügel schweifen und erkannte eine felsige, grüne Graslandschaft. Ihre Gedanken schlugen Purzelbäume. Was, wer und verflixt noch mal wo?

Plötzlich lugte wieder das große Katzengesicht mit den himmelblauen Augen hinter dem Felsen hervor.

»Komm jetzt!«, rief die Katze ungeduldig und schon war sie erneut verschwunden.

Und da war er wieder. Ein ohrenbetäubender Schrei, diesmal deutlich näher. So nah, dass sich Fiara sogar die Ohren zuhalten musste. Es half nichts, sie konnte hier nicht ewig herumstehen. Außerdem hatte sie Samsa noch immer nicht gefunden – also zumindest nicht in der Gestalt, in der sie sie kannte.

Widerwillig ging Fiara los, kletterte flink hinter den Felsen und wollte gerade losrennen, als sie mit dem Kopf gegen eine hohe, flauschige Wand stieß.

»Du bist zu langsam, Kleine. Los, steig auf.«

Fiara blickte das Tier erneut an. Sie stand tatsächlich vor einer ungefähr zwei Meter großen Katze. Sandfarben. Mit Ohrpinseln. Ihr klappte die Kinnlade herunter.

»Sa?«, kam es aus ihrem Mund. Es fühlte sich nicht an, als würde sie selbst sprechen. Das musste sie erst einmal verdauen.

Samsa verdrehte ihre blauen Katzenaugen.

»Los, JETZT!« Sie kauerte sich nieder, sodass Fiara spielend leicht auf ihren Rücken klettern könnte.

Okay, das war wohl offensichtlich. Fiara schüttelte noch einmal kurz den Kopf. Entweder sie war jetzt völlig verrückt geworden und das waren ihre Wahnvorstellungen oder aber sie steckte in verdammt großen Schwierigkeiten. Mit beiden Händen hangelte sie sich am Fell der Katze entlang, bis sie sich auf dem weichen, warmen Rücken wiederfand.

Ohne weiter abzuwarten, erhob sich das Tier und mit einem schnellen Ruck sausten sie über die grünen Hügel hinweg.

Fiara klammerte sich fest, den Bauch an Samsas Rücken gedrückt und die Hände tief in das seidige Fell gegraben. Die Katze strahlte eine Sicherheit aus, die sie sonst nur von dem Feuer in der Mitte ihres Dorfes kannte. Sie hatte keine Angst, sie fühlte sich – gut. Irgendwie frei und wahrscheinlich auch völlig durchflutet von Adrenalin. Links und rechts von ihr flogen die Landschaften nur so dahin. Die saftigen Wiesen und die offenen Felder hinterließen ein Gefühl von Unbeschwertheit bei ihr. Der beinahe wolkenlose Himmel umarmte die Gräser am Horizont. Es war wunderschön hier. Sie würde sagen, sogar viel schöner als zu Hause in Graveland.

***

Nach einer Weile merkte Fiara, wie sich ihr Herzschlag langsam beruhigte. Die Katze verringerte ihre Geschwindigkeit immer mehr, bis es schlussendlich nur noch ein gleichmäßiges, aber bestimmtes Traben war. Sie hätte Samsa gerne tausend Fragen gestellt, doch es schien nicht der richtige Zeitpunkt dafür zu sein. Die Wörter wollten einfach nicht aus ihrem Mund entweichen.

Auch die Katze blieb stumm.

Der rhythmische Gang ihrer großen Freundin wirkte beinahe hypnotisch auf sie ein.

Irgendwann fielen Fiara sogar die Augen zu. Sie roch das blumigduftende Fell der sandfarbenen Katze und spürte die angenehme Wärme unter sich, bis sie endlich vor lauter Erschöpfung einschlief.

Klevefelz

Böses Erwachen

Platsch.

Ein kleiner, sich noch windender Fisch landete zappelnd neben Fiaras Kopf. Einzelne Wassertropfen spritzten auf ihre Wange und holten sie ruckartig aus ihrem Tiefschlaf.

»Bah ... Was zum ...?« Fiara öffnete langsam die noch schweren Augenlider. Sie blickte auf eine graubraune, steinige Decke.

Fiaras Schläfen pochten und während sie sich noch immer todmüde aufsetzte, hielt sie sich mit einer Hand den Kopf. Träge ließ sie ihre Augen umherschweifen. Sand bedeckte den rauen Felsboden und außer zwei spärlichen Blätterhaufen, die wohl als Betten dienen sollten, war kaum etwas zu sehen. Nicht weit links von ihr blieb ihr Blick bei der großen Katze hängen, die mit sorgfältig um die Pfoten gelegtem Schwanz auf dem Boden saß und sie neugierig begutachtete.

»Na, gut genächtigt, Schlafmütze?«, neckte Samsa sie und legte ihren Kopf schief. Die großen, runden Augen starrten nun an Fiara vorbei ins Leere.

Es war wirklich seltsam, ihren Blick nicht auffangen zu können. Doch sie erinnerte sich, dass Katzen es nicht mochten, wenn man ihnen direkt in die Augen sah.

»Ich ... Ich weiß nicht«, presste Fiara noch immer unsicher hervor. Sie versuchte, krampfhaft auf den Boden zu starren, um Samsa nicht zu kränken.

»Du hättest mir nicht folgen dürfen.« Samsas Blick verfinsterte sich, während ihre Stimme die Höhle erhellte. »Eigentlich hätte es dir gar nicht möglich sein sollen, mir zu folgen. Menschen haben keinen Zugang zu unserem Reich, weißt du? Normalerweise zumindest ...« Sie stand auf und lief zum Felsausgang.

Fiara sah ihr sichtlich verwirrt nach. Sie redete wirklich mit einer riesigen Katze. Das würde ihr ihre Mutter Frea niemals glauben.

Die pikenden Steine unter ihrer freien Hand rissen sie aus ihren Gedanken.

Der Aus- und Eingang dieser Höhle war groß und man konnte die einzelnen Baumwipfel erkennen, die sich abwechselnd mit einigen Hügeln durch die verzweigte Landschaft zogen. Sie mussten sehr weit oben sein.

Fiara erhob sich vorsichtig, wagte es aber nicht, sich weiter auf ihre Freundin zuzubewegen. Für eine Weile standen sie beide regungslos da. Die Sonne musste vor ungefähr zwei Stunden aufgegangen sein und es war ein sonst sehr friedlich wirkender Morgen.

»Es muss einen Grund geben, warum du hierherkommen konntest, Fiara.« Samsa drehte sich um und schien sie von oben bis unten zu mustern. Ihre Schnurrhaare zuckten unsicher.

»Ich hatte Angst, dass dir etwas passiert. Dich zu verlieren, das hätte ich nicht ausgehalten!« Fiara musste an sich halten, nicht zu schluchzen. »Ich verstehe nicht, was tust du überhaupt in unserer Welt, wenn du doch hier ein Zuhause hast? Sind denn alle Katzen, die es bei uns gibt, gleichzeitig hier?« Fiara war froh, dass ihr Mund ihr nun wieder zu gehorchen schien und nun sprudelte es nur so aus ihr heraus.

Samsa senkte bedächtig ihren Kopf. »Das ist nicht so leicht zu erklären«, entgegnete die Katze vorsichtig.

»Versuch es«, ermutigte Fiara sie, während ihre Augen Samsa neugierig prüften.

Das Tier trat unsicher von einer Pfote auf die andere.

»Nun ...«, begann die sandfarbene Katze nach einem kurzen Moment. »Wir, das sind die Caet, brauchen Graveland, um Nachkommen zu zeugen.«

Sie bekommen ihre Jungen bei uns? Wieso denn das?, überlegte Fiara nachdenklich.

Als hätte Samsa ihre Gedanken gelesen, fuhr sie fort: »Wir sind unfruchtbar in dieser Welt. Und unser neuer Herrscher will allein darüber entscheiden, wer fortbestehen darf. Deswegen verstecken sich einige von uns in Graveland.« Plötzlich bekamen ihre glänzenden Augen einen wahnsinnig erschöpften Ausdruck. »Er duldet keine Aufsässigen. Viele von uns flüchten in die Menschenwelt, um hier in Klevefelz nicht getötet zu werden, Fiara.«

»Getötet?«, wiederholte Fiara entsetzt. Sie presste ihre Lippen ungläubig aufeinander.

Samsa nickte langsam. »Es ist schwer, hier zu leben, besonders seit Joel unser Anführer ist.« Gerade wollte die Katze tief Luft holen, um die Geschichte weiterzuerzählen, da steckte eine große, muskulöse und tiefschwarze Katze ihren Kopf in den Höhleneingang.

»Wusste ich's doch, dass ich deine Stimme gehört habe!« Mit freudigem Miauen und hoch erhobenem Schwanz lief der dunkle Kater auf Samsa zu.

Ungläubig schüttelte Fiara ihren Kopf. Es gab hier also wirklich eine Welt, in der Katzen, größer als Löwen, lebten.

Die Aura des neuen, schwarzen Katers war so unheimlich, dass Fiara vorsichtig einen Schritt zurückging.

»Roy … Du lebst!« Sichtlich erleichtert beschnupperten sich die beiden. Die Katze rieb ihren Kopf an Roys Flanke und ein sanftes Schnurren durchzog den Bau. Dann glitt sein Blick auf Fiara und seine Augen weiteten sich erschrocken.

»Sa! Das ist ein Mensch!«, fauchte er, während sich sein gesamter Körper zu einem Katzenbuckel aufstellte. Das laute Zischen hallte von den kahlen, steinernen Wänden wider.

Ein kalter Schauer lief Fiara über den Rücken.

Der große, schwarze Kater ließ sie keinen ruhigen Gedanken fassen. Wie ein düsterer Schatten schlich er in ihre Richtung, die Fangzähne gebleckt.

»Ganz ruhig, Roy. Das ist Fiara.« Samsa stellte sich demonstrativ zwischen die beiden. »Sie ist das Mädchen, bei dem ich in der Menschenwelt lebe. Weißt du nicht mehr?«

»Mir geht es ziemlich am Hintern vorbei, wer sie ist, sie hat hier nichts zu suchen!«, schnaubte Roy verächtlich, während sich sein Fell nicht zu beruhigen schien.

Fiaras Glieder wurden stocksteif. Auch wenn sich die Angst vor den großen Katzen inzwischen in Grenzen hielt, Roy hatte ganz offensichtlich ein Problem mit Menschen. Und das wollte sie definitiv nicht provozieren.

Samsa ging einen Schritt auf ihn zu und klang unvermittelt besorgt. »Ich habe dich schreien gehört. Was ist passiert, geht's dir gut?«

»Ob es mir gut geht? Dass ich nicht lache! Genau wegen diesem Ding hinter dir«, er deutete mit dem Schwanz in Fiaras Richtung, »sind wir doch überhaupt in dieser beschissenen Situation. Wir sollten sie auf der Stelle in Stücke reißen.« Sein Fauchen wurde immer intensiver.

Instinktiv ging Fiara einen Schritt zurück.

Samsa blieb ruhig, doch ihre Augen sahen ihn weiterhin besorgt und fragend an. Die Katze kannte ihren Freund gut, sie wusste, dass er seinem Ärger Luft machen musste.

»Ich wollte den Weg der Wechsel beschreiten, um dich zu suchen. Doch Joels Diener haben mich entdeckt.« Roys Augen wurden schmale, grüne Schlitze. »Sie jagten mich zurück nach Klevefelz und hier bin ich ihnen dann zum Glück entwischt.« Er ließ seinen Blick zu Fiara gleiten. »Was, wenn sie den anderen Menschen von hier erzählt und wir uns dann mit ihnen und den hirnlosen Dienern von Joel rumschlagen müssen?« Fiara fühlte sich von seiner Wut beinahe erschlagen. Roys Augen sprühten Funken und jeder seiner Muskeln war unter dem kurzen, glänzenden Fell bis zum Anschlag angespannt.

»Darf ich auch mal was sagen?«, flüsterte Fiara zaghaft.

»Nein!«, zischte Roy erbittert.

Samsa funkelte ihn böse an.

»Natürlich, Kleines.« Mit weicher Stimme versuchte sie, Fiara zu ermutigen.

»A-also, wenn es dich beruhigt, ich werde keinem von euch erzählen. Ich weiß ja nicht mal, ob ich wieder nach Hause finde.« Fiaras Stimme klang brüchig und sie wunderte sich selbst über ihre plötzliche Zurückhaltung. Normalerweise war sie deutlich mutiger, aber diese stechend grünen Augen des schwarzen Katers ...

»Und Samsa, du … Du hast vorhin von den Caet geredet. Warum wollen sie euch töten?«

Ein leises Knurren durchzog die Höhle. Roy wetzte seine Krallen am Boden, während Fiara versuchte, sich davon nicht aus der Ruhe bringen zu lassen.

»Bleib doch bei mir, in Graveland.« Fiaras Stimme hörte sich in diesem Moment beinahe kindlich an, dabei war sie letzten Monat bereits sechzehn geworden. »Ich kann dich beschützen.« Es klang nicht sehr überzeugend und deutlich verzweifelter, als ihr lieb war.

Roy schnaubte erneut. »Wir sind alle Caet. Jede Katze hier. Du kannst mir erzählen, was du willst, Mensch. Ich glaube dir kein Wort. Wenn Samsa nicht so geblendet von dir wäre, wärst du auf der Stelle tot. Das kann ich dir versprechen.« Mit diesen Worten wendete er sich wieder der sandfarbenen Katze zu. »Solang dieser Mensch da ist, werde ich nicht hier schlafen können. Wir treffen uns am Mondfels heute Nacht. Nala kommt auch.«

Fiara beobachtete verständnislos den Wortwechsel der beiden.

Samsa nickte. »Ich werde da sein. Lass uns dann dort das weitere Vorgehen besprechen. Es kann nicht sein, dass Joels Krieger uns den Baum der Wechsel verweigern.« Samsas Stimme wurde fester. »Diese Tradition ist älter als die Wächter-Caet selbst und geht weit über Joels egozentrisches Dasein hinaus! Wir müssen etwas unternehmen.«

Roy senkte zum Abschied ehrfürchtig den Kopf und machte sich dann auf den Weg zum Ausgang. Kurz davor drehte er sich noch einmal in Fiaras Richtung.

»Und werde dieses Ding los!«, zischte er düster. »Es ist hier nicht willkommen.« Ohne Samsas Reaktion abzuwarten, verschwand er aus der Höhle.

»Er hasst mich«, stellte Fiara trocken fest. »Nur wieso? Ich habe ihm nichts getan.« Sie versuchte, sich zu rechtfertigen. »Ich habe nicht vor euch zu verraten.« Fiara schüttelte nachdrücklich den Kopf. Die ganze Zeit hatte sie sich nicht von der Stelle gerührt und ihre Hände und Füße fühlten sich taub und lahm an.

Samsa ging ein paar Schritte auf sie zu. Ihre Ohren drehten sich nach vorn und sie ließ ein beruhigendes Schnurren erklingen.

»Du musst wissen … Roy hat seine Eltern verloren, als er noch ein sehr junger Caet war. Es waren Jäger, Menschen, die sie erschossen haben.« Samsas Blick wurde weicher. »Aber ich verspreche dir, ich werde auf dich aufpassen. Er wird dir nichts tun. Er weiß sehr wohl, dass du meine Freundin bist.« Sie lief einen weiteren Schritt auf Fiara zu und drückte die fellige Wange an ihren Kopf. Die einzelnen Schnurrhaare kitzelten angenehm in ihrem Gesicht.

Da war sie wieder, diese wohlige Sicherheit, die von der Katze ausging. Fiara glaubte ihr. Es fühlte sich richtig an. Vorsichtig hob sie ihre Hand und streichelte Samsas seidigen Pelz.

»Kommst du wieder mit nach Hause?« schoss es plötzlich aus Fiara hervor.

»Erst mal nicht. Du hast es ja gehört, sie brauchen mich. Klevefelz braucht mich. Vorher werde ich dich aber natürlich zurück zum Baum der Wechsel bringen, dann kannst du zu deiner Mutter. Sie macht sich bestimmt schon Sorgen und du bist hier sowieso nicht sicher.«

Fiara schnaubte verächtlich und machte eine wegwerfende Handbewegung. »Meine Mutter ist froh, wenn sie mich nicht am Hals hat.« Ihre Worte klangen eisiger als beabsichtigt. »Ich will nicht ohne dich gehen. Du weißt, wie furchtbar einsam ich wäre, wenn du hierbleiben würdest.« Sie klang beinahe flehend. Fiara konnte nicht einfach zurückgehen und so tun, als wäre nie etwas gewesen. Samsa am Ende noch zu verlieren, ihre einzige Freundin nie wieder zu sehen … Sie mochte es sich gar nicht ausmalen.

»Ich weiß doch. Mir fällt es auch nicht leicht, aber es geht nicht anders.« Samsas melodische Stimme wirkte beruhigend auf Fiara. »Verstehst du das nicht? Das hier geht über dich und mich hinaus. Wenn Joel und seine Kumpanen weiterhin den Weg der Wechsel blockieren, dann wird er bald die alleinige Kontrolle über unseren Fortbestand haben.«

Fragend blickte Fiara sie an. Die Puzzleteile, die sie über die Caet gehört hatte, wollten sich einfach nicht zu einem ganzen Bild fügen. Caet, Menschen, verschiedene Welten …

»Komm jetzt. Wenn du den Fisch nicht magst, dann bring ich dich runter zu einem großen Wildbeerenbusch. Du hast doch bestimmt Hunger.« Wieder drückte sich die Katze auf den Boden, sodass es Fiara leicht haben würde aufzusteigen. Ungeduldig knetete Samsa dabei mit ihren Pfoten die Erde auf dem steinigen Boden.

Fiara entschied sich dafür, erst mal nicht weiter zu fragen, denn tatsächlich bemerkte sie jetzt das unnachgiebige Knurren ihres Magens. Ein paar Beeren würden den Hunger nicht stillen können, aber es wäre besser als nichts. Also hievte sie sich hinauf und genau wie gestern schoss Samsa sogleich los.

Es war überraschend, wie schnell sich Fiara an das Reisen auf ihrer Katzenfreundin gewöhnt hatte. Sie fühlte sich bereits jetzt, als hätte sie noch nie etwas anderes gemacht.

Samsa sprang gekonnt vom Höhleneingang zum naheliegendsten Felsvorsprung und ehe sich Fiara versah, befanden sie sich auch schon wieder auf festem Boden.

Hier waren die Hügel deutlich dichter bewaldet als am Baum der Wechsel. In der Ferne sah sie, wie sich große Berge aus dem Boden erhoben. Sie konnte nicht einmal deren Gipfel erkennen, so weit ragten sie in den Himmel.

»So, da vorne ist der Busch. Es ist nicht viel, aber den Fisch wolltest du ja nicht.« Samsa riss sie mal wieder aus ihren Gedanken.

Fiara ließ sich von ihrem weichen Fell hinabgleiten und stapfte in besagte Richtung.

Diese Art von Beeren hatte sie noch nie zuvor gesehen. Sie waren grün mit blauen Flecken, oval und daumengroß. Fragend blickte sie ihre Freundin an.

Samsa aber nickte ihr vertrauensvoll zu und schloss dabei die Augen. Eine Geste, die ihr Samsas gute Absichten zeigte.

Fiaras Magen rebellierte so laut, dass selbst ein kilometerweit entfernter Caet es hätte hören können.

Ach was soll's, dachte sie bei sich. Wird schon gut schmecken. Vorsichtig biss sie einmal von der sonderbar fremden Frucht ab, gefolgt von einem zweiten, wesentlich genüsslicheren Happen. Fruchtig-süßer Saft weckte ihre Geschmacksknospen, als die Beere zwischen ihren Zähnen aufplatzte.

Ihr Gesicht hellte sich augenblicklich auf.

»Wahnsinn, das Zeug schmeckt ja richtig gut!« Es hingen noch einige Beeren dort und nach zwei Händen voll merkte Fiara, wie es ihr schon deutlich besser ging. Wesentlich entspannter lief sie zu der Katze zurück. Der Hunger war damit zwar noch längst nicht besiegt, aber zumindest das Ziehen in der Magengegend hatte etwas nachgelassen.

»Ich danke dir, Sa.«

Die Antwort war ein sanftes Stupsen mit der Nase.

»Es ist bald Mittag, wir sollten jetzt los. Bis zum Baum der Wechsel ist es noch ein gutes Stück.« Unruhig trat Samsa von einer auf die andere Pfote. Ihre Katzenaugen schweiften wachsam durch die beinahe blätterlosen Bäume.

Fiara erinnerte sich an das Treffen, welches die Katze heute Abend mit den anderen Caet haben würde.

Sie wollte nicht zurück. Die letzten paar Stunden waren interessanter gewesen als ihr ganzes bisheriges Leben. Außerdem schmerzte der Gedanke, von nun an ohne ihre treue Begleiterin Samsa auskommen zu müssen.

Ein leiser Seufzer entwich Fiaras Lippen.

»Kann ich wirklich nicht hierbleiben und euch irgendwie helfen?«, fragte sie leise. Sie konnte nicht einfach so locker lassen. Nicht, wenn es um Samsa ging.

»Ich habe es dir doch schon erklärt.« Ungeduldig lief die Katze im Kreis. »Selbst wenn du das könntest, dann wäre es viel zu gefährlich. Joel ist ein blutrünstiger Herrscher, er verhindert den Fortbestand der Caet auch aus einem bestimmten Grund.«

Abrupt blieb Samsa stehen. Die sonst so glänzenden, blauen Augen der Katze waren zu schmalen Schlitzen zusammengekniffen und ihre Stimme wurde brüchiger. »Joel will jeden Caet, der ohne seine Erlaubnis den Weg des Wechsels betritt, zur Strecke bringen. Seit die anderen Wächter-Caet verschwunden sind, müssen wir uns seinem Willen beugen.« Ein kehliges Knurren entwich ihrer Brust. »Wer weiß, was er mit ihnen gemacht hat.«

Fiara saugte die Fülle an Informationen buchstäblich auf. So langsam schien sich das lückenhafte Puzzle zusammenzusetzen.

»Und ihr könnt nur bei uns Junge bekommen?« Schnell sog Fiara die Luft ein. Schon kurz nachdem sie diese Frage gestellt hatte, biss sie sich auf die Lippen. Das hatte die Katze ihr doch vorhin bereits erklärt.

Samsa jedoch schien ihre Neugierde nicht zu stören.

»Ja.« Die Katze zuckte mit den Schultern. »Frag mich nicht wieso. Früher haben uns die Wächter-Caet bei diesem Weg unterstützt. Das ist eine uralte und seit Ewigkeiten bestehende Tradition.« Samsa schüttelte mit geschlossenen Augen ihren Kopf. »Eine Tradition, die Joel beschmutzt und ächtet.« Ihr Fell stellte sich auch bei dem Gedanken an die vielen sinnlos gelassenen Leben auf und ihre Worte waren nicht mehr als ein Zischen. »Er will darüber entscheiden, wer den Weg der Wechsel antritt, und das kann ich nicht hinnehmen. Er nimmt uns unsere Zukunft. Unsere Freiheit. Verstehst du jetzt, warum du uns nicht helfen kannst?«

Fiara versuchte, den Schwall an Hinweisen zu einem Bild zusammenzufassen. Samsa war eine Caet, Klevefelz eine Welt, in der diese lebten, und anscheinend war dieser »Baum der Wechsel« der Fuchsbau, durch den sie in diese Welt gekrabbelt war. Die Caet mussten um ihr Leben fürchten. Unsicher kaute Fiara auf ihrer Unterlippe. Kein Wunder also, dass in ihrem Dorf, zu Hause in Graveland, plötzlich so viele Katzen auftauchten. Sie waren auf der Flucht und versuchten, ihre Nachkommen zu beschützen, vermutete Fiara.

Samsa bedeutete ihr, endlich aufzusteigen und diesmal ließ sich Fiara nicht zweimal bitten. Sie wollte ihrer Freundin nicht noch mehr Kummer bereiten, hatte diese doch wahrscheinlich längst zu viel vom Leben der Caet preisgegeben. Ganz sicher wäre zumindest Roy dieser Meinung. Flüchtig schlich sich der Gedanke an den großen, schwarzen Kater in Fiaras Kopf. Die Erinnerung an das Geräusch seiner Krallen ließ sie noch immer innerlich zusammenzucken. *Wo bin ich hier nur hineingeraten?*, überlegte sie verunsichert.

Als die große Katze in das rhythmische Galoppieren verfiel, presste sich Fiara fest in das warme, sichere Fell ihrer Freundin. Wie der blumige Duft einer Sommerwiese umschloss der Geruch der Katze Fiaras Nase und mit einem Mal waren alle düsteren Gedanken verschwunden.

***

Nach einer gefühlten Ewigkeit kam Fiara die Umgebung endlich wieder bekannt vor. Es wurde lichter und die flachen Hügel und Wiesen wurden grüner.

Die schwache Nachmittagssonne drückte sich schleppend durch ein paar dicke, große Wolken. Dann, bei einer letzten kleinen Baumgruppe, blieb Samsa plötzlich stehen.

»Was ist los, Sa?« Fiara schaute sich suchend um. In der Ferne konnte sie gerade so die Umrisse des Baumes der Wechsel erkennen.

»Psst! Leise!«, zischte die Katze. Samsas Ohren bewegten sich ruckartig in alle Richtungen. »Da vorne sind Joels Kumpanen, ich kann sie hören«, flüsterte sie.

Fiara kniff ihre grünen Augen zusammen, um sich zu konzentrieren. Doch sie hörte absolut gar nichts.

»Sie bewachen den Eingang«, erklärte Samsa ruhig, während sie mit dem buschigen Schwanz in Richtung des Baumes zeigte. »Vermutlich sind es nun strengere Kontrollen, nachdem in letzter Zeit noch so viele Wechsel stattfinden konnten.« Sie kniff ihre hübschen, blauen Augen zu schmalen Schlitzen zusammen. Dann seufzte sie leise. »Da kommen wir niemals vorbei.« Samsas Stimme klang resigniert und in Fiara kam erneut das Bedürfnis hoch, helfen zu wollen.

»Vielleicht bei Nacht?«, hakte Fiara unwissend nach.

»Nachts? Das ist ja noch schlimmer. Tagsüber sind viel weniger Caet unterwegs.« Die Katze schüttelte leicht ihren Kopf. »Die meisten Caet schlafen zu dieser Tageszeit.«

Ein paar Momente lang sagte keiner von beiden etwas.

Natürlich, daran hätte Fiara auch selbst denken können. Sie wusste, dass Katzen nachts deutlich bessere Jäger waren, aber die Verknüpfung zwischen den großen Caet und den winzigen Hauskatzen in Graveland fiel ihr noch immer nicht leicht.

»Es nützt nichts, das sind mindestens fünf Caet. Ich muss dich zurück zu meinem Unterschlupf bringen, Fiara«, wisperte Samsa resigniert. Ohne auf Fiaras Antwort zu warten, drehte sich die Katze auf den Pfoten um und machte sich auf den Rückweg. Kaum merklich hörte Fiara sie »Mögen die Wächter-Caet uns führen« flüstern.

***

Es dämmerte bereits, als Fiara und Samsa den kleinen Felsvorsprung mit der Höhle erreichten. Mit wenigen Sätzen waren sie oben angekommen und die Katze wartete bedacht, bis ihre Freundin wieder sicheren Boden unter den Füßen hatte.

Der Wind blies einige welke Blätter durch den Eingang des Unterschlupfes. Von hier aus konnte Fiara sogar bereits ein paar einzelne Sterne am Firmament erkennen, doch ihre Gedanken wirbelten nur um das Schicksal der Caet.

»Warte hier, bitte. Es wird nicht lange dauern und der Mondfels ist auch nicht sehr weit von hier weg. Ich denke, ich werde zurück sein, bevor der Mond überhaupt vollständig aufgegangen ist.« Diesmal blickte Samsa ihr kurz, aber direkt in die Augen. »Mach keinen Unsinn, Fiara, hörst du?« Ihre Stimme klang eindringlich.

Fiara jedoch ignorierte den Blick völlig. Viel zu aufgekratzt stakste sie in der Höhle umher. Wild gestikulierend warf sie ihre Hände nach oben. »Was werden wir jetzt machen?« Das wir betonte sie dabei besonders.

»Wir?« Samsa stutzte. »Du wirst gar nichts unternehmen. Ich werde erst mal mit den anderen besprechen, wie wir dich wieder nach Hause bekommen. Danach werde ich weitersehen.« Die Stimme der Katze wirkte mütterlich, vielleicht fiel es Fiara auch gerade deshalb so schwer, eine Verbindung zwischen der großen Caet hier und ihrer kleinen Freundin Samsa in Graveland herzustellen. Es wirkte so, als hätten sie die Rollen getauscht. Nun gab die große Katze auf sie acht.

Samsa lief zur Kante der Höhle und drehte sich noch einmal um. »Wenn du Hunger bekommst, du weißt ja, wo die Beeren wachsen. Ansonsten bleibst du bitte in meinem Bau.« Sie wendete sich wieder dem Ausgang zu. »Es gibt hier mehr Gefahren, als du dir vorstellen kannst.« Mit diesen mahnenden Worten verschwand sie im Dämmerlicht und ließ eine noch immer sichtlich verwirrte Fiara zurück.

Ein paar Augenblicke lang blieb sie wie versteinert stehen. Die Gespräche des Tages durchfluteten ihren sowieso schon unruhigen Geist. Dann ließ sie sich unsanft auf den sandigen Boden plumpsen und seufzte laut auf.

***

Nach einer gefühlten Ewigkeit, in der sie im Schneidersitz in die Ferne gestarrt hatte, sah sie endlich den Mond zwischen den Baumkronen aufgehen.

Er ist hier so viel größer und heller als in Graveland, dachte Fiara erstaunt. Beinahe hypnotisierend zog sie das gleißend weiße Licht an.

Schlagartig und ohne Vorwarnung drangen fremdartige Geräusche in ihren Kopf. Erst war es nur ein undefinierbares Rauschen, doch dann, als Fiara angestrengter lauschte, konnte sie es immer deutlicher hören.

Da waren Stimmen. Aufgeregte und angespannte Worte, die wahllos in ihrem Geist umherwirbelten. Sie hätte hysterisch aufstehen und sich die Ohren zuhalten müssen, doch Fiaras Körper blieb völlig entspannt. Es fühlte sich eigenartig an, jedoch machte es ihr überraschenderweise keine Angst. Die Stimmen, die wie fremde Gedanken in ihren Kopf drangen, wirkten gehetzt, verängstigt, wütend.

Im Bann des leuchtenden Vollmondes gefangen und als wäre es das Normalste auf der Welt, lauschte Fiara dem Gewirr an Gesprächen, das sich seinen Weg immer weiter durch ihr Innerstes bahnte.

Eine der Stimmen drang dabei plötzlich besonders in den

Vordergrund. Es war ein helles und ihr irgendwie auch bekanntes Knurren, das Fiaras Aufmerksamkeit unmittelbar vereinnahmte.

Nein, herrschte die Stimme in ihrem Kopf.

Das Wort prallte mit einer solchen Gewalt gegen Fiaras Schläfen, dass sie sich beinahe den Kopf halten musste.

Ich werde Fiara garantiert nicht einfach ihrem Schicksal überlassen. Wenn die anderen das wirklich glauben, haben sie sich gewaltig in mir getäuscht.

Die innere Wucht, die Fiara bei diesen Worten entgegenrollte, ließ sie angestrengt nach Luft japsen.

Das ist Samsas Stimme! Ganz sicher! Die Gewissheit darüber legte sich sanft wie ein undurchdringliches, seidenes Tuch über ihren Geist. Das sind ihre Worte, kein Zweifel. Aber ihre Worte, in meinem Kopf? Wie kann das sein? Fiara versuchte mühsam, den Sprachfetzen ihrer Freundin zu folgen, aber sie schienen ihr, wie ein sich windender Fisch zwischen den Händen, zu entgleiten.

Fiara verspürte noch immer keinerlei Furcht, ganz im Gegenteil. Zum ersten Mal seit Langem hatte sie das Gefühl, dass sich etwas wirklich richtig anfühlte. Auch wenn sie sich die Situation absolut nicht erklären konnte.

»Mist!«, hörte Fiara sich selbst laut fluchen. Dann spürte sie wieder die kalte Nachtluft, die sich sachte um ihre Nase und Wangen schlängelte. Es fühlte sich beinahe so an, als würde Fiara aus einer Trance erwachen.

Erschöpft sackte sie zusammen und resignierte. Ihre Aufmerksamkeit gelangte langsam zurück in den Unterschlupf und Fiara ließ sich unaufmerksam nach hinten fallen.

Ein kurzer, aber stechender Schmerz stieß ihr durch die Wirbelsäule hinauf bis in den Kopf. Der Dämmerzustand, in dem sie sich gerade noch befunden hatte, hatte sie völlig vergessen lassen, dass sie sich in einer sandig-steinigen Höhle befand.

»Autsch, verflucht!«, presste Fiara zwischen zusammengebissen Zähnen hervor.

»Fiara, du bist ja noch wach!« Samsa schälte sich aus den dunklen Schatten der Nacht. Ihre Stimme klang erstaunt, jedoch nicht wütend.

Fiara setzte sich auf und rieb sich noch immer sichtlich verwundert den Rücken. Sie hatte keine Ahnung, wie viel Zeit vergangen war, seitdem die Katze den Bau verlassen hatte.

»Ja, ähm, ich konnte nicht schlafen …«, murmelte sie stockend. *Das ist nicht gelogen,* dachte sie. »Und du warst ganz schön lange weg«, bemerkte Fiara. Sie beschloss, die Sache mit den Stimmen erst einmal für sich zu behalten.

»Es tut mir leid, Kleines.« Samsas sanfte Worte füllten nun die leeren Steinwände. Sie war vom Felsvorsprung in die Höhle gesprungen und nun legte der Mond einen zarten, glitzernden Schleier über ihren Pelz. Die große Katze setzte sich anmutig neben Fiara auf den Sandboden, den Schwanz wieder fein säuberlich über ihre Pfoten gelegt, und blickte freundlich auf sie herab.

»Ich wollte dir keine Angst einjagen. Es hat einfach etwas länger gedauert. Wir … waren uns nicht ganz einig, muss ich zugeben.« Es fiel ihr sichtlich schwer, das auszusprechen. Doch bevor Fiara etwas entgegnen konnte, schob sie »Lass uns jetzt erst einmal schlafen gehen, wir reden morgen darüber« hinterher und drückte ihr weiches Fell behutsam an Fiaras Wange. Gleich darauf stand Samsa auf, streckte sich und gähnte ausgiebig.

Fiara sah ihr verwundert nach, während sich die Katze auf leisen Pfoten zu ihrem Blätterberg begab.

Als würde Samsa den Blick spüren, drehte sie sich noch einmal um.

»Mach dir keine Gedanken, Kind. Ich passe schon a–« Ihr langes, erschöpftes Gähnen unterbrach den Satz. »Ich passe schon auf dich auf«, beendete die Katze leise schmatzend die Unterhaltung.

Fiara entschied sich, es dabei zu belassen, und tappte ebenfalls auf ihr provisorisches Bett zu.

Das Licht des Vollmondes erreichte den hinteren Teil der Höhle kaum noch, trotzdem erkannte sie, wie Samsa ein paar Runden auf ihrem Platz drehte, bis sie sich schlussendlich, zu einem kleinen Knäuel zusammengerollt, hinlegte. *Katzen*, dachte Fiara bei sich und schmunzelte.

Das leise Schnurren ihrer Freundin schien alle schlechten Gedanken aus ihrem Kopf verscheucht zu haben. Auch die lauten Stimmen von vorhin tauchten nicht mehr in Fiaras Geist auf.

Vielleicht bin ich einfach so erschöpft gewesen, dass ich mir Samsas Stimme nur eingebildet habe? Müde rieb sie sich die Augen. Der Gedanke, dass sie sich alles nur eingebildet haben könnte, ängstigte sie.

Fiara starrte ins Dunkle an die Decke und das Letzte, das sie vernahm, bevor der Schlaf sie übermannte, war das gleichmäßige Rufen eines Uhus.

***

»Sie sieht eigentlich ganz friedlich aus«, piepste eine fröhliche, aufgeweckte Stimme.

»Sie schläft ja auch«, knurrte eine weitere. »Und von mir aus könnte sie das ruhig für immer tun!«

Der letzte Satz durchdrang Fiaras Brust wie ein Stachel. Sie schreckte aus dem Schlaf auf und fand sich inmitten von drei ausgewachsenen Caet wieder. Hinter ihnen stand die Sonne bereits hoch am Himmel.

Aufgeregt blickte sie nach rechts und links und rutschte ein gutes Stück nach hinten, bis sie die kalte Felswand an ihrem Rücken spürte. Verunsichert kaute sie auf ihrer Unterlippe, während sie fieberhaft überlegte, was sie sagen könnte.

»Nicht doch, Fiara. Keine Angst.« Eine der drei Katzen war ihre Freundin Samsa, die mit wie immer freundlich zugekniffenen Augen auf sie zugelaufen kam.

»Entschuldige, dass wir dich so erschreckt haben. Das da …«, sie zeigte mit ihrer Nase nach links, »ist Nala. Und Roy kennst du ja schon.« Die sandfarbene Katze deutete mit dem Schwanz zur rechten Seite.

»Bei den Wächtern! Ich habe noch nie einen Menschen gesehen. Wie spannend!« Die etwas kleinere, schneeweiße Katze kam mit ebenfalls zusammengekniffenen Augen langsam auf Fiara zugetappt. Ihr dünner Schwanz war an der Spitze schwarz gefärbt und ragte kerzengerade in die Höhe.

»Hallo. Ihr seid Samsas Freunde, richtig?«, fragte Fiara vorsichtig, während sie sich etwas zu entspannen versuchte. Schnell schloss sie ihre Augen als Zeichen des Wohlwollens.

»Wie dämlich das aussieht. Pff. Kannst du dir echt sparen, Mensch«, polterte Roy vom anderen Ende der Höhle.

Fiara öffnete die Augen, atmete einmal tief ein und stand dann mit einer selbstbewussten Bewegung auf.

»Schön, dich wiederzusehen, Roy«, flötete sie sarkastisch. Ich darf ihn einfach nicht meine Angst spüren lassen, dachte sie.

Da bemerkte Fiara, dass ihre Hände bereits anfingen zu zittern. Hastig, damit Roy ihre Aufregung nicht erkannte, verschränkte sie ihre Arme vor der Brust.

Ein dumpfes Knurren hallte durch die Höhle. *Hoffentlich werden wir sie heute endlich los. Ihr Menschengestank verpestet bereits ganz Klevefelz.*

Die Worte hallten laut in ihrem Kopf wider. »Glaubst du, dein nasser Flohteppichgeruch ist angenehmer?«, entgegnete Fiara scharf, ohne lange zu überlegen. Innerlich klopfte sie sich dafür auf die Schulter. Weiter so, du kannst das, ermutigte sie sich.

Alle drei starrten Fiara verwirrt an.

Mist, Roy hat das ja gar nicht laut gesagt, dachte sie und presste die Lippen aufeinander.

»Was hast du gesagt?« Samsa hielt ihren Kopf schief. Fiara sah die Verwunderung vor allem in Roys immer größer werdenden, saphirgrünen Augen.

»Nichts«, log Fiara und lief ein Stück weiter, bis der Felsboden der Höhle schließlich endete.

Fiara setzte sich demonstrativ an die Kante und ließ die Beine hinunterhängen. »Bringt ihr mich heute wieder nach Hause?«, fragte sie, um schnell vom Thema abzulenken.

Lange Schatten

Samsa seufzte tief. »Darüber wollten wir mit dir gerade reden.« Sie blickte Roy durchdringend an. Dieser rollte allerdings nur ungeduldig mit seinen Augen und sah daraufhin weg.

Der Ausblick aus der Höhle war atemberaubend. Fiara hatte bisher noch gar nicht bemerkt, dass auch Klevefelz ein breit gefächertes Angebot an Flora zu bieten hatte.

Sie ließ ihren Blick über die Bergkette gleiten, die am Horizont hinter all den grünen Hügeln angrenzte. *Ist das etwa Schnee auf den Spitzen?*

»Hey, hörst du mir überhaupt zu?«, unterbrach die sandfarbene Katze Fiaras gedankliche Abwesenheit.

»Tut mir leid, ich ...« Sie wollte nicht nach Hause. Sie wollte noch nicht einmal darüber nachdenken, wie sie dort wieder hinkäme. Und meine Mutter ..., schoss es ihr durch den Kopf. Und schon waren sie da, die Gewissensbisse, die wie Ratten an ihrem Herzen nagten. Fiaras innere Zerrissenheit zehrte an ihren Nerven.

Roy schnaubte lautstark. »Sie hält es noch nicht einmal für nötig, dir ihre Aufmerksamkeit zu schenken«, sagte er bissig.

»Das Mädchen ist noch immer verwirrt«, korrigierte ihn Samsa. »Ich kann mich noch sehr gut an deine Verfassung erinnern, als du als Junges in Graveland zum allerersten Mal die Augen aufgeschlagen hast.« Ein Schmunzeln umspielte ihren Mund.

Peinlich berührt murmelte der schwarze Kater etwas von »Da war ich auch noch klein«, hielt sich von da an aber mit den Kommentaren deutlich zurück.

Fiara stützte sich mit den Händen auf dem kalten Steinboden ab und stand auf. »Kann ich euch wirklich nicht helfen?«, fragte sie mit einem Flehen in der Stimme. Samsa schüttelte den Kopf und kniff die runden, blauen Augen zusammen. »Wir werden dich gemeinsam zurück zum Baum der Wechsel bringen.« Sie wandte ihren Blick nun an Nala. »So, wie wir es gestern am Mondfels besprochen haben.«

Die kleine, weiße Katze nickte zustimmend.

»Und was, wenn die Wachen euch überwältigen? Wenn ihr sie unterschätzt?« Fiara gefiel die ganze Idee überhaupt nicht. Nicht nur, weil sie sich innerlich dagegen sträubte, ihre Freundin hier im Stich zu lassen. Sie fürchtete sich auch vor den Wachen.

Samsa und Nala schwiegen.

Ich bin nicht sonderlich scharf darauf, wegen eines Menschen mein Leben zu lassen. Roys Worte drangen spitz wie ein Messer in Fiaras Kopf.

Ruckartig sah sie zu dem kräftigen, schwarzen Kater hinüber. Er kniff seine Augen zu schmalen Schlitzen zusammen. *Ob er eine Antwort von mir erwartet?*

»Ich könnte es mir nie verzeihen, wenn ihr wegen mir sterben würdet!«, fauchte sie in Roys Richtung.

Er zuckte mit den Ohren. Über ihre eigene Schlagfertigkeit überrascht biss sie sich auf die Zunge.

»Keiner spricht davon, dass wir sterben werden«, versuchte Samsa, Fiara zu beruhigen.

»Also ich finde, wir sollten es so machen, wie wir es gestern schon besprochen haben«, sagte Nala, während ihr Schwanz aufgeregt hin und her peitschte.

Alle drei blickten sie überrascht an. »Jetzt schaut nicht so verwundert drein. Ich dachte, wir sind uns einig gewesen, dass wir gemeinsam zum Baum der Wechsel gehen.« Die weiße Katze begann langsam um die zwei anderen Katzen und Fiara herumzutigern. »Wir gehen hin, schauen, ob heute weniger Wachen positioniert sind, und bringen das Menschenmädchen dann zurück in ihre Welt.« Als sie endete, blieb sie neben Fiara stehen.

Auch wenn die Katze für eine Caet relativ klein geraten war, musste Fiara doch ihren Kopf leicht anheben, um zu ihr aufzusehen. »Und wenn es zu viele sind?«, wisperte Fiara, immer noch nicht überzeugt.

Nala zuckte mit den Schultern. »Darüber können wir dann immer noch nachdenken. Fakt ist, dass es hier für dich viel zu gefährlich ist und wir es zumindest versuchen müssen.« Sie legte ihren weißen, dünnen Schwanz behutsam um Fiara. Das schwarze Ende streichelte tröstend ihr Bein.

Roy räusperte sich geräuschvoll. »Ich will eure Kuschelstunde ja nicht unterbrechen, aber ich muss Nala da ausnahmsweise mal recht geben. Der Mensch muss zurück, besser früher als später.« Und damit erhob sich der schwarze Kater schwerfällig, streckte seine Vorderpfoten aus und machte einen Katzenbuckel.

Samsa nickte. »Gut.« Sie wandte sich an Fiara. »Roy, Nala und ich sind stärker, als du denkst, Fiara.« Die Katze drückte sich mit ihrem Bauch auf den Boden, sodass Fiara wieder auf ihren Rücken klettern konnte.

Fiara kaute unsicher auf ihrer Unterlippe. Ob die Katzen sich umentscheiden würden, wenn sie wüssten, dass sie ihre Gedanken lesen konnte?

Fiara schaute aus den Augenwinkeln zu Roy hinüber. Der Kater musste es doch mittlerweile auch mitbekommen haben.

Plötzlich spürte sie eine feuchte, warme Nase an ihrem Hals. Nala stupste sie in Richtung der sandfarbenen Katze. »Na komm schon, hör auf Samsa, sie hat mehr Erfahrung als wir alle zusammen.« In der Stimme der schneeweißen Katze lag Zuversicht. *Wie lange sich die Katzen wohl schon untereinander kannten?*

Fiara erwachte aus ihrer Starre und machte ein paar Schritte auf ihre Freundin Samsa zu. »Können wir nicht noch mehr Caet fragen?«, platzte es aus dem Mädchen hevor, während sie an dem weichen Fell der Katze emporkletterte.

Samsa schüttelte den Kopf. Das lange Fell an ihren Ohren wackelte dabei hin und her. »Das geht nicht. Wir wissen nicht, wer Joel alles treu ergeben ist. Die Gefahr aufzufliegen ist zu hoch.« Und damit erhob sich die Katze wieder.

Das Gefühl, welches Fiara dabei hatte, zauberte ihr jedes Mal ein Lächeln auf die Lippen. Sie fühlte sich, als könnte sie auf Samsas Rücken all ihre Feinde im Handumdrehen besiegen.

Roy war der Erste, der auf den gegenüberliegenden Felsen sprang und mit einer Leichtigkeit nach unten kletterte. Nala folgte ihm leichtfüßig und Samsa bildete mit Fiara zusammen den Schluss.

Die Sonne war kaum noch zu sehen, so dicht drängten sich die bauschigen Wolken am Himmel. Es würde nicht mehr lange dauern, dann würde der Winter das Land mit seiner weißen Decke schlafen legen.

Fiara drückte sich fester in das warme, weiche Fell der Katze, während die Gruppe mit sicheren Schritten die ihr bekannte Lichtung verließ.

***

Fiaras Magen knurrte so laut, dass sie das Gefühl hatte, ihr gesamter Körper würde vibrieren. Das war zumindest etwas, auf das sie sich freuen würde. *Endlich wieder Haferbrei*, dachte sie. Bei diesem Gedankengang musste sie unwillkürlich schmunzeln. Niemals hätte sie vermutet, dass ihr die graue, klebrige Masse einmal wirklich fehlen würde.

Die drei großen Katzen jagten nur so über die spärlich bewaldeten Hügel hinweg. Das rhythmische Traben der Pfoten unter Fiaras Körper schenkte ihr die mittlerweile wohlbekannte Sicherheit.

Sie hatten eine Hasenfamilie aufgescheucht, die hakenschlagend neben ihnen in einem der wenigen Gebüsche verschwand. Der Wind rauschte an Fiaras Ohren vorbei, als das Tempo der Gruppe merklich anzog. Wahrscheinlich waren sie bald da, vermutete sie.

»Du, Sa?«, fragte sie ihre Freundin, während sie an einer Gruppe größerer Tannen vorbeikamen.

»Hm?«

»Nala hat da vorhin so eine Andeutung gemacht ... zwecks deines Alters.« Fiara wickelte sich spielerisch etwas Fell um ihren Zeigefinger.

»Was meinst du?«, hechelte die sandfarbene Katze.

»Naja ... Vor allem, dass du bereits viel Erfahrung hast.« Fiara merkte, dass sie wie ein Kleinkind herumdruckste. Sie gab sich einen Ruck. »Gibt es überhaupt ein Alter, hier in Klevefelz?«

»Natürlich. Warum sollte es das denn nicht geben? Nur weil wir unsere Größe verändern können, heißt das nicht, dass wir nicht altern.« Samsa schmunzelte.

Die Größe ändern. Darüber hatte sie schon gar nicht mehr nachgedacht.

»Also, wenn ihr jetzt zurück in die Menschenwelt geht, seid ihr wieder normal groß?«, fragte Fiara neugierig. Die geduldigen Antworten der Katze machten ihr Mut.

»Was auch immer du unter ›normal groß‹ verstehst«, berichtigte sie Samsa. »Wir können unsere Größe automatisch anpassen, je nachdem, in welchem Land wir sind.« Die Katze hatte keine großen Mühen, während des Rennens zu sprechen. »Sonst kämen wir auch gar nicht durch den Bau«, fügte sie zwischen zwei Atemzügen hinzu.

Fiara nickte, obwohl die Katze das gar nicht sehen konnte. »Ich verstehe. Und in Graveland bekommt ihr dann eure Jungen, nur um danach wieder in die Heimat zurückzukehren.«

»Genau«, bestätigte Samsa. Allmählich schien sich das Puzzle vor Fiaras Augen zusammenzusetzen.

»Aber wenn Joel euch nicht mehr den Weg der Wechsel gehen lässt, dann wird es doch irgendwann überhaupt keine Caet mehr geben? Was soll ihm das bringen?« Samsa blieb abrupt stehen. Fiara fragte sich, ob sie etwas Falsches gesagt hatte, und rutschte unruhig auf dem Rücken der Katze herum.

Das Tier drehte seinen Kopf leicht nach links, um Fiara aus dem Augenwinkel betrachten zu können. »So einfach ist es nicht.« Samsa hechelte vom strammen Tempo, das sie bis dato hingelegt hatten. »Er verbietet es nicht allen.« Ihr Blick verfinsterte sich. »Joel will selbst entscheiden, wer sich mit wem fortpflanzen darf.« Samsa sah wieder nach vorne.

Nala und Roy waren mittlerweile ebenfalls stehen geblieben und schauten sie verwirrt aus der Entfernung an.

»Manche sagen, dass er Caet erschaffen will, die zum Teil menschlich sind. Natürlich nur, um in Graveland mehr Kontrolle zu haben.« Die Katze schnaubte verachtend. »Es geht doch bei sowas immer um Macht.«

Fiaras Augen weiteten sich erschrocken. »Wie will er das denn bitte schaffen?« Sie konnte es kaum glauben. Menschen und Caet?

»Ich kann verstehen, dass du mehr darüber wissen willst. Aber auch wenn ich schon viele Monde alt bin, bin ich doch kein Wächter-Caet. Mit Sicherheit könnten diese dir all deine Fragen deutlich besser beantworten. Leider sind sie schon vor einiger Zeit spurlos verschwunden.« Die Katze merkte, wie Fiara enttäuscht seufzte. »Ach, Mädchen«, sagte Samsa mitleidig, dann überlegte sie einen Moment. »Es gibt da die Vermutung, dass Menschen, die lange genug in Klevefelz leben, ebenfalls zu Caet werden. Zumindest solange sie hier verweilen.«

»Was?«, unterbrach sie Fiara erschrocken. »Das heißt, ich könnte –«

»Nein, nein. Das ist vermutlich nur dummes Gerede. Eine Sage, nichts weiter. Geschichten, die kleinen Kätzchen erzählt werden.«

Roy kam auf sie zugerannt und unterbrach ihre Unterhaltung.

»Was ist denn bei euch los?«, fragte er keuchend.

»Alles in Ordnung, Roy«, versicherte ihm Samsa. Er warf Fiara einen finsteren Blick zu, schnaubte und machte sich dann wieder auf den Weg zurück zu Nala.

»Wir sind bald da«, sagte Samsa, bevor sie erneut an Geschwindigkeit zulegte.

***

Fiara erkannte schon von Weitem die Baumreihe, hinter der sie sich letztes Mal versteckt gehalten hatten.
Die Katzen wurden langsamer und eine nach der anderen kauerte sich vorsichtig in das Schutz bietende Unterholz.

»Ich sehe sie«, wisperte Nala leise. Roy nickte zustimmend.

»Das sind noch mehr als letztes Mal«, fluchte Samsa zwischen zusammengebissen Zähnen hindurch.

Eine Flamme der Hoffnung glomm in Fiara auf. Vielleicht könnte sie nun doch bleiben. Vielleicht könnte sie sich selbst auf die Suche nach den verschollenen Wächter-Caet machen. Schließlich war sie klein und damit deutlich schwieriger zu sehen als ihre Katzenfreunde.

»Versteht mich nicht falsch, ich bin der Erste, der hier schreit, wenn es darum geht, den Menschen loszuwerden, aber mit so vielen kann selbst ich es nicht aufnehmen.« Roy bleckte arrogant seine Zähne.

»Es muss einen anderen Weg geben«, sinnierte Samsa. »Vielleicht können wir sie ablenken?«

»Ich könnte sie weglocken«, warf Nala schließlich in die Runde.

Roy fauchte leise. »Auf keinen Fall!«

Fiara überlegte fieberhaft, wie sie ihre Freunde unterstützten konnte. *Vielleicht finde ich etwas über Joel heraus, wenn ich in die Gedanken der Wachen eindringe?* Sie versuchte, sich zu konzentrieren. Immer wieder fielen ihr Roys Worte zu, die es ihr deutlich erschwerten, zu den anderen Caet durchzudringen.

»Verflixt noch mal«, murmelte Fiara wütend. Die anderen drei schienen sie nicht gehört zu haben.

Sie fixierte die Wache, die ihnen am nächsten stand: eine rostbraune Katze mit einer Narbe, die sich quer über ihr linkes Auge zog. Sie befand sich etwas abseits der anderen Caet, welche sich angeregt miteinander unterhielten. *Da sind mehr Wachen*, dachte Fiara bei sich. *Komm schon, worüber denkst du nach?* Fiara konzentrierte sich auf die grellgelben Augen der Katze. Sie war nur wenige Schritte von ihnen entfernt. *Was ... denkst ... du –?*

Immer bin ich die Einzige, die den Job ernst nimmt. Pah! Aber was kann man auch von diesen Katern sonst erwarten?

Hab ich dich! Beinahe hätte Fiara es laut ausgerufen. Sie versuchte, die Freude über ihren Erfolg hinunterzuschlucken. *Konzentriere dich* ...

Und dann kommen sie zurück in den Bau und tun so, als wären sie die größten Macker.

Einen Moment lang verstummten die Gedanken der Caet-Wache und Fiara glaubte schon, den Kontakt zu ihr verloren zu haben. Doch dann trafen ihre Worte sie schlagartig und fauchend.

Die werden schauen, wenn Joel beim nächsten Vollmond die Treue seiner Untertanen auf dem Mondfels testet. Ich werde ganz vorne in der Reihe stehen. Jawohl. Als seine Leibwache.

Schockiert hätte Fiara fast die Verbindung zur Caet unterbrochen. *Was meint sie nur mit diesem ›testen‹?* Bereits das Schlimmste befürchtend, lauschte sie noch einmal.

Die werden Augen machen. Vielleicht gibt es dann auch endlich mal wieder einen Kampf. Ich bin müde vom ständigen Jagen und Warten. Es wird Zeit, dass jeder, der meinem Anführer die Gefolgschaft verweigert, getötet wird. Dann bräuchten wir hier nicht mehr so dämlich herumzustehen.

Die rostbraune Katze stand auf und streckte sich. *Ich habe es so satt.*

Ein dicker, zäher Kloß begann sich in Fiaras Kehle auszubreiten. Sie versuchte zu schlucken, aber er wollte sich einfach nicht auflösen.

Samsa, Nala und Roy diskutierten noch immer darüber, ob sie die Wachen ablenken sollten, da ließ Fiara ein leises Quieken verlauten.

»Alles okay?«, fragte Samsa sogleich.

Alle Augen richteten sich auf Fiara. Sie schüttelte vehement den Kopf.

»Was ist denn jetzt schon wieder los?«, entgegnete Roy genervt wie immer.

Fiara öffnete den Mund, doch mehr als ein Krächzen wollte ihr nicht gelingen.

Der schwarze Kater rollte mit den Augen. »Um Himmels willen, jetzt mach doch nicht so ein Drama!«

»Pst!«, machte Samsa. »Oder willst du, dass sie uns entdecken?« Sie warf ihm einen warnenden Blick zu.

Fiara atmete tief durch. *Es ergibt keinen Sinn, jetzt die Fassung zu verlieren. Das hilft ihnen auch nicht weiter.*

»Ich ...«, stammelte sie.

Nala und Samsa schauten sie erwartungsvoll an. Ihre Schwänze raschelten im Laub. Ein Reflex, den sie nicht kontrollieren konnten.

»Wir müssen hier weg«, brach es aus dem Mädchen plötzlich hervor.

»Fiara, ich weiß, dass du –«

»Nein, nein! Wir müssen wirklich schnell gehen!« Fiara unterbrach ihre Freundin und es sprudelte nur so aus ihr heraus. »Weil wir uns vorbereiten müssen. Wir müssen allen sagen, was Joel plant.« Fiara japste nach Luft.

Samsas blaue Augen starrten sie direkt an. »Was meinst du mit ›was Joel plant‹?«, fragte sie mit gefasster Stimme.

Fiara nahm noch mal einen tiefen Atemzug. »Ich ... Ich habe es gehört. Die braune Katze dort drüben ... Sie hat darüber nachgedacht. Sie meinte, dass Joel beim nächsten Vollmond alle richten wird, die ihm nicht folgen.« Fiaras Herz pochte heftig gegen ihre Brust. Hätte ich ihnen doch bloß früher erzählt, dass ich die Gedanken der Caet hören kann.

»Was soll das heißen, Du hast gehört?«, fragte Nala, die nun deutlich misstrauischer klang als sonst.

Fiara sah hilfesuchend zu Roy. Ihr Blick flehte ihn förmlich an. Es vergingen ein paar Momente, in denen niemand etwas sagte oder tat.

Die Luft war zum Zerreißen gespannt. Würde Samsa ihr glauben? Würde sie wütend sein, weil sie ihr nichts von ihrer Fähigkeit erzählt hatte? Fiara traute sich nicht zu atmen.

»Sie hat recht.« Roy flüsterte die rettenden Worte und Fiara presste erleichtert Luft aus ihren Lungen. ›Sie hat recht‹, die Worte, die sie von ihm nie erwartet hätte.

Nala und Samsa schauten ihn verwundert an.

»Sie hat meine Gedanken bereits in unserem Bau einige Male lesen können.«

»Was?« Die sandfarbene Katze war empört. »Und das sagt ihr erst jetzt?« Sie blickte Roy und Fiara vorwurfsvoll an.

»Ich war mir nicht sicher«, verteidigte sich der schwarze Kater sogleich. »Ich bin mir auch jetzt nicht völlig sicher, schließlich ist sie ein Mensch.« Er spuckte das Wort aus, als hätte er auf einer verwesenden Maus herumgekaut. »Aber wenn es stimmt, und das ließe sich ja ganz leicht überprüfen, dann sollten wir uns wirklich schleunigst auf den Nachhauseweg machen.«

»Es stimmt«, protestierte Fiara. »Es hat letzte Nacht angefangen.«

Samsa seufzte. »Das hättest du uns viel früher sagen müssen«, tadelte sie Fiara.

»Freunde, wir sollten los!« Nala zog sich aus dem Unterholz zurück. »Ich glaube, wir sind aufgeflogen.«

»Verdammt«, zischte Samsa. »Okay, los jetzt. Nicht stehen bleiben.

Wir treffen uns in meinem Bau!« Ohne auf eine Antwort der anderen zu warten, sprintete die sandfarbene Katze los. Fiara hatte Mühe, nicht runterzufallen, so schnell rauschten sie durch die Gräser und Büsche von Klevefelz.

Das Flüstern der Gedanken

Als sie endlich im Schutz der Höhle Zuflucht fanden, ließ sich Fiara langsam am Fell der Katze hinabgleiten.

Die Wachen waren ihnen nicht gefolgt, trotzdem herrschte immer noch eine angespannte Stimmung unter den Vieren.

Roy tigerte unruhig am Eingang des Baus auf und ab und Nala unterhielt sich angeregt mit Samsa.

Das altbekannte Gefühl, die Außenseiterin zu sein, schlich sich in Fiaras Körper zurück. Sie schlang die Arme um ihren Brustkorb und schaute sich wartend um. Was sollte sie nun tun?

Auch der Tag neigte sich dem Ende zu. Vor lauter Anspannung war ihr Hungergefühl mittlerweile nicht mehr so präsent, trotzdem fühlte sie den Schmerz, der ihre Bauchdecke unangenehm zusammenzog.

Ausgerechnet Roy war es, der ihr einen Gedanken herüberschickte. *Kannst du das hier wirklich hören?*, fragte er unsicher.

Fiara nickte ihm stumm zu.

Der schwarze Kater senkte seinen Blick und das Saphirgrün war nur noch ein Schlitz zwischen seinem dunklen Fell. »Wir sollten ihr zumindest einmal zuhören.« Roys Worte stoppten das Gemurmel der beiden anderen Caet.

Sie schauten ihn neugierig, aber auch ungläubig an. Dann gingen sie ein paar Schritte auf Fiara zu und setzten sich auf den staubigen Boden.

Roy hielt es nicht für nötig, näherzukommen. Mit einem Auge suchte er noch immer die Umgebung nach den Wachen ab.

»Na gut«, sagte Samsa schließlich. *Du sagst, du kannst unsere Gedanken hören.*

Fiara nickte, als der Gedankengang der sandfarbenen Katze bei ihr eindrang.

»Interessant.« Sie hob eine Pfote und begann, sich zu putzen. Dann hielt sie einen Moment lang inne. »Wieso hast du es mir nicht erzählt, Fiara?« Sie konnte nicht sagen, ob ihre Stimme enttäuscht oder wütend klang.

»Ich ... Ich war mir nicht sicher. Und ... Ich hatte Angst. Als ihr gesagt habt, dass ihr mich zurückbringen wollt, hielt ich es auch nicht mehr für wichtig, um ehrlich zu sein.« Fiara senkte den Blick.

Verdammt, Roy gegenüber war es deutlich einfacher, schlagfertig zu sein. Klar, sie hätte es ihrer Freundin sagen sollen, aber deshalb musste sie sich doch nicht wie ein Kleinkind tadeln lassen.

»Ich kenne niemanden, der sowas kann«, fiel Nala in das Gespräch mit ein. »Nicht einmal die Wächter-Caet können das. Glaube ich zumindest.« Sie sah Samsa fragend an.

Die ältere Katze nickte. »Es ist wirklich sonderbar«, stimmte Samsa ihrer Freundin zu.

»Wir könnten uns das zunutze machen.« Roy tapste nun endlich auch in ihre Richtung.

»Ja. Das wollte ich auch schon vorschlagen. So, wie ich die Informationen von der Caet-Wache erfahren habe, könnte ich noch mehr über Joel und seine Ziele herausfinden«, schlug Fiara erwartungsvoll vor.

Die Unterstützung des schwarzen Katers tat ihr gut. Sie wusste, dass er das nur aus Sorge um seine Heimat tat, trotzdem war es schön, dass nicht alle wütend auf sie waren.

»Kommt gar nicht in Frage. Wie stellst du dir das denn vor?«, polterte Samsa. »Wir können nicht ständig auf dich aufpassen, außerdem kannst du nicht einfach in deren Bau hineinspazieren und mir nichts dir nichts alle Gedanken durchwühlen.«

Okay, die Katze schien also wirklich noch wütend zu sein.

»Ich finde die Idee gar nicht so schlecht. Wir haben mit Fiara definitiv einen Vorteil gegenüber Joel und den anderen Caet. Und außerdem gibt es bestimmt einen Grund, warum die Wächter ihr diese Gabe geschenkt haben.« Nala wandte sich nun direkt an Fiara.

»Hast du gehört, wann sie sich treffen wollen und wo genau?«, fragte sie.

Fiara ging zur Wand der Höhle und ließ sich erschöpft mit dem Rücken an ihr hinuntergleiten. »Am Mondfels. Beim nächsten Vollmond«, antwortete sie trocken. »Glaubst du wirklich, dass die Wächter-Caet etwas mit meiner Fähigkeit zu tun haben?« Sie konnte das kaum glauben. Wieso sollte ausgerechnet sie, ein Mensch, die Gedanken von Caet lesen können? Fiara rieb sich die müden Augen.

Nala blieb Fiara die Antwort auf ihre Frage schuldig. Die Sache mit den Wächter-Caet schien ein empfindliches Thema zu sein.

»Das ist in vier Wochen«, merkte Roy an. »Ich bin sicher, da wird noch jemand vorbeikommen und uns offiziell davon in Kenntnis setzen.«

»Bestimmt«, sagte Nala.

»Und ich nehme an, dass jeder, der erst gar nicht erscheint, ebenfalls gejagt wird.« Samsa schüttelte seufzend den Kopf. »Wie soll Joel denn so viele Caet-Wachen auftreiben? Die müssten ganz Klevefelz durchkämmen, um alle Caet zu finden.«

Roy wurde unruhig. Er tapste von einer Pfote auf die andere und strahlte eine plötzliche Unsicherheit aus. »Die Eulen«, murmelte er.

Alle blickten ihn fragend an.

»Sie werden die Eulen benutzen.«

»Das würden sie nicht wagen«, entgegnete Samsa entgeistert.

»Doch. Warum sollten sie nicht? Sie werden die Vögel ausschicken, in alle Winkel des Landes. So wie früher, als sie die Wächter-Caet in eine Falle gelockt haben.« Roys Stimme wurde rau und beinahe brüchig. »Wenn er es einmal getan hat, würde er es auch wieder tun.«

»Aber er weiß doch, wie sein Volk zu den Eulen steht! Schon seit ich denken kann, stehlen sie unser Futter«, fauchte Samsa immer noch entrüstet.

»Roy hat recht.« Nalas Ohren zuckten nervös. »Seit Joel der Anführer der Caet ist, tummeln sich sowieso schon mehr Eulen auf unserem Terrain als zuvor.« Sie entblößte ihre Fangzähne. »Diese riesigen Vögel wissen genau, dass es in Klevefelz die größten und dicksten Ratten zu fangen gibt.«

Der schwarze Kater nickte. Seinen buschigen Schwanz ließ er schlaff hinunter hängen.

»Ratten?«, fragte Fiara erschrocken.

»Natürlich. Oder was glaubst du, fressen wir?« Nala legte ihren Kopf schief. Die gelben Augen der Katze sahen sie durchdringend an.

»Ich weiß nicht, ich dachte ...«, stammelte Fiara.

Samsa seufzte. »Vor den Ratten musst du dich hier besonders in Acht nehmen. Sie sind viel größer als die in Graveland.« Die sandfarbene Katze begann sich ausladend zu putzen.

»Ich habe hier noch gar keine gesehen. Nur eine Hasenfamilie, die wirkte aber normal groß«, erwiderte Fiara.

Roy bewegte seinen muskulösen Körper in Richtung des Ausgangs. »Nicht alle Tiere sind hier normal groß, wie du so schön sagst. Manche wurden von der Magie berührt, anderen eben nicht.«

»Gut für uns«, fiel ihm Nala hastig ins Wort. »Wir brauchen schließlich auch anständige Nahrung. Stell dir vor, wir müssten Mäuse und Ratten aus Graveland jagen. Da würden wir ja niemals satt werden!« Sie kicherte und lockerte damit die Stimmung merklich auf.

»Wo wir gerade schon dabei sind ... Ich gehe uns jetzt etwas jagen«, warf der schwarze Kater in die Runde, bevor er auf den gegenüberliegenden Fels sprang und in der anstehenden Dämmerung verschwand.

»Ich komme mit«, eröffnete Nala. »Soll ich dir etwas mitbringen, Fiara?« Die weiße Katze peitschte mit ihrem Schwanz.

Das Mädchen nickte. »Ja, das wäre wirklich lieb von dir.«

»Mit Fisch brauchst du es erst gar nicht versuchen«, warf Samsa belustigt ein. Ein Schmunzeln umspielte ihre Gesichtszüge. Sie hatte aufgehört, sich zu säubern, und streifte ein paar Mal um Nalas Flanke. Ein kehliges Schnurren entwich ihrem Körper.

»Ist gut«, erwiderte die kleine Katze. »Ich bring dem Menschen etwas anderes.« Leichtfüßig kletterte sie den Hang der Höhle hinab. Es wurde ruhig um Fiara und sie merkte, dass sie langsam zu frieren begann.

Samsa kam von der anderen Seite der Höhle zu ihr gelaufen.

Fiara hatte Angst, sie so sehr gekränkt zu haben, dass ihre Freundschaft dadurch beschädigt war. Außerdem fühlte sie sich mies, weil sie ihrer treuen Begleiterin etwas so Wichtiges nicht erzählt hatte.

»Ich ... wollte dir nichts vorenthalten. Wirklich«, sagte sie in die Stille hinein.

Samsa senkte ihren Kopf und setzte sich neben ihre Freundin. Sie drückte ihren flauschig warmen Körper dicht an Fiara und genoss das Pulsieren ihres Blutes, welches sich voller Freude wieder anständig durch die Bahnen schob.

Ihre Freundin antworte nicht und so blickte Fiara hinaus auf die wenigen Bäume, die der Höhle wegen der fallenden Blätter nur spärlich Schutz boten. Stück für Stück verschwanden sie im Dunkel der Nacht. Irgendwann, sie wusste nicht, wie lange sie so dagesessen hatten, legte Fiara ihren Kopf auf die Katze und schlief schließlich erschöpft ein.

***

Zaghafte Sonnenstrahlen kitzelten sie, als sie die Augen aufschlug und sich zu strecken begann. Sie schaute zu Samsa hinüber, die immer noch zusammengerollt neben ihr lag.

Für einen Moment lang schwelgte Fiara in den Erinnerungen ihrer Vergangenheit. Sie dachte an die vielen Male, in denen die Katze mit den flauschigen Ohren bei ihr im Bett geschlafen hatte.

Bist du auch schon wach? Ein Raunen durchdrang ihren Geist.

Roy. Sie blickte sich in der Höhle um und machte den schwarzen Kater mal wieder am Eingang des Baus aus. Sie nickte ihm kurz zu und suchte dann vergeblich nach der kleinen, weißen Katze.

Sie wollte noch mal los, um Futter für dich zu finden. Er schnaubte, aber seine Stimme klang nicht mehr so anfeindend wie zu Anfang.

Vorsichtig stand sie auf und wollte gerade auf den Kater zugehen, da öffnete auch Samsa endlich ihre klaren, blauen Augen. Ein ausgedehntes Gähnen entblößte die spitzen Zähne der schönen Katze.

»Hallo, ihr Schlafmützen!« Nala streckte ihren Kopf in die Höhle und ließ zufrieden einen großen Zweig mit saftigen, runden Früchten auf den steinigen Boden fallen. »Die sind gut«, flötete sie zufrieden.

Fiara blickte sie ungläubig an.

»Das sind Drollen. Los, probier sie mal, die schmecken dir bestimmt«, versuchte die weiße Katze, sich klarer auszudrücken. Sie schob den Ast mit ihrer Nase ein Stück näher in Fiaras Richtung und nickte sanft.

Als Antwort ließ der Magen des Mädchens ein lautes Knurren verlauten. Er fühlte sich leer an, vertrocknet wie eine verdorrte Pflaume.

Fiara ließ sich nicht zweimal bitten und griff hungrig nach einer der Früchte. Ohne groß weiter darüber nachzudenken, biss sie ein Stück von dem süßlich schmeckenden Fruchtfleisch ab.

»Mhmm!«, machte sie, während der klebrige Saft an den Seiten ihres Mundes hinuntertropfte. Der samtig blumige Geschmack drang tief in ihren Körper ein. Fiara hatte das Gefühl, dass er jede noch so kleine, müde Zelle zart umschmeichelte. »Oh, Wahnsinn!«, brachte sie endlich heraus. »Vielen Dank, Nala.«

Vergnügt schaute die weiße Katze zu ihr hinüber. »Kein Problem«, entgegnete sie mit hoch erhobenem Schwanz.

Fiara pflückte sich eine weitere Drolle vom Ast und begutachtete sie diesmal genauer. Sie war blau und hatte kleine, orangene Pünktchen. So etwas hatte sie noch nie zuvor gesehen. Neugierig wog sie die Frucht in der Hand.

»Gibt es hier viel Obst, das so ganz und gar anders ist als unseres in Graveland?«, fragte Fiara an Samsa gewandt.

»Ja.« Sie nickte. »Die Magie gibt uns hier so einiges mehr.« Die große Katze begann sich zu strecken.

»Wenn ihr jetzt genügend Zeit mit der Klevefelz-Flora-Lehrstunde vergeudet habt, wollen wir uns dann mal um die wirklich wichtigen Dinge kümmern?« Roys Ohren zuckten nervös. *Zum Beispiel, wie wir den Menschen endlich wieder loswerden*, dachte der schwarze Kater flüchtig. Schneller als ihm lieb war, rauschten die Gedanken durch seinen Kopf.

Fiara wandte sich ruckartig dem Kater zu, ihre Augen zu schmalen Schlitzen zusammengezogen.

»Was?«, fragte er so, als wäre ihm egal, dass das Mädchen seine Worte genau gehört haben musste.

Doch Fiara konnte im Aufblitzen seiner Augen erkennen, dass dem nicht so war. Es war seltsam, dass ihn das überhaupt zu stören schien. Wann hatte es angefangen, wichtig für ihn zu sein, was Fiara über ihn dachte?

Sie reagierte nicht auf seine Nachfrage, stattdessen seufzte sie leise und räusperte sich.

»Roy hat recht. Wir sollten die anderen Caet warnen. Das ist doch noch unser Plan, nicht wahr?« Fragend drehte sie sich zu ihrer Freundin Nala.

Die weiße Katze schloss einen Moment lang die Augen und überlegte. »Ja … und nein«, entgegnete sie. Dann lief sie ein paar Schritte in Richtung des Höhleneingangs.

Nala legte ihren Kopf schief. »Sollen wir die anderen suchen gehen?«, fragte sie nachdenklich.

»Habt ihr einmal darüber nachgedacht, was passiert, wenn wir jemanden warnen, der eigentlich Joel gegenüber loyal ist?« Samsa sagte diese Worte, ohne sich umzudrehen.

Ein Anflug von Beklemmung macht sich in ihrem Bau breit. Sie kroch aus den felsigen Wänden und wanderte über den steinigen Boden, bis sie sich vollends in der gesamten Höhle entfaltet hatte.

Fiara schluckte. Sie suchte nach den passenden Worten, wusste aber nicht, was sie entgegnen sollte.

»Euer Vorschlag, die anderen zu warnen, war nobel«, durchbrach Nala schließlich die drückende Stille. »Aber ich glaube, ich weiß, was Sa sagen will.« Der Schwanz der weißen Katze peitschte wild in alle Richtungen. *Wir sollten kein Risiko eingehen*, dachte sie. »Wir würden in offene Krallen rennen.«

Nala wirkte unsicher und gleichzeitig so besorgt, dass Fiara nicht wusste, was sie fühlen sollte. Die verwirrenden Gedanken der Katzen umnebelten Fiaras Geist und machten es dem Mädchen schwer, sich zu konzentrieren.

»Was meinst du damit?«, hakte sie nach.

Roy schnaubte abschätzig.

Da drehte sich Samsa endlich wieder zu ihren Freunden um.

»Wir würden uns ihnen schutzlos ausliefern«, sagte sie mit sanfter, aber zugleich fester Stimme. »Ich glaube nicht, dass wir die anderen warnen können. Wir wissen ja gar nicht, wer die anderen sind.« Die große Katze setzte sich auf den Boden und legte ihren buschigen Schwanz um die Vorderpfoten.

»Aber wir können sie doch nicht einfach ahnungslos im Dunkeln lassen?«, schoss es überrascht aus Roy heraus. »Was, wenn wir mit Hilfe der anderen eine größere Gruppe gegen Joel anführen könnten?«

»Versteh doch!«, unterbrach Nala ihren Freund. »Wir wissen nicht mal, ob es überhaupt andere wie uns gibt!« Die Worte der Katze überschlugen sich beinahe und Fiara zuckte merklich zusammen.

»Ähm, ich … also, ich glaube wir sollten warten«, sagte das Mädchen.

Alle sechs Katzenaugen waren nun auf sie gerichtet und eine leichte Gänsehaut breitete sich auf ihrem Körper aus. Sie war es nicht gewohnt, so viel Aufmerksamkeit auf einmal zu bekommen. Selbst Roy schien die Zähne zusammenzubeißen, um nichts weiter zu entgegnen.

Abschätzend legte Samsa ihren Kopf schief. »Manchmal ist Warten das einzig Sinnvolle, das wir tun können«, bestätigte sie. Sanft blickte sie in die Richtung des schwarzen Katers.

Roy schnaubte erneut.

»Es bringt nichts, wenn wir uns dafür selbst in Gefahr bringen«, sagte Nala. »Nicht, wenn wir noch überhaupt nicht wissen, was Joel wirklich vorhat.«

Samsa nickte zustimmend. »Wir werden auf die Versammlung gehen, genau wie alle anderen«, sagt sie entschieden. »Und dort werden wir dann sehen, wer von den anderen Caet eventuell auf unserer Seite stehen könnte.«

»Und ich kann versuchen, dabei die Gedanken der anderen zu durchforsten«, warf Fiara ein. Sie war froh, endlich auch etwas Produktives zum Geschehen beitragen zu können.

»Bin ich hier eigentlich der Einzige, der Warten für eine total feige

Idee hält?« Roys Worte waren scharf wie Dolchklingen, doch Samsa und Nala schienen sich davon nicht beeindrucken zu lassen.

Die sandfarbene Katze stand auf und ging ein paar Schritte auf den Kater zu.

Fast hätte Fiara *Vorsicht* gerufen, so sehr verunsicherten sie Roys beißender Blick und sein zum Angriff angespannter Körper.

Doch Samsa hatte keine Angst. Sie ging geradewegs auf ihn zu und legte ihren Kopf sanft an seine Flanke.

Fiara sah, wie sich sein Atem etwas verlangsamte. Mit großen Augen beobachtete sie ihre Freundin.

Sie kennt ihn gut, dachte Fiara nachdenklich. Ein Anflug von Neugierde durchdrang ihren Körper. Wie lange sie wohl schon befreundet waren?

»Mir egal«, sagte der Kater schließlich. »Macht doch, was ihr wollt. Aber hängt mir dann nicht in den Ohren, wenn wegen eurem nachlässigen Verhalten andere ihr Leben lassen müssen.«

»Jetzt übertreib mal nicht gleich«, konterte Nala.

»Ich bin sicher, wir können während oder nach der Versammlung immer noch genügend Caet helfen«, sagte Fiara versöhnlich. *Irgendwas an diesem Kater fasziniert mich. Irgendwas … Nein.* Das Mädchen schüttelte kaum merklich den Kopf, während die wirren Gedanken darin umherflogen.

Ich hoffe, du hast recht, drang Roys dunkle Stimme in ihren Geist.

Sie war weder abschätzig noch wütend. Es fühlte sich überraschenderweise ehrlich an.

»Gut. Wollen wir dann jagen gehen?«, fragte Samsa ihre zwei Caet-Freunde und unterbrach damit Fiaras Gedanken.

Roy und Nala nickten einstimmig und Fiara kaute nachdenklich auf ihrer Unterlippe.

Das Thema Joel schien fürs Erste geklärt zu sein.

Graveland

Frea

Frea legte ihre vom Alter gezeichnete Stirn auf die gefalteten Hände.

Wohin war ihre Tochter nur verschwunden? Schon vor drei Wochen, als das Mädchen nicht vom Fischen zurückgekehrt war, hatte sie allen Mut zusammengenommen und bei Gerla, der Ältesten des Dorfes, an die Hütte geklopft.

Doch niemand wusste, wo Fiara steckte. Nicht, dass es die Dorfältesten überhaupt interessiert hätte, aber einen Versuch war es dennoch wert gewesen.

Sogar ihre kleine Begleiterin, die sandfarbene Katze, war wie vom Erdboden verschluckt. *Wie hieß sie doch gleich? Samsa?*

Frea seufzte, schluchzte. »Meine kleine Fiara«, wimmerte sie hilflos in die kalte Dunkelheit ihres Hauses hinein. »Wo steckst du nur?«

Sie hob ihren Kopf und blickte angsterfüllt an die hölzerne Decke. Spinnweben hatten es sich zwischen den großen, groben Balken bequem gemacht, doch das war ihr im Augenblick völlig egal.

»Ach, Irden, wärst du nur hier. Du wüsstest mit Sicherheit, was zu tun ist.« Flehend flüsterte sie den ihr mittlerweile fast befremdlichen Namen ihres Mannes.

Sie dachte an frühere, unbeschwertere Tage. An den Moment, in dem sie dem flinken, pechschwarzen Kater durch den Fuchsbau in die Welt der Caet gefolgt war.

Sie war so mutig, so selbstsicher gewesen.

Was ist nur aus mir geworden? Traurig schüttelte Frea ihren Kopf. Das weiße, lange Haar berührte dabei sanft ihre Schultern.

Heiße Tränen kullerten ihr über die knochigen Wangen, doch auch der Anflug eines schmalen Lächelns umspielte ihre spröden Lippen.

Sie erinnerte sich noch genau an ihre erste Begegnung mit dem riesigen, dunklen Caet. Wie vorsichtig und gutmütig er zu ihr gewesen war. Nie wieder hatte sie nach Graveland zurückgewollt. Nie wieder in dieser Einöde leben.

Doch dann war alles ganz anders gekommen. Sie strich sich nachdenklich über die nackten Arme.

Von Zeit zu Zeit vermisste sie das weiche, dunkle Fell, das ihr in Klevefelz die harten Winter erleichtert hatte, doch eine Rückkehr zum Ort ihrer Träume war unmöglich. Unerreichbar.

Für immer.

Und jetzt war sie allein. Nicht mal Irden vermochte ihr nun zu helfen.

Frea legte ihre Wange auf den Tisch. Das kalte Holz drang an ihre dünne Haut. Wie tausend Nadelstiche wühlte sich der Schmerz der letzten Wochen durch ihren gesamten Körper.

»Fiara«, flüsterte sie zaghaft.

Klevefelz

Ungebetene Gäste

Wie üblich kletterte Fiara am Hang des steinigen Baus empor. Der Felsen war nicht leicht zu erklimmen und sie benötigte deutlich länger als die Caet, aber zumindest schaffte sie es inzwischen völlig ohne fremde Hilfe.

Stolz hievte Fiara ein paar große, sperrige Äste in die Höhle. Die runden, blau-orangen Früchte an den Zweigen hingen schwer nach unten.

Es ist schön, endlich wieder ein Stück weit Selbstständigkeit zurückzuerlangen, dachte sie abwesend. Fiara konnte mittlerweile problemlos für ihr eigenes Essen sorgen und hatte die drei Caet auch davon überzeugen können, hin und wieder ein Feuer am Rand der Höhle entfachen zu dürfen.

Selbst Roy wärmte sich nun abends genüsslich schnurrend seinen Pelz an den lodernden Flammen.

Die Tage waren eisig, doch die Wärme der drei Katzen hatte sie bisher gut durch die Wochen gebracht. Besonders weiter hinten im Bau der Freunde waren sie jederzeit vor den kalten Winden und dem nassen Regen der letzten Zeit geschützt gewesen.

»Fiara, du bist zurück!« Die kleine, weiße Katze kam mit freudigen Sprüngen auf sie zugehüpft.

Roy und Samsa putzten sich gerade gegenseitig, ein Akt, der zeigte, dass sie viel füreinander übrighatten.

Nala nahm die Äste ins Maul und trug sie hoch erhobenen Schwanzes in die Mitte der Höhle.

Die Tage waren inzwischen so kurz, dass Fiara bereits direkt nach dem Aufstehen auf Futtersuche gehen musste. Lange hielt sie es draußen auch nicht mehr aus, sie würde alles für eine von ihrer

Mutter gestrickte Jacke geben. Kritisch beäugte Fiara ihre Kleidung. Der langärmlige, grüne Pullover, den sie trug, sah mittlerweile schon ziemlich mitgenommen aus. Zwar hatte sie das ein oder andere Mal im Fluss am Rande der Lichtung baden können, doch bei den eisigen Temperaturen, die aktuell herrschten, war daran nicht mehr zu denken.

Mit einem letzten Ächzen zog sie sich nach oben. *Ich werde mich gleich mal um das Feuer kümmern*, dachte sie, während sich die Gänsehaut immer weiter auf ihrem Nacken ausbreitete. Der kalte Schweiß machte die Witterung nur noch unangenehmer.

***

Auch diesmal war es bereits dunkel, als Fiara die runden Früchte erntete. Die übriggebliebenen Zweige warf sie in die züngelnden Flammen des Lagerfeuers, die das morsche Holz gierig umschlossen.

Gerade als sich Fiaras Augen in dem warmen Lodern verlieren wollten, kam Nala herübergelaufen und setzte sich zu ihr ans Feuer. Weit genug entfernt, dass die Funken ihr zartes, glattes Fell nicht erreichen würden.

Auch Roy und Samsa erhoben sich und gesellten sich zu ihnen.

Fiara beobachtete das sanfte Flackern des Feuers im Wind. Niemand sagte etwas und das Mädchen traute sich nicht, die Stille zu brechen.

Dann bemerkte sie plötzlich einen großen, dunklen Schatten, der völlig aus dem Nichts vor dem Höhleneingang auftauchte. Lautlos schien er ihnen immer näher zu kommen und es sah nicht so aus, als würde er bremsen wollen.

Ist das etwa ein Angriff?, jagte es augenblicklich durch ihren Kopf.

»Samsa, da! Sieh doch!«, rief Fiara aufgeregt, während sie in den Himmel deutete. Dieses Ding, es flog. Wie konnte es sich so geräuschlos fortbewegen?

Je näher es kam, desto mehr rutschte das Mädchen zurück ins Innere des Baus. Ihr Mut, ihr sonst so schlagfertiges Mundwerk – verschwunden.

Unsicher blickte sie zwischen Roy, Nala und Samsa hin und her.

Augenblicklich spannten die Caet jeden einzelnen ihrer Muskeln an. Sie stellten sich mit peitschenden Schwänzen an den Eingang, den Kopf gesenkt, die Ohren nach hinten angelegt, die Zähne gebleckt. Die Schatten der massigen Körper tanzten in den Flammen des Lagerfeuers.

»Was willst du?«, rief Samsa mit einer kehligen, tiefen Stimme, die Fiara bei ihr noch nie zuvor gehört hatte. »Zeig dich!«, forderte die sandfarbene Katze. Sie ging einen letzten Schritt vor, ganz an den Rand des Felsen.

»Ich habe eine Nachricht für euch«, antwortete der Schatten, der weiterhin im Schutz der Dunkelheit verborgen blieb.

»Sei nicht so feige und zeig dich endlich!«, schrie Roy ihm entgegen, während er drohend eine Tatze nach oben hielt.

Das Klicken der Krallen vermischte sich mit den Fauchgeräuschen der Caet.

Tatsächlich schälte sich das Wesen daraufhin aus der Finsternis. Als das Leuchten der Flammen seine erdfarbenen Flügel berührte, staunte Fiara nicht schlecht.

Eine Eule. Eine riesige Eule. Das mächtige Tier mit den großen, runden Augen fixierte Samsa direkt und ohne zu blinzeln.

Kein Gefühl, kein Geräusch und keine Gedanken gingen von dem seltsamen Wesen aus, bis es abermals seine Stimme erhob.

»Morgen um dieselbe Zeit haben sich alle Caet am Mondfels zu versammeln.« Der Vogel blickte nun zu Roy und Nala. »Das ist keine Bitte.«

Fiara traute sich kaum zu atmen. Das Tier schien sie im hinteren Teil der Höhle nicht zu entdecken.

»Joel hat etwas zu verkünden. Widerstand wird bestraft.« Die Eule richtete ihre Worte wieder an Samsa. »Und zwar mit dem Tod.«

Die letzten Worte schnitten scharf wie Messer durch die Luft. Ohne den Caet die Möglichkeit einer Antwort zu geben, drehte sich das große Tier um und verschwand genauso schnell, wie es gekommen war, in die Dunkelheit der Nacht.

Das Licht des zunehmenden Mondes ließ nur noch erahnen, in welche Richtung der Schatten der Eule verschwand, als Roy als Erster seine Stimme wiederfand.

»Wir alle wussten, dass dieser Tag bald kommen würde.« Er machte einen Schritt nach vorne und brach die Stille. »Und am besten, wir machen es so, wie wir gesagt haben.«

»Nein, ich bin nach wie vor dagegen«, entgegnete die sandfarbene Katze bissig. Sie wandte sich an Nala und Fiara. »Wir können das nicht riskieren.« Ihr buschiger Schwanz hatte sich noch immer nicht beruhigt.

Die kleine, weiße Katze leckte sich die Flanken. »Und wie willst du sonst mehr über Joel herausfinden?«, fragte Nala nebenbei.

Samsa schwieg.

»Nala hat recht«, warf Roy ein. »Wir müssen so oder so dorthin. Lasst uns also Fiara mitnehmen und einfach hinter einem Gebüsch verstecken. Davon gibt es am Mondfels ja mehr als genug.«

Die kleine, weiße Katze unterbrach ihre Katzenwäsche und nickte zustimmend. »Und wenn die Zeremonie vorüber ist, erzählt uns das Menschenmädchen einfach, was sie so in Erfahrung bringen konnte.« Sie stand auf und ihr dünner Schwanz ragte freudig in die Höhe. »So können wir vielleicht auch endlich die Wächter-Caet finden!«

»Jetzt wollen wir mal nicht gleich übertreiben«, entgegnete Roy und rollte dabei mit den Augen.

»Und was, wenn sie Fiara entdecken?« Samsa schaute zu dem Mädchen herüber. »Du weißt, ich habe die Menschen gern, aber ihr habt doch einen sehr ... besonderen Geruch.«

Roy grinste spöttisch.

»Hast du denn einen besseren Vorschlag?«, fragte Nala herausfordernd.

Samsa ließ enttäuscht den Kopf hängen, während Nala ungeduldig mit ihren Vorderpfoten den steinigen Felsboden knetete. »Nein«, seufzte Samsa schließlich. Ohne zu dem Mädchen aufzuschauen, fragte sie: »Fühlst du dich denn bereit dafür?«

Fiara nickte. »Das ist das Mindeste, das ich für euch tun kann.«

Sie ging ein paar Schritte auf die sandfarbene Katze zu und legte vorsichtig ihre Hand auf das weiche Fell.

Als Samsa nicht zurückzuckte, schmiegte sie auch den Rest ihres Körpers an die große, warme Katze.

»Lass mich bitte helfen, Sa«, flüsterte Fiara.

Samsa entglitt ein weiterer Seufzer, bevor sie das Mädchen mit ihrer Nase anstupste. Die Schnurrhaare kitzelten in Fiaras Gesicht, doch das störte sie nicht. Dann blickte die Katze wieder nach vorne. »Also gut«, sagte sie endlich. »Wir brechen morgen bei Dämmerung auf. Der Weg zum Mondfels ist nicht lang, aber wir sollten früher dort sein als die anderen.«

Roy und Nala stimmten der älteren Katze zu.

»Es muss ja nicht jeder sofort erfahren, dass ein Mensch in Klevefelz lebt.«

Tarnen und Täuschen

Schnurrhaare kitzelten Fiara an der Wange. Noch schlaftrunken, wedelte sie mit ihrer Hand vor dem Gesicht, da berührten ihre Finger etwas Weiches.

Das Mädchen öffnete die Augen und sah voller Überraschung die Umrisse des schwarzen Katers vor ihrem Gesicht.

»Was zum –?«, stammelte Fiara, während sie sich erschrocken aufsetzte und ein bisschen nach hinten rutschte.

»Du musst endlich aufstehen. Wir sollten wenigstens einmal üben, bevor Joels Versammlung beginnt«, polterte die ihr bekannte Stimme von Roy.

Er zog sich etwas zurück und setzte sich dann zufrieden auf den Boden. Den schwarzen Schwanz legte er ordentlich über seine Vorderpfoten.

Fiara schüttelte ihren Kopf und rieb sich die Augen. »Musstest du mich so erschrecken?«, fragte sie mit einem giftigen Unterton.

Roy legte seinen Kopf schief. Sein rechtes Ohr begann zu zucken. »Alles Teil der Vorbereitung«, entgegnete er schroff, wobei Fiara schwören könnte, dass ein Grinsen an seinen Mundwinkeln zupfte.

Fiara stand auf, rollte mit den Augen und klopfte sich den Staub von ihrer Hose. »Wie spät ist es denn?«, fragte sie unschuldig. Ihr Blick glitt durch den Bau. Außer ihnen beiden war niemand zu sehen. Ob Nala und Sa wohl gerade jagen?

Roy unterbrach ihren Gedankengang. »Spät genug, du Langschläferin«, antwortete der schwarze Kater amüsiert.

Er stand auf, streckte sich und lief zum Ausgang der Höhle. »Wir treffen uns unten!«, rief er ihr gebieterisch zu, bevor er auf den gegenüberliegenden Felsen sprang und gekonnt hinunterkletterte.

Sehr nett, dachte Fiara. *Du hättest mich auch ruhig mitnehmen können.* Genervt verdrehte sie die Augen.

Roy war ihr bisher noch immer ein großes Rätsel. Mal schien er nett zu ihr zu sein, dann schäumte sein ganzer Körper wieder vor Hass. Wirklich kann ich es ihm nicht verübeln, wenn das mit seinen Eltern stimmt.

Fiara versprach sich von jetzt an, nachsichtiger mit dem schwarzen Kater umzugehen. Quasi als eine Art Vertrauensvorschuss.

Es dauerte ein bisschen, bis sie den Hang des Felsens überwunden hatte, und sie war froh, als sie wieder festen Boden unter ihren Füßen spürte.

»So!«, platzte es aus ihr heraus, als sie den letzten Sprung machte. »Was jetzt?«

Roy saß bereits am Rand der Lichtung und schaute zu Fiara herüber.

»Jetzt werde ich mich verstecken. Ungefähr so weit, wie Joel später von dir entfernt sein wird.« Er deutete mit seiner Schnauze auf die vielen Büsche, die hinter ihm emporragten. »Und dann wirst du versuchen, meine Gedanken zu erraten.«

»Ich werde sie lesen«, verbesserte Fiara ihn siegessicher.

Das Gedankenlesen beherrschte sie von Tag zu Tag besser. Fiara wusste nicht, wie sie es geschafft hatte, aber sie hatte das Gefühl, dass es ihr immer leichter fiel, ihre Fähigkeit zu kontrollieren, je länger sie in Klevefelz verweilte.

Dass sie die Gedanken der anderen in ihrem Kopf sogar abstellen konnte, wenn sie wollte, war eines der ersten Dinge, die sie bemerkt hatte. Und darüber war sie mehr als froh. Nicht auszumalen, wie es wäre, wenn sie dauerhaft die Gedanken von jedem lesen müsste.

Augenblicklich durchfluteten die Bilder der ersten Vollmondnacht Fiaras Kopf. Das erste Mal in Klevefelz. Fiara konnte den sandigen Boden des Baus förmlich unter ihren Füßen spüren.

Samsa hatte sich damals mit Nala und Roy am Mondfels getroffen und selbst von dort aus hatte sie noch ihre Gedanken hören können. Das Ausüben ihrer Fähigkeit sollte also auch aus großer Entfernung kein Problem darstellen.

»Wie du meinst«, sagte der schwarze Kater. Und mit einem gekonnten Sprung verschwand er im Laub des Gestrüpps.

Fiara fuhr sich wärmend über ihre Oberarme. Hoffentlich wird er nicht lange brauchen, dachte sie. Insgeheim wünschte sie sich zu ihrem Feuer in der Höhle zurück. Um nicht vollständig auszukühlen, trat Fiara ein paar Mal auf der Stelle.

Dann, als sie Roy nicht mehr sehen oder hören konnte, versuchte sie, sich zu konzentrieren. Sie dachte an die saphirgrünen Augen des schönen Katers und die raue, feste Stimme.

Na, du Wurm, kannst du mich hören?, tönte es von Weitem. Die Worte hallten in ihrem Kopf, leise, aber doch deutlich.

»Sehr gut sogar, du Pelztier!«, rief sie durch den Wald, in der Hoffnung, dass er sie hören würde.

Eine bessere Beleidigung ist dir nicht eingefallen?, fragte er angriffslustig.

Na warte, dachte Fiara.

Sie antworte ihm diesmal nicht, sondern überlegte, wo sich der Kater versteckt haben könnte. Auf leisen Sohlen ging sie die Schneise entlang, die der große Caet im Geäst hinterlassen hatte. Sie wunderte sich, dass sie es schaffte, kaum ein Geräusch von sich zu geben.

Bist du jetzt auf den Mund gefallen?, drang es fordernd durch ihren Kopf.

Die Stimme scheint von weiter rechts zu kommen, überlegte Fiara. Dort hinten ist ein Nadelgebüsch!

Sie kniff ihre Augen zusammen, um mehr zu erkennen. Bewegte sich da etwa jemand? Vorsichtig kletterte sie unter einer Dornenranke hindurch.

Als sie bemerkte, dass sie mit einer aschblonden Strähne ihres Haares hängen geblieben war, trat sie unachtsam auf ein paar welke Blätter am Waldboden. Verdammt, dachte sie. Beinahe hätte sie es laut ausgesprochen.

»Das müssen wir aber noch üben«, sagte eine tiefe Stimme dicht hinter ihr. Erschrocken zuckte sie zusammen und fuhr herum.

»Roy!«, presste sie zwischen ihren Zähnen hervor. Damit er nicht bemerkte, wie sehr er sie überrascht hatte, fügte sie noch schnell ein »Ich hätte dich fast gehabt!« hinzu.

Der schwarze Kater schmunzelte belustigt. »Natürlich, Mensch.« Er drehte sich um und begann wieder in Richtung des Baus zu laufen. »Komm, die anderen sind mittlerweile bestimmt von der Jagd zurück.« Und ohne auf Fiara zu warten, hechtete er davon.

Ganz ruhig bleiben, redete sie sich beschwichtigend zu. *Du wolltest mehr Rücksicht nehmen, erinnere dich*, Fiara, dachte sie. Dann lief sie ebenfalls zurück zum Bau ihrer Caet-Freunde.

***

Als sie sich an der Höhle hinaufzog, konnte sie bereits das aufgeregte Geplapper von Nala hören. Immer wenn sie die Stimme der kleinen Katze hörte, wurde Fiara ganz warm ums Herz. Nala war so eine liebevolle und gutmütige Katze.

»Und dann hat Samsa zwei Ratten auf einmal gefangen!«, endete Nala vergnügt.

Roy machte sich bereits über ein fettes Mahl her, als Samsa zur Begrüßung auf Fiara zugetappt kam.

»Wie war dein Training?«, fragte die sandfarbene Katze, während sie ihren Kopf an Fiaras Schulter drückte.

Das Mädchen hob ihre Hand und strich über das seidige Fell. »Ich glaube, ich habe mich ganz gut geschlagen«, entgegnete sie zufrieden.

Beide liefen zurück zu Roy und Nala.

»Am besten du entfachst noch einmal ein Feuer, damit du für den Abend heute ordentlich aufgewärmt bist«, sagte die kleine, weiße Katze.

Fiara nickte. »Du hast recht.« Ihr Blick glitt über ihre drei Caet-Freunde. »Und ich denke, euch wird es auch nicht schaden«, fügte sie grinsend hinzu.

Das Gesetz der Wechsel

Als das letzte Licht der Sonne hinter den Hügeln von Klevefelz verschwand, kletterte Fiara auf den Rücken ihrer Freundin Samsa.

Jetzt gab es kein Zurück mehr.

Im Schutz der Bäume preschten die Caet mit dem Mädchen durch das Unterholz der Lichtung. Vorbei an dem Nadelgebüsch, in dem Fiara heute Morgen noch Roy vermutet hatte, und immer weiter am großen Fluss entlang, der seine Bahnen durch den kleinen Wald zog. Er erinnerte sie an Graveland. Zuhause.

Mutter, schoss es ihr mit einem Mal durch den Kopf. Vor lauter Caet und dem Gedankenlesen hatte sie völlig vergessen, an ihre Mutter zu denken. Ein kalter Knoten formte sich in ihrem unteren Bauch. Wie konnte sie Frea nur vergessen?

Doch es blieb ihr jetzt keine Zeit für Gewissensbisse.

Fiara blickte hinauf in den wolkenlosen Himmel, einige Sterne waren mittlerweile zu sehen.

Sie schloss die Augen und schickte ein Gebet zu ihrer Mutter. *Es tut mir leid, dass ich dir nicht sagen kann, wo ich gerade bin*, dachte sie wehmütig.

»Wir sind gleich da!« Nalas Piepsen riss sie aus ihren Gedanken.

Das ging wirklich schnell, überlegte Fiara überrascht. Wobei ihr Zeitgefühl sie immer mehr im Stich zu lassen schien, seit sie sich in Klevefelz befand.

Die Katzen verlangsamten ihr Tempo und kamen vor einer neuen, deutlich größeren Lichtung zum Stehen.

Eine steinerne Höhle, ähnlich Samsa, Nala und Roys Bau, thronte erhaben in der Höhe vor einem riesigen, niedergetrampelten Stück

Wiese. Es war ein beliebter Platz und einige Caet hatten sich auch bereits eingefunden.

Fiara und ihre Freunde blieben hinter ein paar Bäumen versteckt stehen, in der Hoffnung, dass niemand sie entdeckte.

»Dort oben wird er stehen, nicht wahr?«, flüsterte Fiara den Katzen zu. Samsa, Roy und Nala nickten.

»Am besten, du gehst noch ein paar Schritte zurück. Du hast beim Training gezeigt, dass die Entfernung für dich kein Problem ist«, sagte Roy.

»Das ist sie nicht«, stimmte Fiara zu. »Aber je näher ich dran bin, desto besser kann ich die Stimmen zuordnen und verstehen.«

Zur Überraschung des Mädchens pflichtete der schwarze Kater ihr bei. »Also gut, dann eben hier.«

Der Vollmond ragte zart über dem steinigen Bau auf und sein Licht strahlte genau auf die Spitze des Felsvorsprungs, neben dem sich die Höhle befand.

Die sandfarbene Katze gab Fiara noch einen kleinen Stups mit ihrer Nase, bevor sie sich mit ihren zwei Freunden zu den anderen Caet gesellte.

Fiara lugte zwischen zwei großen, alten Eichen hervor und versuchte, ein Bibbern zu unterdrücken. Es war so unglaublich kalt. Fröstelnd rieb sie ihre Handflächen aneinander.

Hoffentlich dauert das Ganze nicht allzu lange, dachte sie.

Je weiter die Nacht voranschritt, desto mehr Caet versammelten sich auf der riesigen Lichtung. Braune, schwarze, gestreifte, getigerte ... Manche hatten langes, wallendes Fell, auf die war Fiara im Moment besonders neidisch.

Ihr Atem formte kleine Nebelschwaden vor ihrem Mund und sie hätte alles für ein paar Handschuhe gegeben.

Fiara versuchte, in den vielen Gedanken der anwesenden Katzen nützliche Informationen aufzufangen, aber die meisten waren einfach nur glücklich, andere Caet zu sehen. Es war nicht einfach, die einzelnen Gedanken der vielen Katzen zu durchforsten, doch je mehr sie sich auf einen bestimmten Caet konzentrierte, desto besser gelang es ihr. Die aufgeregt wirkenden Katzen begrüßten ihre Artgenossen mit liebevollen Kopfnüssen, streiften einander am Fell entlang und leckten sich gegenseitig sanft über den Kopf.

Plötzlich bemerkte Fiara einige große Eulen, von denen sie mit einer bereits gestern Bekanntschaft gemacht hatte. Die mächtigen Vögel ließen sich lautlos auf den umliegenden Tannen nieder.

Ein paar Caet beäugten sie misstrauisch, aber keiner wagte es, sie anzugreifen.

Auch auf dem Felsen tat sich endlich etwas. Die Wachen, die sie vor ein paar Wochen am Baum der Wechsel gesehen hatten, traten aus dem Eingang heraus und setzten sich hoch erhobenen Hauptes auf den Boden.

Fiara erkannte die rostbraune Caet, deren Gedanken sie schon einmal gelesen hatte. Die Katze ging ein paar Schritte nach vorne und sprach:

»Im Namen unseres Herrschers und Anführers, Ruhe jetzt!« Sie fauchte wütend und das Gerede erstarb sogleich.

Alle blickten gespannt den Hügel hinauf.

Ein paar jüngere Caet tuschelten wieder aufgeregt miteinander, wurden aber sogleich mit strafenden Blicken ermahnt.

Die rostbraune Caet mit der Narbe über dem Auge tapste ein paar Schritte zurück und ließ Platz für den Herrscher Joel.

Schon des Öfteren hatte sich Fiara das Aussehen des Anführers ausgemalt. Groß, stark, mit vielen Narben. Vielleicht ein abgerissener Schwanz, dessen verlorenes Stück er bei einem Kampf eingebüßt hatte.

Zwischenzeitig begann ihre Haut, unangenehm zu kribbeln. Fiara vermutete, dass die Kälte ihr immer mehr zusetzte. Es juckte und brannte und es forderte all ihre Konzentration, nicht wie eine Verrückte drauflos zu kratzten. Arme, Gesicht, Füße, sogar ihr Kopf juckte so fürchterlich, dass sie ernsthaft überlegte, ob sie sich Flöhe eingefangen hatte.

»Schön, dass ihr alle meiner Einladung gefolgt seid!« Die tiefe Stimme des Herrschers drang durch die Bäume, die den Mondfels umgaben.

Fiara atmete noch einmal tief durch und versuchte, sich dann auf Joel zu konzentrieren. Der Anführer war derweil neben seine Wachen aus der Höhle stolziert.

»So falsch lag ich da wohl gar nicht«, murmelte sie leise bibbernd vor sich hin.

Joel war groß, sogar größer als Roy, und das hatte was zu bedeuten. Sein Schwanz war zwar noch komplett, jedoch fehlte ihm das rechte Ohr und eine dicke Narbe zierte sein Gesicht. Das silber-blaue Fell funkelte im Mondlicht. Keiner der anderen Caet besaß eine solch sonderbare Farbe.

Fiara musste mehrmals hinsehen, denn auch in Graveland hatte sie noch nie eine Katze mit einem derartig schönen Pelz gesehen. Die Augen des Anführers waren zu gelbglühenden Schlitzen zusammengezogen und sein dichter, dicker Schwanz peitschte wild in alle Richtungen.

Fiaras Blick glitt zu den anderen Caet, die ihren Kopf zum Zeichen des Respekts tief nach unten neigten. Sie versuchte, in die Gedanken des silbernen Katers einzutauchen, doch anders als bei ihren Freunden schien eine Art Barriere ihr den Durchgang deutlich zu erschweren. Hinzu kam dieses unwahrscheinlich drängende Gefühl, sich überall kratzen zu müssen, welches sie von ihrem Vorhaben immer wieder ablenkte.

»Die Zeiten haben sich geändert«, sagte der große Kater. »Bestimmt habt ihr bereits selbst bemerkt, dass die Menschen den Caet in Graveland das Leben schwer machen.«

Einige der Katzen nickten eifrig.

»Genau«, fuhr der Herrscher unvermittelt fort. »Wir können nicht zulassen, dass unsere Kinder in einer solchen Welt geboren werden. In einer Welt, in der wir gejagt werden.«

»Sie müssen sterben!«, rief ein Caet aus der Menge heraus.

»Nicht doch, nicht doch«, besänftigte Joel, während er sich hinsetzte und seinen Schwanz locker um seinen Körper schlang. »Es gibt eine weitere Lösung und ich bin der Meinung, dass es sogar die bessere Variante ist.«

Der Anführer stand auf und ging bis zum Rand des Felsvorsprungs. Sein Blick glitt über die vielen Untertanen, die ihm gebannt an den Lippen hingen. »Wir werden von jetzt an auch über Graveland herrschen.«

Die Caet sahen sich gegenseitig erstaunt an.

»Nur so können wir unsere Art erhalten und die Generationen schützen.«

Zustimmendes Gemurmel schallte durch die große Lichtung.

»Ruhe!«, rief die rostbraune Caet-Wache in den Nachthimmel hinein.

»Und wie gedenkst du, dass wir das bewerkstelligen?« Es war Samsas Stimme, die Fiara aufhorchen ließ.

Der Herrscher schloss die Augen und nickte. »Lange habe ich mir darüber den Kopf zerbrochen.« Er schwieg für einen Moment.

Die Anspannung auf der Wiese kroch Fiara vom Scheitel bis in die Zehen.

»Ab dem heutigen Mond wird es keine unangemeldeten Wechsel mehr geben!«

Wirre Blicke und entsetztes Getuschel breiteten sich in der Menge aus.

Unzählige Gedanken prasselten auf Fiara ein und diesmal hatte sie tatsächlich etwas Mühe, dem Gerede Einhalt zu gebieten.

Plötzlich flogen die Eulen im Sturzflug auf die Caet nieder. Nur um Haaresbreite verfehlten sie die aufgeregten Katzen, stiegen wieder auf und setzten sich, als wäre nichts geschehen, zurück auf ihre Bäume. Die Drohung war mehr als deutlich.

»Beruhigt euch!«, schrie Joel. »Das heißt ja nicht, dass es keine Wechsel mehr geben wird.« Er fixierte inzwischen besonders die Caet, die ihm wütende Blicke zuwarfen. »Um auch in der Menschenwelt zu herrschen, müssen wir uns verändern. Verbessern. Die einzige Möglichkeit, dies zu tun, ist die Fortpflanzung zu kontrollieren und den Weg der Wechsel nur noch speziell ausgesuchten Paaren zu ermöglichen.«

Augenblicklich wurde es still auf der Lichtung.

Samsa, Roy, Nala und auch vereinzelt andere Caet funkelten den Anführer böse an.

»Lira, meine treuste Wache, wird die Zuteilung mithilfe der

Wächter-Chroniken überwachen.« Er wandte sich der rotbraunen Katze mit der Narbe über dem Auge zu. »Es wird so sein, dass jeder Caet, der keine menschlichen Vorfahren hat, mit einem Caet mit eben jenen menschlichen Genen zusammengeführt wird.« Bevor sich weitere Stimmen erheben konnten, fügte er ein energisches »Ich dulde keine Widerrede!« hinzu. Noch einmal ließ er seine Augen über die vielen Caet schweifen. »So erschaffen wir die Hybriden, die wir brauchen. So können wir uns in der Menschenwelt behaupten. Denn nur mit menschlichen Genen haben wir die Möglichkeit, unsere Gestalt entsprechend flexibel zu verändern.« Joel kniff die Augen zusammen. »Das muss doch selbst den Dümmsten unter euch einleuchten.«

Fiaras Augen wurden groß. Menschengene? Es gab Caet, die aus der Menschenwelt kamen? Sie schüttelte ungläubig den Kopf. *Aber Samsa meinte doch, dass das überhaupt nicht möglich sei?* Ihre Gedanken überschlugen sich.

Der Anführer hob seinen Kopf und auch sein Schwanz ragte nun freudig in den Nachthimmel.

Dann fuhr er mit weiterhin ernster Stimme fort. »Jeder, der diesen Befehl missachtet, wird gelyncht. Und denkt daran, als einzigem Wächter-Caet schuldet ihr mir eure Treue.« Der Herrscher wandte sich von der Menge ab und trabte, dicht gefolgt von seinen Wachen, zurück in die große Höhle.

Verdammt, dachte Fiara. Sie hatte keinen Weg in Joels Gedanken finden können. Ihre Freunde würden mehr als enttäuscht sein. Sie kratzte sich gedankenverloren an den Armen.

»Wen haben wir denn da?«, schallten mehrere Stimmen hinter ihr.

Erschrocken fuhr sie herum. Ihre Augen trafen das Fell von drei Caet, die sie gerade noch bei Joel auf dem Felsen ausgemacht hatte. Sie hatte das Annähern der Katzen überhaupt nicht vernommen.

»I-ich ...«, stammelte das Mädchen zitternd vor Kälte und nun auch vor Angst. Sie verfluchte ihre Unaufmerksamkeit.

»Das wird den Anführer sehr interessieren«, spuckte ein rot getigerter Caet aus. »Neo, Lyk, nehmt den Menschen mit nach oben in die Höhle«, kommandierte er.

»Jawohl, Vero«, kam es von den beiden wie aus der Pistole geschossen zurück.

Fiara dachte nicht einmal daran, sich zu wehren. Die Kälte, das Jucken, sie war viel zu erschöpft, um ihren Peinigern etwas Anständiges zu entgegnen.

Auf dem Weg hinauf zum Felsen trafen sie einige Blicke der immer noch auf der Lichtung sitzenden Caet.

Das Gemurmel wurde lauter und schließlich hörte sie auch die ersten Rufe.

»Ein Mensch! Seht doch!«, rief einer.

»Tötet ihn, schnell! Bevor er auch noch Klevefelz an sich reißt!«, schrie ein anderer.

Die Abneigung der Caet traf Fiara wie ein großer, schwerer Stein, der mit voller Wucht gegen ihren Kopf geschleudert wurde.

Caetblut

Oben angekommen, befahlen ihr die Caet-Wachen zu warten.

Es dauerte nicht lange, da trat der erhabene, silberne Kater aus dem Schatten der Höhle.

Vero verpasste Fiara ohne Vorwarnung einen heftigen Schlag mit der Pfote, sodass sie auf die Knie fiel.

Joel schmunzelte zufrieden.

»Weshalb hast du gelauscht, Mensch?«, polterte der Herrscher ihr entgegen. Er war laut genug, dass die anderen Caet auf der Wiese ihn immer noch gut hören konnten.

Fiara hob vorsichtig den Kopf und schielte zu der rot getigerten Wache. Auf einen weiteren seiner Hiebe konnte sie gut verzichten.

»Der Herrscher hat dich was gefragt!«, fauchte Vero wütend.

Sie zuckte erschrocken zusammen.

»Ich wollte nur ... Also, ich dachte, dass ...« Fieberhaft überlegte Fiara, was sie sagen könnte. Niemals würde sie ihre neuen Freunde verraten.

Plötzlich breitete sich eine immer weiter ansteigende Wärme im Inneren ihres Körpers aus. Wie ein Feuer, das gerade erst an Fahrt aufnahm, loderte es stetig heller und größer auf. Angst ließ sie vollends erstarren. Und trotz der zunehmenden Hitze drückte der kalte Knoten, der sich vorhin in ihrem Bauch gebildet hatte, nun mit voller Wucht gegen ihre inneren Organe.

Fiara schnaufte, zitterte, schluchzte.

Die Wachen sahen ihren Anführer fragend an, doch er bedeutete ihnen mit der Pfote, sich zurückzuhalten.

Dann wurde es totenstill um Fiara herum.

Das Jucken wurde immer stärker, schier unerträglich, und der innere Druck, der sie zu zerreißen drohte, ließ sie nach wenigen Augenblicken völlig die Besinnung verlieren.

Als das Schwarz sich wie ein Vorhang vor ihre Augen schob, war sie sich sicher, dass sie ihre neuen Freunde nie wieder zu Gesicht bekommen würde.

***

Aus der Entfernung hörte sie eine Stimme, die verzweifelt ihren Namen rief. War das etwa Samsa?

Fiara fühlte sich schwerfällig, selbst ihre Augenlider wollten ihr einfach nicht gehorchen. Dann spürte sie einen leichten, rhythmischen, immer wiederkehrenden Druck auf ihrer Brust.

»Fiara!« Samsas zuckrig-blumiger Duft umarmte sanft die Nase des Mädchens.

Bin ich etwa schon tot? Nein, das hier muss Samsa sein, ich bin mir sicher.

Erneut versuchte Fiara, mit all ihrer übrig gebliebenen Kraft, die Augen zu öffnen.

Der Mond blendete und brannte so hell wie Feuer in ihren Pupillen. Das grelle Licht zwang sie förmlich dazu, sich ihren Arm vor das Gesicht zu halten. Doch selbst dafür fehlte ihr die nötige Kraft.

»Bringt sie gefälligst in die Höhle! Seht ihr nicht, dass das arme Ding völlig überfordert ist?«, blaffte die sandfarbene Katze die Wachen an.

Samsa. Fiara versuchte, den Namen ihrer Freundin mit dem Mund zu formen, doch er blieb zäh und klebrig zwischen ihren Zähnen hängen.

Ehe sie sich versah, wurde sie hochgehoben und auf einem felligen Rücken weggetragen. Wieso konnte sie sich nur nicht richtig bewegen?

»Das wird schon, Kleine«, sagte Samsa aufmunternd, während sie ihr leicht über die Wange leckte. Es fühlte sich anders an. Sie hatte das Gefühl, dass die Caet plötzlich deutlich kleiner geworden waren.

Als sie im Inneren der Höhle ankamen, schloss Fiara noch einmal hoffnungsvoll ihre Augen. *Wenn ich sie öffne, werde ich mich wieder ganz normal bewegen können. Es gibt keinen Grund, warum ich plötzlich gelähmt sein sollte*, versuchte das Mädchen, sich gut zuzureden.

Der erste Lidschlag war pure und grenzenlose Dunkelheit. Zu Fiaras Freude war dies deutlich angenehmer als das aufdringliche Strahlen des Vollmondes. Sie blinzelte einige Male und erkannte dann die helle Gestalt ihrer Freundin, die sich sorgenvoll über sie beugte.

»Keine Angst, Kleine. Mit der Zeit wird es einfacher werden, das kann ich dir versprechen.« Gutmütig drückte die Katze ihre Nase in Fiaras Seite.

»Was ...«, stammelte Fiara noch immer etwas benommen. Froh und auch ein wenig überrascht darüber, dass ihr Mund ihr nun wieder gehorchte, wollte sie sich mit den Händen über das Gesicht fahren.

Zwei große, fellige Pranken landeten ungeschickt auf ihrer Nase. Erschrocken ließ sie sie wieder sinken und starrte zu Samsa zurück.

Die Katze nickte und gab ihr erneut einen sanften Stups.

»Sehr gut«, unterbrach Joel Fiaras Rückkehr zu den Lebenden. »Da haben wir gleich ein fabelhaftes Beispiel dafür, dass mein Plan funktionieren kann.« Zufrieden nickte er seinen Wachen zu. »Geht jetzt raus und sagt meinen Untertanen, dass sie von den Eulen ihre Paarung zugeteilt bekommen werden. Lira wird sich um alles Weitere kümmern.«

Neo, Lyk und die rostbraune Caet verbeugten sich knapp und eilten dann hinaus auf den Felsvorsprung.

»Und nun zu dir ...« Der Anführer wandte sich wieder Fiara zu. Er musterte sie einen Augenblick zu lange von oben bis unten. Seine Augen verrieten, dass etwas an ihr, trotz der Freude, Fragen aufwarf.

»Sie muss sich erst mal dran gewöhnen«, sagte Samsa forsch.

»Pass auf, was du sagst, kleine Caet«, entgegnete Joel bissig. »Du vergisst, mit wem du hier sprichst.«

Die sandfarbene Katze biss sich auf die Zunge und blickte dann wieder zu Fiara, welche wie ein Häuflein Elend auf dem felsigen Untergrund saß.

Erneut hob das Mädchen, diesmal langsamer als zuvor, ihre Hände vor das Gesicht. Immer noch schienen sie die riesigen Pranken schamlos anzustarren. Fiara sah ungläubig zu Samsa, dann wieder zu ihren Pfoten und wieder zu ihrer Freundin. Die sandfarbene Caet lächelte ihr aufmunternd zu.

»Ich habe ... Pfoten«, stellte Fiara tonlos fest, während sie die silbernen Pranken skeptisch nach links und rechts drehte. »Wie kann das sein?«, fragte sie, immer noch verstört.

»Scheint so, als wäre einer deiner Elternteile ein Caet«, klärte Joel sie auf.

»D-das kann nicht sein«, stotterte Fiara.

Mit wackeligen Beinen versuchte sie, sich aufzusetzen. Es war seltsam, plötzlich mit den Caet auf Augenhöhe zu sein. Sie spürte die Kraft, die von ihren Sprunggelenken ausging. Der Drang nach einem Sprint breite sich in ihren Füßen aus. Zwischenzeitlich hatten sich ihre Augen vollends an den Schatten der Höhle gewöhnt.

»Das alles ist ja schön und gut«, begann der Anführer derweil. »Aber das erklärt noch immer nicht, was du zwischen den Bäumen bei unserer Versammlung getrieben hast.« Sein Tonfall wurde wieder fordernder.

Fiara setzte eine Pfote vor die andere und tat ihre ersten Schritte auf vier Beinen.

Ist gar nicht so schwer, freute sie sich insgeheim.

Samsa räusperte sich.

Das Mädchen hatte den Anführer nicht vergessen. Sie wusste einfach nicht, was sie Joel antworten konnte. Hilfesuchend schaute sie zu ihrer Freundin herüber, doch auch die schien im Augenblick völlig planlos zu sein.

»I-ich ... Also ich dachte, dass ich dem großen Anführer der Caet womöglich dienen könnte.«

Samsa riss entsetzt die Augen auf. »Bestimmt ist Fiara gerade noch verwirrt und –«

»Schweig!«, schrie Joel die Katze an. »Das ist ja spannend. Wie gedenkst du denn, mir dienen zu wollen?« Er legte den Kopf schief und seine gelben Augen stachen aus der im Bau herrschenden Dunkelheit hervor.

»Vielleicht ... könnte ich jetzt, da ich dieses ... also da ich diese ...« Fiara fehlten die richtigen Worte.

»Jetzt, da du eine Caet bist, meinst du?«, half ihr der Herrscher schmunzelnd aus.

Fiara nickte. Sie konnte es immer noch nicht glauben, geschweige denn aussprechen. Eine Caet. Sie. Für einen Moment verlor sie beinahe die Fassung.

»Nun?«, hakte Joel ungeduldig nach.

»Ja, also vorher, da wollte ich als Mensch ... Also ich habe gehört, dass ihr, der Anführer der Caet, großes Interesse an den Menschen habt. Ihr habt ja, soweit ich es richtig verstanden hab, ein Problem in Graveland.« Überrascht über ihre eigenen Worte hielt sie für einen Moment inne.

Joel musterte sie misstrauisch, sagte aber diesmal nichts dazu.

»Und jetzt, da ich ja ... da ich ja eine ... Caet bin, könnte ich euch vielleicht noch viel besser helfen!« Fiara versuchte, es so überzeugend wie möglich klingen zu lassen. Sie wollte alles dafür tun, dass ihren Freunden, besonders Samsa, nichts zustoßen würde. Und schließlich war es irgendwie auch ihre Schuld, dass die sandfarbene Katze hier mit reingezogen wurde. Wäre sie ihr damals nicht hinterhergerannt, dann ...

»Gut. Warum nicht?«, sagte Joel mehr zu sich selbst als zu Fiara.

»Nein!«, rief Samsa entsetzt.

Der mahnende Blick des Herrschers traf sie wie ein spitzer Pfeil. »Es ist ja schön, dass du so sehr um sie besorgt zu sein scheinst. Von nun an wird sie aber nicht mehr dein Problem sein«, fauchte Joel.

»Schon okay, Sa«, flüsterte Fiara ihr zu, doch die sandfarbene Katze schien das kaum zu beruhigen.

»Sie ist kein Problem, sie ist meine F–«

»Es interessiert mich nicht, was sie für dich ist!«, bellte er wütend. »Und wenn du sie aufhalten willst, dem Caet-Volk zu dienen, dann bist du wohl diejenige, auf die ich ein Auge werfen sollte.« Bedrohlich ging Joel auf Samsa zu, die Augen zu Schlitzen zusammengezogen.

»Sie hat damit nichts zu tun.« Fiaras Worte klangen flehender, als ihr lieb war, und ihr Blick wandte sich an Samsa. »Ich kenne diese

Katze nicht«, sagte sie schließlich. »Mit Sicherheit war sie einfach so besorgt.« Fiara senkte den Blick und fuhr mit festerer Stimme fort: »Es gibt schließlich auch Caet, die uns Menschen gegenüber durchaus positiv gestimmt sind«.

Joel wartete einen Moment, als würde er überlegen. »Na dann hoffen wir mal, dass die anderen Caet das genauso sehen.«

Samsas Augen wurden groß. Sie wollte etwas entgegnen, aber Fiaras mahnender Blick ließ sie innehalten.

Hoffentlich geht mein Plan auf, dachte Fiara besorgt, während sie in Richtung Höhlenausgang blickte.

Sturm aus Krallen

Fauchen und Knurren drangen von draußen in den Schutz des Baus hinein.

Lyk kam in Hechtsprüngen zu ihnen gerannt, blanke Furcht lag in seinen Augen.

»Sie ... Sie wollen sie«, hechelte der kleine Kater.

»Wen wollen sie?«, fragte Joel mit zusammengekniffenen Augen.

»Das Mä... Die neue Caet«, stammelte Lyk immer noch völlig außer Atem. »Sie wollen sie ... töten«, presste er hervor.

»Das werden sie schön bleiben lassen«, knurrte Joel, während er seinen mächtigen Körper in Gang setzte und ebenfalls aus der Dunkelheit der Höhle ins Freie trat.

Fiara und Samsa wechselten ängstliche Blicke, dann fuhr die sandfarbene Katze ihre Krallen aus.

»Sie werden dich nicht kriegen, Kleine«, sagte sie mit fester Stimme. »Das verspreche ich. Bleib hier!« Und bevor Fiara noch etwas entgegnen konnte, rannte ihre Freundin hinaus in die wütende Menge.

Unsicher, was sie jetzt tun sollte, lief Fiara im Unterschlupf auf und ab. Sie hatte sich überraschend schnell an ihre neue Fortbewegung gewöhnt. Mit jedem weiteren Moment, den sie in ihrem Caet-Körper verbrachte, hatte sie das Gefühl, dass sie ihn besser lenken konnte.

»Sie ist keine von uns! Sie ist der Grund, weshalb wir in Graveland gejagt werden! Was will denn ein Mensch in Klevefelz?!«, schrie jemand von draußen.

»Ruhe! «, hörte sie Joel fauchen. »Sie ist nun eine Caet und als solche steht sie unter dem gleichen Gesetz wie alle anderen!«

Es fühlte sich seltsam an, dass der herrschsüchtige Anführer, den sie eigentlich ausspionieren sollte, plötzlich die Rolle ihres Beschützers einnahm.

Fiara schüttelte irritiert den Kopf. Ihre Schnurrhaare wippten dabei vor und zurück. *Was für ein sonderbares Gefühl. Ob ich mich wohl jemals dran gewöhnen werde?*

Schmerzensschreie zerrissen die Nacht. Es war Samsas Jaulen, das Fiara wieder in die Gegenwart zurück katapultierte.

Ich kann nicht einfach dumm herumstehen und darauf warten, dass irgendjemand anderes mich rettet! Fiara biss die Zähne zusammen und wagte ihren ersten Sprung.

Das Feuer, das vor ihrer Verwandlung in ihr aufgeflammt war, strömte jetzt gleichmäßig durch ihre Adern. Es gab ihr die Energie, die sie für die nächsten Momente benötigen würde. Die Kälte – schon längst verflogen. Der silberne Pelz der Katze glänzte im Mondlicht, als sie den Ausgang der Höhle passierte.

Sie war es wert, zu leben. Ganz egal in welcher Welt. Ganz egal in welcher Form. Jetzt war sie hier.

Und sie war eine Caet.

Mit einem weiteren, noch wackeligen Sprung hechtete Fiara den Felsen hinab, wo ein nicht enden wollendes Gemetzel sie für einen Augenblick innehalten ließ. Durch die vielen Krallen und das Blut war es ihr unmöglich, Freund von Feind zu unterscheiden, und so ging sie einfach nur auf jeden los, der sie mit loderndem Blick angreifen wollte.

Inzwischen wurde es merklich heller auf der großen Lichtung. Der Morgen begann zu dämmern und doch ließen das Fauchen und Jaulen kein Ende des Kampfes verlauten.

Fiara wehrte gerade eine dunkel getigerte Katze mit ihrer rechten Pfote ab, da biss ihr ein weiterer Caet überraschend in die Flanke. Schmerzerfüllt schrie sie auf. Blut quoll aus den beiden Löchern, die die spitzen Zähne des Katers in ihrer Haut hinterlassen hatten.

Dann hörte sie wieder die furchterregende Stimme des Anführers.

»Schluss jetzt!«, brüllte der silberblaue Kater eindringlich, während er langsam, aber bestimmt den Berg hinabkletterte. Unten angekommen überragte er alle anderen Caet um mindestens einen Kopf.

Als niemand reagierte, ließ er einen lauten, schrillen Ton erklingen.

Augenblicklich stürzten sich die großen Eulen, welche noch immer auf den Bäumen gesessen hatten, auf die wütende Meute am Boden herab und kreischten drohend.

Und es funktionierte. Die kämpfenden, teilweise schwer verletzten Caet ließen endlich voneinander ab und mit einem weiteren Kommando befahl der Anführer seinen Vögeln wieder den Rückzug.

»Diese Caet hier steht ab sofort unter meinem Schutz. Wer sie angreift«, Joel deutete mit seiner Nase in Richtung Fiara, »wendet sich damit auch gegen seinen Herrscher!«

Unzufriedenes Gemurmel erhob sich aus der Menge, doch niemand wagte es, dem Anführer zu widersprechen.

Zufrieden wandte er sich an Fiara.

»Ich gebe dir genau einen Tag, dann wird dich eine meiner Eulen in deinem Bau abholen kommen und zu mir eskortieren.« Er zeigte mit der Pfote hinauf in die Baumkronen. »Keine Tricks«, ermahnte er sie mit angelegten Ohren.

Sie senkte den Kopf und drückt sich instinktiv auf den Boden.

»Wir werden noch früh genug erfahren, wie ernst du es mit deiner Treue mir gegenüber meinst.« Joel drehte sich um und nickte seinen Wachen zu.

Neo, Lyk und Vero sahen mitgenommen aus, konnten aber noch problemlos laufen.

Lira hingegen hatte einige heftige Wunden aus dem Kampf davongetragen. Sie humpelte und hatte mehrere tiefe Schrammen.

Die rostbraune Katze warf Fiara einen missgünstigen Blick zu und ließ sich dann von den anderen Wachen stützen.

»Geht jetzt. Alle!«, befahl Joel eindringlich und keinen Wimpernschlag später war die Lichtung, auf der gerade noch Mord und Totschlag geherrscht hatten, still wie die Nacht.

Die Ruhe nach dem Sturm

Der Schatten eines großen Panthers streifte beinahe lautlos durch das Unterholz des alten Mondfelses und Fiaras Ohren zuckten unvermittelt.

Sie waren bereits alle fort, doch die silberne Caet konnte sich einfach nicht von dem Ort lösen, an dem sie sich kurz zuvor in eine große Katze verwandelt hatte.

Der kalte Wind biss ihr gnadenlos in die felllose Nase und ihre sprunghaften Gedanken wanderten fortwährend, aber ziellos umher.

Verdammt, ist doch noch jemand hier? Sie schnurrte zaghaft und versuchte, sich durch die sanfte Vibration selbst zu wärmen.

Roy? Nein, mit Sicherheit ist er bereits mit den anderen fortgegangen. Hastig schüttelte Fiara ihren Kopf.

»Man sollte wirklich meinen, dass mich das Fell besser gegen die Witterung schützt«, murmelte sie leise in sich hinein. Obwohl sie mittlerweile sehr wohl an die schwankenden Temperaturen gewöhnt war, fiel es Fiara doch noch immer schwer, sich in ihrer neuen Umgebung zurechtzufinden.

Ihre Schnurrhaare zuckten nervös.

In Klevefelz waren die Jahreszeiten stets chaotisch und änderten sich beinahe im Wochentakt. Winter, Sommer, Frühling, Herbst – bisher war sie noch nicht hinter den Sinn der viel zu schnellen Wetterwechsel gekommen.

Als die silberne Katze ihren Blick über die zertrampelte Waldlichtung gleiten ließ, rann ihr ein Schaudern durch den erschöpften Körper.

Sie lauschte angestrengt, während sie langsam ihre spitzen Ohren vor und zurück bewegte. Wie lange es wohl dauern würde, bis sie sich an ihre neue Gestalt gewöhnt hatte?

»Das alles sieht bei Samsa so viel einfacher aus.« Seufzend setzte sich Fiara auf einen der Steine, die den Fuß des Mondfelss in der Form eines übergroßen Kreises umarmten. Ihr buschiger Katzenschwanz peitschte unsicher in alle Richtungen und der Vollmond stand mittlerweile hell und erhaben am sternenleeren Firmament.

Geknickt ließ Fiara ihren Kopf sinken, während ihre silbernen Ohren unvermittelt nach hinten zuckten.

Da ist doch jemand, ganz sicher!

Schnurrhaare kitzelten Fiaras Flanke und die ihr mittlerweile sehr gut bekannten Gedanken des schwarzen Katers drangen ungefragt in ihren Geist.

Sie werden nicht wiederkommen, brummte Roys raue Stimme.

Also doch, er ist hier. »Nein! Nein! Das glaub ich nicht!« Widerwillig schüttelte Fiara ihren Kopf. »Sie hat es versprochen.« Mit zitternder Stimme drehte sie sich zu dem nachtschwarzen Kater. »Nur weil du mich nicht leiden kannst, muss das nicht heißen, dass die anderen auch so denken. Nicht jeder ist so arrogant und aufgeblasen wie –«

»Sie kommen nicht zurück.« Mit gefasster Stimme unterbrach Roy die verzweifelt klingenden Ausreden der getigerten Katze. Er setzte sich ebenfalls auf den Boden und legte seinen Schwanz fein säuberlich über die Pfoten.

Roys saphirgrüne Augen fixierten Fiaras dunkelgrauen Streifen, der sich von ihrer Nase bis zu ihrem rechten Ohr durchs Fell zog.

Blanke Angst lag in ihrem Gesicht. Die Angst, ihre beste Freundin für immer verloren zu haben.

Sie blinzelte, nur um die heißen Tränen zu verstecken, die ihr über die Wangen zu rollen drohten.

Roy nickte langsam. »Sie kommen nicht wieder, weil sie sich genauso fürchten wie du, Fiara. Außerdem wurden sie verletzt.« Seine Stimme war ruhig und gleichmäßig. Nicht einmal ein Anflug von Sarkasmus lag in seinen behutsam gewählten Worten.

Samsa ist verletzt? Wieder einmal nagte das schlechte Gewissen an ihr, doch sie versuchte es sich nicht anmerken zu lassen.

»Und du? Warum bist du noch hier? Hältst du dich etwa für etwas Besseres?«, konterte Fiara bissig.

Als sie abrupt aufstand, zog sich ein glühend heißer Schmerz durch ihr hinteres Bein. »Mist!«, presste sie zwischen zusammengebissenen Zähnen hervor.

Mit schmerzverzerrtem Gesicht wagte sie einen Blick auf die nicht unerhebliche Verletzung. Da war eine pfotenbreite, klaffende Wunde, aus der noch immer etwas Blut auf das dürre Moos am Boden tropfte.

Nur einen Wimpernschlag später erhob sich der schwarze Kater anmutig, senkte seinen Blick und ehe sie sich versah, stand er so nah an ihrer Seite, dass sie seinen Atem spüren konnte.

Roy drückte seinen weichen Pelz an ihre schwache Flanke, welche sich unregelmäßig hob und wieder senkte.

Ein warmes, unsicheres Gefühl brodelte in ihrer Magengegend auf.

»Es sieht schlimmer aus, als es ist«, sagte er selbstsicher. »Ich habe so etwas schon öfter gesehen. Trotzdem solltest du dich schonen, nicht, dass die Wunde weiter aufreißt.« Die ungewohnt freundlichen Worte des Katers brachten sie total aus der Fassung.

Fiara schüttelte ungläubig den Kopf. »Du?« Mehr brachte sie in diesem Moment nicht hervor, denn der stechende Schmerz zwang sie erneut zu schweigen.

»Du schaffst es nicht bis zur Höhle«, sagte Roy nüchtern, während er seine Augen über die dichten Tannen und Büsche gleiten ließ. Die leisen Geräusche des Waldes hefteten sich an die zahllosen Bewegungen der Schatten. »Wir müssen hier einen Unterschlupf finden.« Vorsichtig leckte er ihr über das verklebte Fell.

Ein sanftes, wohliges Kribbeln breitete sich von ihren Pfoten bis hin zu den Ohrspitzen aus. Ihre Schnurrhaare wackelten vor Verwirrung.

Was tut er denn da? Er hasst mich doch?

Fiara stand stocksteif auf der Waldlichtung. Nur Roy an ihrer Seite, einen Caet, der sie eigentlich aufgrund ihrer Abstammung nicht leiden konnte.

Doch warum verhielt ausgerechnet er sich ihr gegenüber nun so uneindeutig? Das ergab einfach keinen Sinn. Gedankenverloren schüttelte sie den Kopf.

»Fiara?« Roy neigte seinen Kopf zur Seite und schaute sie fragend an. »Dort hinten gibt es ein Gebüsch, das ein guter provisorischer Unterschlupf wäre.« Er drückte sich ein Stück fester gegen ihre Seite. Seine Worte klangen überzeugend, trotzdem hielt die silberne Katze einen Moment lang inne.

Fiara war verunsichert. Dieser Abend, ihre Verwandlung, einfach alles überforderte sie im Augenblick so sehr, dass ihre Pfoten schwer wie Blei waren.

»Es sind nur ein paar Katzensprünge«, sagte er ermutigend. Seine Augen leuchteten im schalen Licht des Mondes und es fiel Fiara schwer, die glänzend grünen Iriden nicht länger anzustarren.

Ein stärkerer Windhauch wehte ihr ruppig durch das Fell und riss sie aus ihren Gedanken.

»Warum tust du das?«, platzte es unvermittelt aus der silbernen Katze heraus. Fiara schüttelte energisch den Kopf. Ihre Atmung war flach und unregelmäßig. »Ich versteh dich nicht, Roy. Überhaupt nicht!« Fiaras Maunzen klang verzweifelt, schon lange hatte sie sich selbst nicht mehr so verunsichert reden hören.

Es war einfach zu viel. Das alles hier. Roy.

Sie seufzte schwer.

»Du bist eine Caet«, antwortete er ruhig. Diesmal konnte Roy den lodernden Funken Sympathie in seiner Stimme nicht verbergen. Er zog geräuschvoll Luft durch seine dunkle Nase und seine schwarzen Pupillen waren nun beinahe so groß wie das gesamte Katzenauge.

Einen Moment lang konnte Fiara die Anspannung in der Luft spüren. Wie sie sich zäh und gleichzeitig gierig zwischen den beiden Caet hindurchschlängelte.

»Ich glaube, dass du etwas Besonderes bist«, sagte Roy schließlich.

Der Satz hallte in Fiaras Ohren wider, als würden sie inmitten einer großen, leeren Höhle stehen. Sie fühlte ihre Lungen, die sich so weit zusammenpressten, dass ihr das Atmen immer schwerer fiel.

»Etwas Besonderes«, wiederholte sie tonlos und völlig perplex.

Das Gewicht der Verantwortung

Die Worte des schwarzen Katers lagen ihr noch immer in den Ohren.

Roy, gerade er, hielt sie für etwas Besonderes.

Ungläubig schüttelte sie ihren pelzigen Kopf. Gemeinsam gingen sie die wenigen Schritte zum Gebüsch. Der Herbst hatte die welken Blätter bereits auf den Boden getragen, der Schutz der Äste war mehr als fragwürdig.

Der schwarze Kater blieb stehen, als sie den Blätterhaufen erreicht hatten. »Ich schaue, ob ich noch etwas Moos finden kann. Warte hier«, sagte er einfühlsam.

Fiara wusste nicht, was sie entgegnen sollte. Roy benahm sich plötzlich wie ausgewechselt. Ob es daran lag, dass sie jetzt wie eine Caet aussah?

Sie schnaubte. Wenn dem so wäre, dann wäre er noch schlimmer, als sie bisher gedacht hatte. Sie kannte diese vorurteilsbehafteten Leute, die ihre Meinung an Oberflächlichkeiten festmachten. Und sie konnte sie nicht besonders gut leiden.

Trotzdem war etwas an ihm schlagartig so ganz und gar anders und es fuchste sie plötzlich ziemlich, dass sie nicht mehr über den großen, schwarzen Kater wusste.

Es dauerte nicht lange, da kam Roy mit einem Büschel trockenem Moos im Maul zu ihr zurückgelaufen. Er legte es fein säuberlich auf den Blätterhaufen und bedeutete ihr mit seiner Nase, sich hinzulegen.

Dafür war ihm Fiara sehr dankbar. Erschöpft lies sie sich auf den weichen Untergrund sinken und sah Roy dabei zu, wie er es sich auf ein paar Blättern ebenfalls gemütlich machte. Sie bemerkte, dass er trotz seines Fells zitterte, und bekam augenblicklich ein schlechtes Gewissen.

»Glaubst du, Samsa und Nala sind bereits zum Bau zurückgekehrt?«, fragte Fiara müde. »Samsa hatte versprochen, auf mich aufzupassen«, fügte sie kaum hörbar hinzu.

»Ich muss gestehen, dass ich sie während des Kampfes völlig aus den Augen verloren habe«, sagte Roy traurig. »Ich hoffe, dass ihnen nichts Schlimmes passiert ist, aber so, wie ich die beiden kenne, kommen sie gut alleine klar.« Er versuchte, den letzten Satz beruhigend klingen zu lassen, doch Fiara merkte, dass sich der schwarze Kater wahnsinnige Sorgen um seine Freundinnen machte.

»Es ist wirklich lieb von dir, dass du bei mir bleibst«, murmelte sie, bevor ihr die Augen vor Erschöpfung zufielen.

***

Ein nasses Gefühl weckte Fiara aus ihrem tiefen Schlaf.

Roy säuberte ihre Wunde und drückte ein Knäul zermatschter Blätter auf ihre Flanke. Sie gähnte ausgiebig und wollte sich strecken, doch ein stechender Schmerz belehrte sie eines Besseren.

»Ruhig halten!«, befahl ihr Roy schroff.

»Alles klar, Herr Heiler«, entgegnete Fiara und ein Schmunzeln zupfte an ihren Mundwinkeln.

Es tat gut, dass sich jemand um sie kümmerte. Das letzte Mal, als jemand ihre Wunden versorgt hatte ... Ihre Gedanken glitten zurück zu ihrer Mutter. Es schmerzte, wenn sie daran dachte, dass sie Frea allein zurückgelassen hatte. Fiara biss sich auf die Lippen. Für einen kurzen Moment schloss sie wieder ihre Augen.

»Tut es so sehr weh?«, fragte Roy besorgt.

Fiara schüttelte den Kopf. »Es ist nur ... Ich dachte gerade an meine Mutter.«

Der Ausdruck in den Augen des schwarzen Katers verfinsterte sich. Große Trauer lag plötzlich wie ein Schleier auf seinem Gesicht.

»Tut mir leid, ich wollte nicht –«, sagte Fiara schnell.

»Schon okay. Ist nicht deine Schuld«, murmelte er abwesend. Er klang nicht unfreundlich, aber die silberne Katze merkte, dass ihn das Thema schmerzte.

»Wir warten noch, bis die Kräuter bei dir wirken, dann machen wir uns auf den Weg zurück zum Bau.« Er stupste sie sanft mit seiner Nase an.

Die Sonne sollte normalerweise bereits hoch am Himmel stehen, doch die dicken Wolken versperrten den Strahlen den Weg.

Ab und zu bemerkte Fiara eine Eule, die über ihnen hinwegflog, und musste dabei stets an Joels Diener denken. Ob sie sie wirklich beobachteten? Oder war es Zufall, dass sie ihren Weg kreuzten? Eigentlich sollten Eulen doch tagsüber schlafen ...

Fiara und Roy liefen eine ganze Weile wortlos nebeneinanderher. Er stützte sie und sie war heilfroh, dass die Kräuter ihre Wirkung zeigten. Die Schmerzen waren, bis auf ein monotones Stechen, kaum mehr zu spüren, auch wenn die Wunde teilweise immer noch Blut verlor.

»Du darfst dich ruhig ein wenig mehr auf mich stützen«, sagte der dunkle Kater gutmütig. »Ich will nicht, dass die Löcher in deiner Flanke wieder vollständig aufreißen.«

Fiara nickte dankbar.

Der Weg zum Bau ihrer Freunde schien sich endlos zu ziehen und obwohl die silberne Katze fest geschlafen hatte, fühlte sie sich wie gerädert.

Plötzlich blieb Roy abrupt stehen. »Hier wachsen deine Lieblingsfrüchte«, sagte er vergnügt. »Mal schauen, ob sie dir als Caet immer noch so gut schmecken.« Er ließ sie stehen und kam einen Augenblick später mit einer runden Frucht zurück.

Entzückt über die freundliche Geste setzte sich Fiara auf den erdigen Waldboden und nahm das Obst wie ein Mensch in ihre Pfoten.

Roy prustete. »Entschuldige, das sieht einfach so witzig aus!«

Fiara sah ihn aus dem Augenwinkel an, ignorierte seine Bemerkung und biss herzhaft in das saftige Fleisch. »Mmh!«, sagte sie genüsslich. »Schmeckt immer noch.« Bestätigend stellte sich ihr Schwanz auf.

»Das wird mir niemand glauben, eine Caet, die Früchte isst!« Immer noch schmunzelnd schob sich Roy wieder dicht an Fiara heran. »Sobald du bereit bist, können wir weiter«, sagte er.

Sie nickte dankbar.

Als der große Kater die Augen schloss, um die Wärme der wenigen Sonnenstrahlen zu genießen, erwischte sich Fiara dabei, wie sie ihn anstarrte.

Der Hass, die Missgunst, der Sarkasmus – all das war aus Roys Stimme und seiner gesamten Haltung verschwunden.

Etwas anderes hatte die negativen Gefühle ersetzt. Etwas, das Fiara noch nicht richtig deuten konnte.

Etwas Besonderes.

Blut und Wasser

»Warte hier.« Roy kletterte geschmeidig wie immer den Felsvorsprung zu ihrem Bau hinauf.

Kurz darauf tauchte Nalas Kopf an der Kante auf. und Roy kletterte wieder zu Fiara hinunter.

»Sie lässt dir einen Zweig herunter, an dem musst du dich festbeißen. Ich bin hinter dir und drücke dich hoch.« Der schwarze Kater zwinkerte ihr aufmunternd zu. »Das schaffst du schon.«

Mit einem mulmigen Gefühl im Bauch legte sie ihre Pfoten an den steilen Felsen.

Roy stütze sie mit seinen Schultern, sodass sie tatsächlich ein gutes Stück nach vorne klettern konnte, ohne sich zu sehr anzustrengen.

Von oben ließ Nala einen langen, festen Zweig herunter, den sie am anderen Ende mit den Zähnen festhielt.

»Ich zähl darauf, dass du Fiara anständig schiebst, Roy. Du weißt, ich bin nicht so stark wie du«, presste sie zwischen zusammengebissenen Zähnen hindurch.

Der schwarze Kater hatte keine Mühe damit, die silberne Katze den kleinen Berg hinauf zu stemmen. Wenige Augenblicke später erreichte Fiara ächzend und schnaufend die Höhle.

Die Wunde an ihrer Flanke begann wieder zu pochen und sie sehnte sich nach einem ruhigen Plätzchen am Feuer.

Hinter ihr kletterte Roy mühelos nach oben und schüttelte den Sand aus seinem Fell.

Fiara schleppte sich ein Stück tiefer in den schützenden Bau. Erst jetzt fiel ihr ein, dass sie gar kein Feuer mehr anzünden konnte. Ihre Augen wanderten suchend über den Boden.

Ganz hinten an einer Wand lag ihre Freundin Samsa, deren Bauch sich langsam hob und wieder senkte.

Erschrocken peitschte Fiaras Schwanz umher.

Nala bemerkte Fiaras Blick und versuchte, sie zu beruhigen. »Alles gut. Sa hat ziemlich was abgekommen, aber wir haben hier genügend Kräuter, um sie wieder auf die Beine zu kriegen. Außerdem haben wir hier ja den besten Heiler, nicht wahr?« Sie lugte zu Roy herüber, welcher eifrig nickte.

Die Worte der schneeweißen Katze beruhigten sie tatsächlich etwas. Gerne wäre sie zu Samsa hingerannt, aber sie hatte Angst, sie aufzuwecken.

»Wieso kennst du dich eigentlich so gut mit Heilkräutern aus?«, platzte es aus Fiara heraus, während sie sich auf dem Boden einrollte. Sie musste zugeben, dass sie ein bisschen auf eine Geschichte hoffte. Eine Geschichte, die ihr etwas Abstand zum gestrigen Tag schenken würde.

»Ach hier und da ... Du weißt schon. Man hört dies und das.« Der schwarze Kater wich der Frage gekonnt aus.

Fiara war zu erschöpft, um weiter nachzubohren, insgeheim war sie aber enttäuscht, dass er das Thema so abwiegelte.

»Ich geh gleich noch welche für euch alle holen«, sagte er.

»Gut. Dann werde ich etwas jagen gehen.« Nala und Roy drehten sich um.

»Wartet!«, rief Fiara ihnen hinterher. »Könntet ihr vielleicht ...?«

Roy grinste. »Ich bring dir was mit.«

Nala schaute die beiden fragend an, aber der schwarze Kater war bereits in der Abenddämmerung verschwunden.

Dankbar nickte die silberne Katze und legte ihren Kopf wieder auf den Schwanz.

Morgen würde sie sich auf den Weg zu Joel machen müssen. Ganz egal, wie sie das bewerkstelligen sollte, sie durfte den Herrscher der Caet nicht verärgern. Nicht nach allem, was Samsa und die anderen für sie getan hatten.

***

Das Geraschel von Ästen und Blättern weckte Fiara aus ihrem kurzen Schlaf. Sie war eingedöst und das hatte sie auch bitter nötig gehabt.

Roy und Nala waren gerade dabei, ihre Vorräte zu sortieren, und der schwarze Kater bereitete schon wieder eine seltsam riechende, grüne Paste zu.

»Wie geht es Samsa?«, fragte Fiara besorgt, als Roy zu der sandfarbenen Katze tapste.

Fiara hatte gerade erst die Augen aufgeschlagen, doch ihre Gedanken wanderten sofort zu ihrer Freundin.

»Ich gebe ihr etwas Grünwurzel, das stillt die Blutung und wirkt antibakteriell«, entgegnete der Kater. »Was ihr Körper dann draus macht, das kann ich nicht sagen.« Er säuberte die tiefe Wunde, die Samsa an ihrem Hals trug und schmierte etwas von der grünen Masse darauf. »Ich komme auch gleich noch mal zu dir.«

Nala war damit beschäftigt, einen Fisch in mundgerechte Stücke zu zerteilen.

Und wie sie da alle so saßen und sich umeinander kümmerten, überkam Fiara das überwältigende Gefühl der Nutzlosigkeit. Sie fühlte sich schuldig und doch konnte sie im Augenblick absolut nichts für ihre Freunde tun, denn sie war einfach zu erschöpft.

Fiara legte ihren Kopf auf den kalten, steinigen Boden und seufzte. Einen Moment später kam Roy mit einer grüngelblichen Creme zu ihr herübergelaufen.

Misstrauisch beäugte sie die Kräuter.

Der Kater lächelte. Das tat er häufiger, seit sie sich in eine Caet verwandelt hatte, und Fiara musste zugeben, dass sie dies zu mögen anfing.

»Keine Angst, ich vergifte dich nicht«, sagte er grinsend. »Kannst du dich etwas auf die Seite legen? Dann komm ich besser an deine Flanke.«

Fiara tat wie ihr geheißen und versuchte, das Brennen der mittlerweile wieder offenen Wunde zu ignorieren.

»So, das war's schon«, sagte Roy zufrieden. »Du solltest dich bis morgen früh schonen.« Er warf ihr einen wissenden Blick zu.

»Danke dir.« Für einen kurzen Moment zögerte die silberne Katze. »Wirklich.« Sie schaute ihm dankbar in die Augen.

Nala schüttelte ungläubig den Kopf. »Dass ihr zwei euch mal noch versteht, das hätte ich wirklich nie gedacht.« Dann wandte sie sich wieder ihrem Fisch zu.

Ich auch nicht, dachte Fiara ebenfalls überrascht. Sie wollte ihn für seine anfängliche Oberflächlichkeit hassen, aber es gelang ihr einfach nicht.

Roy brachte der silbernen Katze ein paar ihrer Lieblingsfrüchte und machte sich daraufhin selbst über eine frisch gefangene Forelle her.

In dieser Nacht quälten Fiara Albträume. Hohe Tannen, die lichterloh brannten, vermischten sich mit den glühenden Augen des Herrschers. Ihre Freunde, eingeschlossen in einem Kreis aus lodernden Flammen, der immer enger zu werden schien.

Schmerzerfüllte Schreie.

Fiara schreckte hoch. Ihr Atem ging schnell und ungleichmäßig. In der Höhle hatte sich der Duft der Kräuter mittlerweile ganz und gar ausgebreitet.

Die Katze sah zu ihren Freunden herüber. Alle schienen noch tief und fest zu schlafen. Erleichtert vor allem über Samsas Bauch, der sich regelmäßig hob und senkte, ließ sie ihren Blick nach draußen wandern.

Zwischen den kahlen Baumkronen dämmerte bereits der Morgen. Fiara erkannte den ersten Raureif, der die Zweige als glitzernder, weißer Mantel umschloss. Sie versuchte, sich vorsichtig aufzusetzen. Roy hatte gute Arbeit geleistet, die Wunde schmerzte kaum noch.

Als Fiara endlich auf ihren vier Pfoten stand, fiel das matschige Kräuterknäul mit einem leisen Flapp auf den sandigen Boden.

Roys Ohren zuckten und er öffnete langsam eines seiner Augen. »Kannst du nicht mehr schlafen?«, murmelte er müde.

Fiara schüttelte den Kopf.

Sie setzte sich hin und musterte den Kater neugierig. Er war bei dem Kampf gestern wirklich gut davongekommen, bis auf ein paar leichte Schrammen hatte er keinerlei Verletzungen.

»Heute soll die Eule kommen.« Ihre Stimme wirkte diesmal weder unsicher noch ängstlich.

Der schwarze Kater begann sich zu strecken und machte dann einen großen, runden Katzenbuckel. »Ich kann dich begleiten, wenn du magst.«

Fiara blickte ihn überrascht an. »Wieso?«, fragte sie unschuldig und begann sich das Fell zu lecken.

Zum ersten Mal überhaupt fuhr sie sich mit ihrer rauen Zunge über den silbernen Pelz. Es fühlte sich an, als würde ihr jemand mit einem nassen Tuch über die Haut streichen.

Roy knetete mit seinen Pfoten den Felsboden. »Nur wenn du willst, natürlich«, sagte er sich schnell. Er deutete mit seiner Nase in Richtung ihrer Wunde. »Ich meine, ganz fit bist du ja noch nicht, auch wenn du dich wirklich überraschend gut schlägst.« Er grinste und entblößte dabei seine oberen Fangzähne.

»Gar nicht so schlecht für einen Menschen, was?«, foppte sie den schwarzen Kater.

Augenblicklich verschwand das Grinsen aus seinem Gesicht. Fiara biss sich auf die Zunge und senkte den Blick.

»Du bist eine Caet, zumindest ein Teil von dir, und das ist mehr als genug«, entgegnete er mit ernster Stimme. Seine Augen verengten sich zu Schlitzen und er schien für einen Moment in seine Gedanken versunken zu sein.

Da ist doch was, dachte Fiara. Irgendein Geheimnis schleppte der schwarze Kater mit sich herum. Sie konnte es sehen. In Augenblicken wie diesen wog es besonders schwer auf seinen Schultern. Doch wieso wollte er es niemandem erzählen? Ob Samsa und Nala mehr darüber wussten?

Sollte ich seine Gedanken lesen? Nein, das ist nicht fair. Er muss es mir selbst sagen.

»Das ist wirklich nett von dir, aber irgendwie habe ich das Gefühl, dass ich das alleine tun muss«, sagte die silberne Katze, während sie kurz mit dem Putzen innehielt.

Roy nickte verständnisvoll. »Wenn etwas Wichtiges passiert, schicke ich dir eine Nachricht über meine Gedanken.«

»Das geht vielleicht nicht«, entgegnete sie unsicher. »Wer weiß, wie weit Joels Bau von hier weg ist?«

Fiaras Ohren zuckten unruhig hin und her.

»Hm, es sollte eine Tagesreise sein, wenn ich mich recht erinnere.«

»Oh, müsst ihr so laut sein?«, beschwerte sich Nala schlaftrunken. Die weiße Katze gähnte und schmatze, während sie sich auf den Rücken rollte.

Roy verdrehte die Augen.

»Du warst schon einmal dort?«, fragte Fiara überrascht, ohne Nalas Kommentar zu beachten. Der schwarze Kater hatte sie neugierig gemacht.

Er stand auf und ging auf die Kante des Felsens zu, die Sonne war derweil schon aufgegangen und die ersten Strahlen schoben sich erfolgreich durch die nicht ganz so dichte Wolkendecke. »Als ich ein Junges war –«, begann Roy.

»Was nicht besonders lange her gewesen ist«, unterbrach ihn Nala kichernd.

»Als ich ein Junges war, zeigte mir mein Vater einmal den großen Bau des damaligen Anführers«, führte Roy aus, unbeeindruckt vom Zwischenrufen der kleinen Katze.

Fiaras grasgrüne Augen weiteten sich gespannt. »Es gab mal einen anderen Herrscher?«

Roy nickte zustimmend. »Natürlich, Joel ist erst seit ungefähr einem Jahr auf dem Thron. Und er gehört da definitiv nicht hin.« Der letzte Satz war nicht mehr als ein Fauchen.

Nala seufzte genervt. Auch Samsa begann sich nun zu rühren. »W-wa... Was?« Die große, sandfarbene Katze schlug die müden Augen auf und blickte ihre Freunde durch einen gläsernen Schleier an. »Ihr seid ... da«, sagte sie mit zitternder Stimme.

»Samsa!«, riefen Roy, Nala und Fiara einstimmig und rannten zu ihr herüber.

»O Sa, ich dachte, du überstehst das nicht!«, jammerte die silberne Katze.

Samsa lächelte zaghaft. »Ich doch ni–« Sie unterbrach ihren eigenen Satz mit einem heftigen Hustenanfall.

»Was ist mit ihr?«, fragte Nala an Roy gerichtet. Sorge lag in ihren Augen und ihre schwarze Schwanzspitze wedelte wild umher.

»Bei den Wächtern! Beruhigt euch doch. Es hilft ihr nicht, wenn ihr jetzt bei jedem Laut, den Samsa macht, völlig durchdreht.« Er zwängte sich an Nala und Fiara vorbei und begutachtete seine verletzte Freundin. »Ich vermute, dass sie sich auch erkältet hat«, sagte Roy. »Nala, würdest du etwas Moos für sie sammeln gehen? Ach, und ich habe, glaub ich, gestern Kleekraut am Hang wachsen sehen, das müsste den Hustenreiz lindern.«

Immer noch überrascht von Roys umfangreichem, heilkundigem Wissen starrte Fiara zwischen Samsa und dem schwarzen Kater hin und her.

Nala nickte und war schnell wie der Wind aus Samsas Höhle verschwunden.

Der Kater wandte sich nun direkt an Fiara. »Ich würde dir gerne noch ein paar Kräuter mitgeben.«

Fragend schaute die Katze ihn an.

»Nur zur Sicherheit, falls dir unterwegs oder dort etwas zustoßen sollte.«

»Wo ... sollte ihr etwas zustoßen?«, presste Samsa mit brüchiger Stimme hervor.

»Du weißt doch«, begann Fiara zärtlich, »ich werde zu Joel gehen.« Sie konnte ihre eigenen Worte noch immer kaum selbst glauben.

Ein Hustenanfall hielt Samsa davon ab, etwas zu entgegnen.

»Ich weiß, dass dir das nicht gefällt.« Verständnisvoll leckte Fiara ihr über das sandfarbene Fell. Es war erstaunlich, wie schnell sich die silberne Katze an ihr Dasein als Caet gewöhnt hatte. Es kam ihr gar nicht so vor, als wäre sie erst seit gestern in diesem Körper.

»Das ist ... zu gefährlich. Das ... lass ich nicht zu. Du brauchst ... Hilfe«, entgegnete die verletzte Katze beinahe verzweifelt.

Fiara sah sich fieberhaft um und erblickte Roy, welcher inzwischen zu ihnen gekommen war. »Ich bin ja nicht allein«, sagte sie überzeugend. »Roy wird mitkommen.«

»Wird er?«, fragte Samsa überrascht.

»Werde ich?« Die Augen des schwarzen Katers weiteten sich.

»Natürlich, das haben wir doch so besprochen, oder nicht?« Fiara schaute ihn eindringlich an.

Für einen kurzen Augenblick herrschte Stille in der Höhle.

Samsa kniff die Augen zusammen. »Du lügst mich doch nicht an?«, fragte sie misstrauisch.

»Nein!«, antwortete Fiara schnell und blickte hilfesuchend zu Roy.

»Klar, ich werde mit ihr gehen. Das hatten wir vorhin beredet«, stimmte der schwarze Kater endlich zu.

Fiara fiel ein Stein vom Herzen, sie wollte nicht, dass Samsa sich unnötig aufregte. Das würde nicht gerade zu ihrer Heilung beitragen.

Die verletzte Katze nickte kaum merklich und legte dann ihren Kopf wieder auf die Pfoten.

»Ich bin müde, lasst mich noch ein bisschen weiterschlafen. Nala wird sich bestimmt um mich kümmern, während ihr weg seid.« Samsa rollte ihren Schwanz um sich herum und schloss die Lider.

»Nala holt nur etwas Moos für dich, sie wird gleich wieder da sein. Und Kräuter habe ich hier auch genügend für dich, die werde ich dalassen. Vergiss nicht, dass du auch etwas essen musst!«, ermahnte sie Roy. Er tapste zum zerteilten Fisch herüber und brachte ihn der sandfarbenen Katze. Mit seiner Nase stupste er die Forelle an. »Hier«, sagte der Kater.

»Danke«, murmelte Samsa, doch sie rührte das tote Tier nicht an.

»Nala wird sich um dich kümmern«, sagte Roy zuversichtlich. Dann wandte er sich wieder zu Fiara. »Ich suche dir jetzt deine Kräuter zusammen.«

Die silberne Katze nickte dankbar. »Und dann warten wir darauf, dass die Eule kommt.«

Als Nala mit einem großen Büschel Moos zurück in den Bau kam, weihten Roy und Fiara sie in ihr Vorhaben ein. Genau wie Samsa auch war die kleine Katze froh, dass Fiara nicht allein zu gehen schien.

»Heute ist wirklich gutes Wetter, um Polstermaterial zu sammeln«, sagte Nala freudig. »Die Sonne strahlt warm für diese Jahreszeit und es hat schon einige Zeit nicht geregnet.« Die weiße Caet trabte zu Samsas Nest und half ihr, das weiche Moos unter ihrem Körper zu drapieren.

»Wann werdet ihr wiederkommen?«, fragte Nala nebenbei.

Fiara zuckte unentschlossen mit ihrem rechten Ohr. »Das weiß ich noch nicht«, entgegnete sie kurz angebunden.

Nalas Blick wanderte zu Roy hinüber, doch dieser zuckte nur mit den Schultern. Die kleine Katze seufzte. »Also gut, wir werden hier auf euch warten. Uns bleibt ja sowieso nichts anderes übrig.«

Fiara legte sich zurück auf ihren Blätterhaufen und begann zu dösen, während Roy noch die letzten Reisevorbereitungen traf. Sie hatte den schwarzen Kater gefragt, ob sie ihm irgendwie behilflich sein könne, doch dieser hatte nur auf ihre Wunde und danach auf das Nest gezeigt, was wohl so viel wie Bettruhe bedeutete.

Graveland

Frea

Sie würde es sich niemals verzeihen, wenn er ihre Tochter geholt hätte. Fiaras Mutter ging wie jeden Tag ihrer stumpfen, trostlosen Routine nach. Beeren sammeln, bei Gerla um Getreide betteln und dann Kleidung waschen.

Seit ihre Tochter verschwunden war, war Putzen die einzige Ablenkung, die sie einigermaßen durch die Tage brachte.

Frea strich sich eine weiße Haarsträhne hinters Ohr, als sie sich über den angebrannten Topf beugte.

»Das ergibt doch alles überhaupt keinen Sinn!«, schimpfte sie und warf wütend das Küchentuch auf den Boden. »Wenn mir diese elenden Hühner nicht helfen wollen, dann such ich Fiara eben alleine!« Hastig rannte sie durch die Hütte und klaubte alle möglichen Dinge zusammen.

Fest verpackt in ein großes, graues Tuch hing sie sich die Sachen über die gebrechliche Schulter.

»Ich habe schon viel zu lange gewartet«, murmelte sie in sich hinein. »Halte durch, mein Kind. Ich werde dich finden«, hauchte sie, während sie die dicke Felljacke anzog und die Türklinke nach unten drückte.

»Da bist du ja!«, rief ihr eine bekannte Stimme entgegen.

Gerla, die Dorfälteste, stand vor Freas Haus und lächelte sie freundlich an.

»Was ... ist denn los?«, fragte Frea überrascht.

»Darf ich reinkommen, oder ...?« Gerla schaute auf den gepackten Beutel. »Oder hast du heute noch etwas Wichtiges vor?« Ohne eine Antwort abzuwarten, drängte sich die Älteste durch den Türrahmen und ging in Richtung des alten, hölzernen Tisches. Die schweren Holzdielen knarrten unter ihren Füßen.

»Ähm, nein. Also, ja«, stammelte Frea unsicher. »Nichts Wichtiges.« Sie drehte sich zu Gerla um.

»Gut, gut«, erwiderte diese vergnügt. »Ich habe tolle Neuigkeiten für dich.« Sie nahm auf dem Stuhl Platz und bedeutete Frea, sich ebenfalls zu setzen.

Unschlüssig blickte diese zwischen Stuhl und Tür hin und her, entschied sich dann aber doch noch zu gehorchen.

»Du wirst wieder heiraten«, sagte Gerla ohne Umschweife.

Überrascht sah Frea sie mit großen Augen an. »Was?«, fragte sie ungläubig.

»Du hast schon richtig gehört, Kind.« Die Älteste nickte eifrig. »Es gibt jemanden im Dorf, der sich dazu bereit erklärt hat, dich zu ehelichen. Jetzt ist deine Tochter schon wie lange fort? Einen Monat? Zwei? Du hast keinen Mann und keine Kinder, die für dich sorgen können. Glaubst du, wir können dich ewig durchfüttern?«, mahnte sie mit hochgezogenen Augenbrauen.

Frea konnte ihren Mund nicht bewegen und ließ vor lauter Entsetzen ihren Beutel zu Boden fallen.

»Ich dachte mir schon, dass du so reagieren würdest. Aber um ehrlich zu sein, hast du überhaupt keine andere Wahl.« Gerla faltete ihre Hände und legte sie auf den Tisch. »Wenn es dich beruhigt, der Mann, der so nett war zuzustimmen, ist ein wirklich ordentlicher Kerl. Er wird sich vollends damit zufriedengeben, wenn du den Haushalt schmeißt. Und das tust du hier ja sowieso schon, oder nicht? Was macht das dann für einen Unterschied?« Sie drehte ihren Kopf leicht zur Seite und beäugte die Umgebung. »Sieht doch gut aus hier«, bestätigte Gerla.

»Ich ... Also, ich ... kann nicht«, stammelte Frea unsicher vor sich hin.

»Natürlich kannst du!«, rief die Älteste. »Und du musst sogar!« Gerla schob den Stuhl geräuschvoll zurück und stand auf. »Du hast vierzehn Tage Zeit, um dich entsprechend vorzubereiten, dann werdet ihr vor den Dorfpriester treten«, sagte sie zufrieden. »Und wer weiß, du bist zwar nicht mehr die Jüngste, aber immer noch deutlich agiler als ich. Vielleicht schenkt er dir ja sogar noch ein oder zwei Kinder.« Die Älteste lief zu Frea herüber, tätschelte ihr beschwichtigend die Schulter und verschwand danach so schnell, wie sie erschienen war, durch die Eingangstür der Hütte.

Fiaras Mutter blieb allein mit ihren Gedanken zurück, den Blick starr an die gegenüberliegende Wand gerichtet. Es schien, als hätte jemand die Zeit angehalten, und Frea traute sich nicht einmal zu blinzeln.

Tränen schossen ihr in die müden Augen.

Vierzehn Tage.

Klevefelz

Eine Sache der Ehre

Eine große, braun-schwarz getupfte Eule kam durch den Eingang des Baus geflogen und fixierte Fiara sogleich mit ihren stechend orangen Augen. Sie landete lautlos in der Nähe der Felskante und drehte ihren Kopf mehrmals von rechts nach links.

»Bin hier, um Fiara abzuholen«, presste sie kurz angebunden zwischen ihrem Schnabel hervor. »Mitkommen.«

Fiara nickte, legte ihre Ohren an und sah zu Roy herüber. Dieser nahm ein zusammengerolltes Blatt vom Kräuterknäuel und lief ebenfalls zum Ausgang.

»Nicht der Schwarze«, kommandierte die Eule.

»Er begleitet mich nur bis zum Bau des Herrschers«, versprach Fiara.

Zum Glück schien die Eule nichts dagegen zu haben. Ohne weitere Anforderungen zu machen, drehte sich der große Vogel um und setzte zum Flug an.

Die beiden Caet verabschiedeten sich schnell von ihren Freunden und kletterten dann den steinigen Bau hinunter.

Roy lief vor und stütze die silberne Katze beim Hinuntergehen.

Unten angekommen, blickte Fiara neugierig in den Himmel. Die getupfte Eule flog in größerem Abstand voraus und schien sich nicht sonderlich für das Nachkommen der beiden Katzen zu interessieren.

»Täusch dich nicht«, ermahnte Roy sie. »Diese Vögel haben bessere Augen und Ohren, als du vielleicht denkst.«

Fiara sah ihn eindringlich an. »Du weißt, dass du mir nicht bis zum Bau folgen kannst. Joel würde das niemals erlauben«, sagte sie.

Roy legte den Kopf schief und kniff die saphirgrünen Augen

zusammen. »Sowas Ähnliches habe ich schon vermutet. Du kannst ja versuchen, mich davon abzuhalten«, entgegnete er beharrlich und lief schnurstracks an ihr vorbei.

Fiara machte einen Satz – so gut es ihre Wunden eben zuließen – und landete genau vor dem schwarzen Kater.

»Du. Wirst. Nicht. Mitkommen«, wiederholte sie energisch.

»Warum dann die Mühe im Bau?«, fragte er.

»Ich wollte nicht, dass sie sich aufregt«, erklärte Fiara.

»Ich werde mitkommen«, beharrte Roy.

»Nein, das wirst du nicht.« Die Worte der silbernen Katze waren nicht mehr als ein Zischen, dann duckte sie sich und setzte mit den Hinterbeinen zu einem Sprint an.

Dornen und Gestrüpp rissen an Fiaras Pelz, als sie durch das Unterholz rannte. Das Blut rauschte in ihren Ohren und sie merkte, wie die Wunde an ihrer Flanke wieder zu pochen begann.

Mist, dachte sie verärgert. *Wenn ich jetzt nicht stehen bleibe, dann werde ich kaum einen Tag lang durchlaufen können.* Geknickt verlangsamte sie ihre Schritte und wagte einen Blick nach hinten.

Doch niemand folgte ihr.

Wo war Roy hin verschwunden? Hatte er sie wirklich allein gehen lassen? Ungläubig schüttelte die Katze den Kopf.

Das Rufen der Eule versicherte ihr, dass sie sich auf dem richtigen Weg befand, doch von dem schwarzen Kater war keine Spur.

In langsameren Schritt wühlte sie sich durch die eng stehenden, verzweigten Büsche. Hier und da versperrte ein liegen gebliebener Ast den Weg, doch mit einem geschmeidigen Sprung überquerte sie das Gestrüpp problemlos. Das alte Herbstlaub knirschte unter ihren Pfoten und eine leichte Brise wehte ihr um die Nase.

Fiara verschwendete keinen weiteren Gedanken daran, wohin Roy plötzlich verschwunden sein konnte. Sie hoffte einfach inständig, dass er zurück zum Bau gelaufen war, um der verletzten Caet zu helfen, und dachte fortan nur noch an den Anführer und wie sie seine mentale Barriere brechen konnte.

Die Sonne hing tief am Horizont, als Fiara und ihr unliebsamer Begleiter den Waldrand erreichten. Vor ihnen türmte sich eine riesengroße Bergkette auf auf dessen Gipfeln sie sogar Schnee entdecken konnte.

»Ausruhen«, befahl der große Vogel.

»Hier? Wie lange?« Fiara blickte sich um, in wenigen Schritten würden sie den spärlichen Schutz des Dickichts verlassen.

Die weite, felsige Ebene, die sich vor ihren Augen ausbreitete, schien bis auf ein paar Höhlen und kahle Steine nicht viel bieten zu können.

»Hier ruhen. Später den Rest laufen«, entgegnete die Eule schroff, dann flog sie einen Kreis um den Kopf der Katze und entfernte sich überraschenderweise.

Wortlos schüttelte Fiara den Kopf und zuckte mit den Schultern. Ohne ihn würde ich den Weg sowieso nicht finden. Ich werde warten, bis dieser Vogel zurückkehrt und ihm dann sagen, dass wir weitergehen können, dachte sie.

Die Katze fand einen hohlen Baumstamm, der in der Nähe quer auf dem Boden lag und entschied, es sich darin gemütlich zu machen.

***

»Mitkommen.« Fiara schreckte hoch, als ihr die Eule das Wort am nächsten Morgen förmlich entgegenschmetterte.

Müde rieb sie sich die Augen und tapste aus dem schützenden Versteck.

»Ist ja gut«, murmelte sie und gähnte ausgiebig.

Der Vogel war wie zuvor auch bereits vorausgeflogen, als Fiara die ersten Schritte in Richtung des Ödlands machte. Ihre Pfoten verließen den laubigen, hügeligen Boden und die kalten, teilweise scharfen Steine und Felsen fühlte sich unangenehm rau unter ihren Tatzen an.

Sie konnte nur sehr wenige Tiere in dieser Gegend ausmachen, wobei sie allgemein noch nicht viele in Klevefelz entdeckt hatte. Außer Fischen, hin und wieder einer Hasenfamilie und einigen

Ratten schien es hier keine große Artenvielfalt zu geben. Woran das wohl liegen mochte?

Während sie über die Flora und Fauna der Caetwelt nachdachte, begann ihr Magen fürchterlich zu knurren. Das Obst hatte nicht besonders lange vorgehalten und sie sehnte sich nach etwas ... Deftigerem. *Ja, das ist es.*

Verwundert über diesen Gedankengang zuckte sie mit den Ohren, dann schnüffelte sie aufgeregt in der Luft. Fiara konnte sich nicht erinnern, wann sie das letzte Mal einen solchen Hunger auf Fleisch verspürt hatte.

Sie konnte einen Fluss ganz in ihrer Nähe plätschern hören. Mit einem Satz sprintete die silberne Katze los und rannte in die Richtung, aus der sie das Wasser vernommen hatte.

Die Eule bemerkte Fiaras abrupten Wegwechsel und flog ihr sogleich hinterher.

»Nicht hier!«, schrie der Vogel wütend.

»Doch«, hechelte Fiara. »Ich habe Hunger. Was nutze ich deinem Herrscher schon, wenn ich verhungere, hm?«

Das braunschwarze Tier landete in der Nähe des Flusses auf einem Felsen und schwieg. Wasser sprudelte in einer enormen Geschwindigkeit zwischen den großen Steinen hinab in Richtung des Waldes.

Langsam kletterte die Katze zwischen dem Granit hinunter und tappte näher an die Strömung heran, bis sich ihr Antlitz auf der Oberfläche spiegelte.

Zum allerersten Mal sah Fiara ihr neues Gesicht. Mit großen Augen versuchte die Katze zu verstehen, was sie da gerade wahrnahm. Da waren Schnurrhaare, spitze, silberne Ohren und ein grauer Streifen, der sich über ihr Gesicht zog. Sie blickte tatsächlich in das Gesicht einer Katze. Und diese Katze war sie.

Ungläubig schüttelte sie ihren Kopf und das Spiegelbild tat es ihr gleich.

»Wahnsinn«, hauchte die silberne Caet. Dann forderte ein Schatten unter der Wasseroberfläche plötzlich ihre Aufmerksamkeit ein. Fiara ließ ihren Blick über das rauschende Wasser schweifen.

Da! Ein Fisch! Sie konnte ihn deutlich durch das klare Nass sehen.

Fiara sprang einige Schritte weiter runter, um mit dem Tier mitzuhalten. Dann duckte sie sich auf den Boden und wedelte aufgeregt mit ihrem Schwanz. Reflexartig machte die silberne Katze einen Satz ins Wasser und zuckte sogleich wieder angeekelt zurück.

Nanu, dachte sie. Früher fand ich Wasser doch auch nicht so schlimm. Fiara schüttelte ihren Pelz und seufzte.

Platsch.

Eine große, glitschige Forelle landete zappelnd vor ihren Pfoten.

»Aber wo ...?« Fiara blickte sich erstaunt um.

Die Eule des Herrschers flog über ihr in der Luft und musterte sie durchdringend.

»Für mich?«, fragte die Katze stutzig.

»Essen«, entgegnete der Vogel knapp und drehte dann wieder zum Felsen um, auf dem er gerade eben noch gesessen hatte.

Mit großen Augen schaute Fiara den zuckenden Fisch an. Teils angeekelt, teils mit wachsender Gier beäugte sie das sich windende Tier.

Wäre Roy jetzt da, würde er mir bestimmt ... Nein. Sie schüttelte den Kopf. Das kann ich auch gut allein, ich habe keinen Babysitter nötig. Ich muss einfach reinbeißen. Augen zu und ...

Fiara öffnete ihr Maul und entblößte ihre spitzen Fangzähne. Einen tiefen Atemzug später fand sie sich inmitten des kalten Fleisches der Forelle wieder. Ohne weiter darüber nachzudenken, biss Fiara ab, kaute und schluckte. Einige der Gräten pikten ihr unangenehm im Hals, da sie sich viel zu wenig Zeit zum Kauen genommen hatte. Dennoch war es überhaupt nicht so schlimm wie vermutet.

Kann man ja fast schon essen, dachte sie, während sie den Rest des Fisches in einem Happs hinunterschlang.

Ein wohlig wärmendes Gefühl breitete sich in ihrem Magen aus und füllte ihre Blutbahnen mit Energie. Das angenehme Kribbeln glitt bis in ihre Ohrspitzen hinauf. »So, jetzt können wir weiter«, murmelte die Katze selbstsicher. Sie hatte zwar das glitschige Ding nicht gefangen, aber dennoch war sie heute deutlich über sich selbst hinausgewachsen. Mit erhobenem Kopf und Schwanz trabte Fiara zurück zum Weg, von dem sie gerade abgekommen war.

Die Eule erhob sich ebenfalls und war in wenigen Flügelschlägen wieder auf ihrer alten Position.

Die silberne Katze merkte, dass der Vogel nun deutlich schneller flog als zuvor und so versuchte auch sie, das Tempo etwas zu steigern. Sie passierten mehrere hohe Felsen und ab und zu hatte Fiara Mühe, mit dem Vogel mitzuhalten. Besonders das Klettern verlangte ihr aufgrund ihrer Wunde einiges ab.

Sie hoffte inständig, dass Joel irgendwo in der Nähe einen guten Heiler kannte, auch wenn sie sich nicht sicher war, ob er ihr das überhaupt zugestehen würde.

»Verdammt«, fluchte Fiara leise. *Ich weiß immer noch nicht, wie ich mich in die Gedanken des Anführers schleichen kann.* Die Schnurrhaare der Katze zuckten verunsichert. *Wieso komm ich nur bei ihm nicht weiter voran?*

Fiara nahm sich vor, als Allererstes mehr über diese Wächter-Caet herauszufinden.

Dann eben nach der alten Methode, dachte die Katze. Vielleicht würde sie mit ein paar geschickten Fragen mehr über deren Herkunft und Verbleib erfahren.

Ein Hase erhaschte ihre Aufmerksamkeit. Er huschte flink und hakenschlagend an ihr vorbei und verschwand in einem einzelnen Loch in einem der wenigen Bereiche des Bodens, die aus Sand bestanden.

»Da«, rief die Eule urplötzlich und verfiel in ein schrilles, unangenehmes Kreischen.

»Gibt es ein Problem?«, schrie Fiara dem Vogel mutig entgegen, bevor sie sah, dass sich nicht weit von ihr entfernt eine riesengroße Höhle aus dem Felsen erhob.

Dieser Bau war größer als alles, was sie bisher gesehen hatte. Höher als der Mondfels und schon gar nicht vergleichbar mit dem Bau, in dem sie in den letzten Wochen gewohnt hatte.

Mit offenem Mund lief sie näher auf das Gebilde zu. Vier massige Caet kamen mit ausgefahrenen Krallen auf sie zu.

»Was willst du hier?«, fuhr sie ein braun getigerter Kater unwirsch an.

»Neue Caet«, entgegnete die Eule forsch für Fiara. Sie setzte sich auf den Boden und drehte ihren Hals einige Male.

In diesem Moment fragte sich Fiara, ob Eulen eigentlich jemals Nackenschmerzen hatten, doch das misstrauische Murren der Wachen riss sie aus ihren Gedanken.

»Ah, gut.« Der braune Kater nickte. »Na dann los, der Herrscher erwartet dich bereits.«

Fiara folgte den Caet-Wachen ohne Widerrede. Überall um die große Höhle herum standen kleine tunnelartige Gebilde, in denen reges Treiben herrschte. Das letzte Mal, als sie so viele Caet auf einem Fleck gesehen hatte, hatte es in einem schlimmen Kampf geendet. Sie hoffte, dass die anderen ihr keinerlei Beachtung schenken würden.

In der Mitte der vielen Unterkünfte konnte Fiara einige Kätzchen sehen, die vergnügt mit kleinen Steinen und verdorrten Wurzeln spielten. Ihre winzigen Schwänzchen wedelten ziellos in der Gegend herum.

Ein Lächeln stahl sich auf die Lippen der silbernen Katze. Sie genoss es, die Kleinen so sorglos spielen zu sehen.

»Hier entlang«, befahl die Wache und sie erklommen den steinigen, steilen Weg, der zur größten aller Höhlen führte.

Immer wieder kamen ihnen Caet entgegen, die Fiara teilweise verwundert, teilweise argwöhnisch begutachteten, und sie merkte, dass ihre Ballen so langsam anfingen zu schmerzen.

***

Oben angekommen, bedeuteten ihr die Wachen, allein nach drinnen zu gehen, und Fiara sah sich etwas verunsichert um.

Die großen, steinigen Wände türmten sich neben und über der silbernen Katze beinahe majestätisch auf. Ein Hauch von kalter Asche stieg ihr in die Nase, als sie vorsichtig weiter in das Innere der Höhle schritt. Sie hatte sich schnell an das Dunkel gewöhnt und ihre großen, runden Pupillen sogen jeden Lichtstrahl auf, den sie finden konnten.

Zwei Wachen kamen ihr entgegen, nahmen allerdings keinerlei Notiz von ihr und patrouillierten ungestört weiter.

Es war karg und leer und Fiara wurde immer unwohler, je tiefer sie ins Innere des Tunnels gelangte.

Als sie beinahe nichts mehr sehen konnte, entdeckte sie ein Stück weiter hinten einen kleinen Schimmer. Sie beschleunigte ihre Schritte und lief direkt auf das Glimmen zu.

»Willkommen«, tönte es aus dem Schutz der Dunkelheit.

Fiara erkannte Joels tiefe Stimme, nur konnte sie nicht ausmachen, aus welcher Richtung sie kam.

Der Schimmer wurde größer und es formte sich eine lodernde Flamme, die immer heller leuchtete, je näher Fiara ihr kam. Sie entdeckte mehrere Lagerfeuer, so wie sie selbst als Mensch einst welche für ihre Freunde entfacht hatte. Wie bekamen die Caet das hin? Ihre Pfoten traten in schwarze, kalte Asche und es knirschte, während sie weiter zwischen den lodernden Feuerstellen hindurchlief.

Inmitten des von Flammen umrahmten Raumes befand sich ein Stein, auf dem der Anführer der Caet hochmütig thronte.

Fiara konnte es kaum fassen, alles wirkte so unendlich. Die Feuer brannten unaufhörlich und die Wände der Höhle schienen sich schier endlos in die Höhe zu ziehen.

An den steinernen Wänden erkannte sie die Schatten von alten Runen und sie fragte sich, was diese wohl zu bedeuten hatten.

Neben Joel tauchten die Caet-Wachen Vero, Neo und Lyk auf.

Lira, die rotbraune Caet, lag auf einem Stück Moos an einem der großen Feuer und döste. Ihre Wunden sahen frisch versorgt aus, sie mussten also tatsächlich einen oder mehrere Heilkundige vor Ort haben.

Als Fiara vor dem Thron angekommen war, setzte sie sich sogleich hin und verbeugte sich tief, bis ihre Schnurrhaare beinahe den Boden berührten.

»Du lernst schnell. Erhebe dich«, sagte Joel anerkennend.

Fiara hob ihren Kopf und versuchte, an den Augen des Herrschers vorbeizuschauen.

»Du hast gesagt, du willst mir helfen, über die Menschenwelt zu herrschen.« Joel erhob sich und schritt elegant auf sie zu. »Als halbe Caet könnte das tatsächlich gut möglich sein.« Er schien mehr mit sich selbst zu reden als mit der silbernen Katze. Dann stockte er kurzzeitig.

»Nun ja, wenn sie erlauben –«

»Schweig. Niemand hat dir hier irgendwas erlaubt«, fuhr er ihr ins Wort. Mit einem geschmeidigen Satz sprang er auf sie zu. »Weißt du, es ist sehr unwahrscheinlich, mit einer solchen Fellfarbe auf die Welt zu kommen, wie du sie hast.« Er streifte ihr Fell mit seinen Schnurrhaaren und sie hielt erschrocken den Atem an. »Das bläuliche Silber ist eigentlich nur den hohen Wächtern vorbehalten.« Joel umkreiste Fiara, als wäre sie seine Beute. Dann kam er ihr mit seinem Gesicht gefährlich nahe. »Das gefällt mir nicht«, fauchte er. Fiara spürte seinen Atem und erschauderte.

»Bestimmt war das ein Zufall«, stotterte die silberne Katze entschuldigend. Joel wandte sich missbilligend ab.

»Wie dem auch sei«, fuhr der Anführer unbeachtet ihrer Aussage fort. »Da du nur eine halbe Caet bist, tut das sowieso nichts zur Sache. Du wirst von heute an in der Höhle der Diener nächtigen und in meinem Dienst deine Schuld abarbeiten. Schließlich hast du uns belauscht und mehr als genug Caet würden dich gern tot sehen. Du siehst, du kannst froh sein, dass ich hier überhaupt auf dich aufpasse.«

Joel stieg wieder auf seinen Thron und schaute sie abschätzig an.

»Du kannst gehen. Du wirst für die Patrouille am Baum der Wechsel eingeteilt werden, schließlich kennst du dich dort gut aus. Aber wenn ich auch nur ein Wörtchen davon höre, dass du meine Befehle missachtest, dann ...« Er drohte ihr mit einer ausgefahrenen Kralle.

»Das werde ich nicht, eure Majestät«, warf Fiara schnell ein.

Der Anführer lachte schallend. »So menschlich, herrlich.« Sein Lachen prallte von den steinernen Wänden ab und echote wahrscheinlich bis hinaus zum Ausgang der Höhle. »Wenn die Zeit gekommen ist, wirst du für mich in die Menschenwelt gehen.« Er blickte sie aus zusammengekniffenen Augen an. »Und dann wirst du für mich diejenigen finden, die uns jagen. Und sie töten.« Die gelben Schlitze leuchteten hell wie Flammen und Fiara war sich sicher, dass sie einen Moment lang in die Abgründe seiner Seele blicken konnte.

Sie nickte flüchtig und verbeugte sich erneut.

»Vero wird dich zu deinem Schlafplatz führen. Morgen früh bricht die erste Schicht zum Baum der Wechsel auf. Sei pünktlich«, mahnte er sie.

»Morgen schon?«, fragte sie entgeistert, biss sich jedoch sogleich auf die Zunge und hielt ihren Blick gesenkt.

»Geh!«, schallte es durch den großen Raum und Fiara ließ sich dies nicht zweimal sagen. Sie drehte sich um und sprintete so schnell sie ihre Pfoten trugen in Richtung des Ausgangs. Vorbei an der Patrouille und zurück in das Licht der Abenddämmerung. Als ihr wieder frische Luft um die Nase wehte, nahm sie einen tiefen Atemzug.

Sie würde sofort schlafen müssen, wenn sie für morgen fit genug sein wollte. Hektisch schaute sie sich um.

Fiara stand auf dem größten Felsen, der zwischen vielen deutlich kleineren Höhlen thronte.

Da tauchte der rot getigerte Caet an ihrer Seite auf. »Komm mit«, befahl ihr Vero.

Ohne zu warten, kletterte er den steinigen Weg hinab und lief geradewegs auf eine der größeren Höhlen zu.

Als Fiara über den Platz schritt, streiften sie wieder unzählige unverhohlene Blicke.

Sie überlegte, ob sie eventuell ein Schild mit sich trug, auf dem in Großbuchstaben *Ich bin ein halber Mensch* stand.

Sogar die Kleinen blieben stehen und tuschelten aufgeregt miteinander. Eines der jungen Kätzchen versuchte, auf zwei Pfoten zu stehen und einen wütenden Gesichtsausdruck zu machen. Beinahe hätte Fiara darüber gelacht, einfach weil es so komisch aussah.

»Hier ist es«, polterte Vero und zeigte mit der Pfote auf den Eingang. Fiara sah einige Caet, die sich gegenseitig putzten, und andere, die damit beschäftigt waren, eine karge Mahlzeit einzunehmen.

Doch eines hatten all diese Katzen gemein: Sie sahen unglaublich verbraucht aus. Muskulös, aber sehnig, mit zahllosen Narben.

»Lyk wird dich morgen abholen. Er wird Teil eures Trupps sein, damit er uns schön sagen kann, was du so treibst. Also benimm dich gefälligst.« Vero fletschte die Zähne und ließ Fiara dann allein bei den anderen Caet stehen.

Die silberne Katze kam sich mit einem Schlag sehr verloren in dem Getümmel der fremden Katzen vor. Ihr buschiger Schwanz wedelte aufgeregt und unsicher hin und her und sie versuchte, jemanden zu finden, der sie nicht ansah, als wolle er sie am liebsten umbringen.

Fiara schlängelte sich durch ihre neuen, herumwuselnden Mitbewohner und drang etwas tiefer in das Innere der Höhle vor. Sie sah gar nicht so anders aus als der Bau des Anführers. Joel schien sich nicht viel aus Deko oder Gemütlichkeit zu machen. Genauso spärlich war auch die Unterkunft der Diener eingerichtet.

Einige der bereits besetzten Plätze waren mit Moos bedeckt. Wo sie allerdings in dieser Einöde das flauschige Grün herbekamen, war Fiara ein Rätsel.

Sie suchte sich ein freies Fleckchen und versuchte, mit ihrem Schwanz etwas von dem kargen Sand zusammenzufegen. Dann drehte sie sich ein paar Mal im Kreis, ganz, wie sie es so oft bei Samsa gesehen hatte, und rollte sich danach zu einem kleinen Knäul zusammen. Bald darauf schlief sie vor Erschöpfung ein.

Geheimnisse des Mondfels

Hey, du!« Eine hohe, freundliche Stimme weckte Fiara. Schlaftrunken öffnete die silberne Katze ihre Augen.

Eine kleine, schwarze Caet mit einem weißen Punkt auf der Brust schaute sie mit schräg gelegtem Köpfchen neugierig an.

»Ich glaube, die suchen dich schon!«, rief die Kleine vergnügt, während sie freudig versuchte, ihren Schwanz zu fangen.

»Oh, Mist!«, fluchte Fiara, während sie sich schnell einer kurzen Morgenwäsche unterzog.

»Das sagt man nicht, hat meine Mama gesagt«, japste die Kleine, als sie eilig und mit hoch erhobenem Schwänzchen aus dem Bau der Diener hopste.

Fiara warf noch einen schnellen Blick auf ihre inzwischen gut verheilte Wunde und machte sich dann in großen Sprüngen auf den Weg nach draußen.

Die Herbstsonne brannte in ihren Augen, als sie die dunkle Höhle verlassen hatte.

»Da bist du ja endlich!«, schimpfte Lyk, die dreifarbige Caet-Wache.

»Typisch Mensch, brauchen immer eine Extrabehandlung«, murmelte einer der Caet, der mit auf Patrouille zu gehen schien.

Fiara versuchte, den Kommentar des Katers zu ignorieren, und reihte sich in die Gruppe ein.

»Also gut, unserer Anführer will, dass wir den Baum der Wechsel mit unserem Leben bewachen«, fing Lyk seine Rede an.

Fiara fand, dass er sich damit bloß aufspielte. Sobald Vero wieder da sein würde, hätte der kleine, dreifarbige Kater nichts mehr zu sagen.

»Keine Katze, kein Kater – niemand darf den Weg der Wechsel betreten. Ist das klar?«, rief der Kater nachdrücklich.

»Jawohl«, antworteten die anderen wie im Chor.

Fiara verdrehte die Augen und war froh, dass Lyk sie dabei nicht erwischte.

***

Nach einem sehr mageren Frühstück machte sich die Gruppe auf in Richtung der Lichtung, auf der sich der heilige Mondfels befand. Sie rasteten an dem rauschenden Fluss, an dem die Eule ihr am Tag zuvor einen Fisch gefangen hatte, und erreichten nachmittags endlich den Rand des Waldes.

»Auf Befehl des obersten Wächter-Caets, Joel, ist es euch erlaubt, euch einige Augenblicke lang am Mondfels aufzuhalten, damit ihr zu unseren heiligen Wächtern beten könnt«, eröffnete Lyk großzügig.

Zustimmendes Gemurmel ging durch die Gruppe der sechs ausgewachsenen Caet.

Es dauerte nicht mehr lange, bis sie den Berg erreicht hatten. Die große Wiese unter dem Felsen erinnerte Fiara an den furchtbaren Kampf.

Bilder von schreienden und verletzten Katzen drangen in ihren Kopf und sie musste sich konzentrieren, nicht laut aufzujaulen.

Einige der Caet verteilten sich bereits auf der Lichtung. Diese hatte bei Tag etwas Kaltes, Karges und überhaupt nicht Heiliges an sich.

Fiara kletterte neugierig den Felsen hinauf, auf den sie vor Kurzem zum ersten Mal ihre Pfoten gesetzt hatte. Die sandigen Steine erinnerten sie an ihre ersten Momente im Bau ihrer Caet-Freunde. »Ach, geliebte Sa«, seufzte Fiara traurig. Was ihre Freunde wohl gerade taten? Ob es ihnen gut ging?

Die Katze hievte sich mit ihren Vorderpfoten auf den Felsvorsprung und stand nun vor der Höhle des Mondfelss. Sie seufzte erneut und versuchte, die Flanke, an welcher sie die Wunde hatte, etwas zu entlasten.

Die anderen Caet wagten es aus irgendeinem Grund nicht, den

Fels zu betreten, allerdings hielt auch niemand Fiara davon ab, es zu tun. Selbst Lyk saß am unteren Ende des Felsens und hatte den Kopf zum Beten auf seine Pfoten gelegt.

Irgendwie zog sie etwas in das Innere des Baus. Es war wie ein seidener Faden, der sich fest um sie gebunden hatte und sie dazu drängte, immer weiter zu gehen.

Fiara tappte vorsichtig in die Schatten hinein. Es war längst nicht so dunkel wie in der Nacht der Versammlung. Jetzt erkannte sie auch, dass verschiedene Runen, Zeichen und Male in die steinernen Wände geritzt waren.

Unsicher fuhr sie die Rillen mit ihren Pfoten nach.

Solche Formen hatte sie bereits im Bau des Anführers gesehen! Es waren verschlungene, spitze, runde und eckige Knoten. Bei einem Zeichen hatte sie das Gefühl, dass es Wasser bedeuten könnte, sicher war sich Fiara dabei allerdings nicht.

Sie ging tiefer in den Bau und ihre etwas zu langen Krallen ließen ein leises Klacken auf dem steinernen Boden erschallen.

Wie immer, wenn sie unsicher war, zuckten ihre Ohren nervös, als ihr plötzlich eine große Wand den Weg versperrte. Das musste wohl das Ende der Höhle sein. Auch hier hatte jemand einige Zeichen in die steinige Mauer gekerbt.

Fiaras Augen saugten das spärliche Tageslicht, das den hinteren Teil des Baus erreichte, förmlich auf.

Es waren fünf Male, die, anders als die Knoten an den Seitenwänden, wohl die vier Elemente darstellen sollten, vermutete sie. Feuer, Wasser, Erde, Luft.

Nur das fünfte, das erkenne ich nicht, dachte die silberne Katze.

Es war ein kompliziertes Gebilde aus mehreren ineinander verschlungenen Linien. Zaghaft fuhr sie auch diese mit ihrer Tatze nach. Plötzlich bewegten sich die Steine der großen Mauer nach hinten und mit einem lauten Knarren öffnete sich ein breiter Gang.

»Was zum –?« Fiaras Augen wurden groß, ihr Schwanz zuckte wie wild und sie wagte einen hastigen Blick nach hinten. Hoffentlich hatte das niemand gesehen oder gehört.

Die Wand, die sich eben noch bewegt hatte, eröffnete ihr einen dunklen Durchgang, der noch tiefer ins Innere der Höhle zu führen schien. Sie fühlte sich unwohl dabei, aber ihre Neugierde überwog und so betrat sie den kühlen Gang, der ihr automatisch die Nackenhaare aufstellen ließ.

Fiara kontrollierte mehr als einmal die steinerne Tür, da sie befürchtete, dass diese einfach hinter ihr zufallen könnte.

Gerade als sie dachte, dass ein Feuer hier wirklich nützlich wäre, begann der Boden unter ihren Füßen weißlich zu schimmern. Ungläubig hob die silberne Caet ihre Vorderpfoten, um das helle Glimmen besser sehen zu können, doch sie erkannte nur einzelne Sandkörner, die zu einem schmalen Weg zusammengeschoben waren.

Alles sehr sonderbar, dachte Fiara, als sie dem Pfad mit vorsichtigen Schritten folgte.

Die Wände waren auch hier ganz und gar aus grauem, dunklem Stein und ab und zu sah sie das Zeichen, welches sie am Eingang des Geheimgangs berührt hatte. Als die Katze um die nächste Kurve tappte, staunte sie nicht schlecht. Sie befand sich in einem großen, runden und beinahe leeren Raum. Einzig und allein ein kleines, steinernes Podest ragte in der Mitte eines ausladenden Kreises empor.

Fiara drehte sich mit offenem Mund um die eigene Achse. Von oben schien durch ein kleines Loch in der Decke das Tageslicht genau auf das Podest hinab. Jeden Schritt, den sie tat, wählte sie sorgfältig aus, in der Angst, dass sie irgendeine Art Falle auslösen könnte.

»Wieder diese Elemente überall«, flüsterte sie ungläubig, als sie ihren Blick über die Wände schweifen ließ.

Der Staub dieses Geheimgangs tränte in ihren Augen. Hier schien nicht oft jemand herzukommen, schlussfolgerte sie.

Auf der Erhöhung in der Mitte befand sich ein dickes Buch. Als Fiara näher herantrat, sah sie, dass dort ebenfalls die vier Elemente plus die verschnörkelte Rune auf dem dunkelgrünen Einband eingefasst waren.

»Ich kann das alles gar nicht fassen ... Was würde Samsa bloß dazu sagen?« Ungläubig schaute sie sich die Vorderseite des edel wirkenden Werks genauer an. Sie fuhr mit dem Ballen ihrer Pfote langsam über den golden, abgegriffenen Titel.

Die Wächter-Chroniken stand mit großen, schwungvollen Lettern darauf geschrieben. Fiaras Augen weiteten sich.

Oh! Das ist mein Hinweis! Das ist die Möglichkeit, mehr über Joel und Klevefelz herauszufinden, dachte sie freudig.

»Genug. Versammelt euch alle!«, hörte Fiara die Caet-Wache von Weitem rufen.

»Mist!«, fluchte die Katze angespannt. Sie wollte unbedingt mehr über diesen Raum erfahren, vor allem, was es mit den ganzen Runen auf sich hatte. *Doch zuerst muss ich zur Gruppe zurückkehren, nicht, dass sie anfangen, mich hier zu suchen.*

Ohne Umschweife lief die silberne Katze den leuchtenden Weg zurück, trat aus dem geheimen Gang heraus und berührte mit ihrer Pfote erneut das verschnörkelte Zeichen von vorhin.

Die steinerne Tür schloss sich mit einem nicht zu überhörenden *Wumm!* und Fiara hechtete in großen Sprüngen zurück in das Licht der Nachmittagssonne. Die Strahlen brannten, wie so häufig, in ihren sensiblen Augen und es dauerte einige Momente, bis sie sich an die Helligkeit gewöhnt hatte.

»Fiara! Sofort!«, brüllte Lyk von unten zu ihr herauf.

Als die Katze den Felsen heruntergeklettert war, empfing sie der dreifarbige Kater mit einem grimmigen Gesicht.

»Wir warten nur auf dich, schon wieder!«, fauchte er wütend.

Die silberne Katze senkte respektvoll den Blick und traute sich nicht, in die Augen ihrer Begleiter zu sehen.

»Eine Überraschung, dass du überhaupt zurückgekommen bist. Hätte mich nicht gewundert, wenn ich Joel von deiner Flucht hätte erzählen müssen«, fügte er genervt, aber etwas ruhiger hinzu.

»Ich habe gebetet und dabei die Zeit vergessen. Es tut mir leid«, erwiderte Fiara kleinlaut. Sie hoffte, dass er ihr das abkaufte.

»Du? Als Mensch? Wen hast du denn angebetet? Und jetzt sag nicht, deine Götter«, knurrte Lyk zwischen zusammengebissenen Zähnen.

»Ich dachte ... Jetzt, da ich mich verwandelt habe, könnte es nicht schaden, Kontakt zu den Wächter-Caet herzustellen. Natürlich will ich ihnen auch meinen Respekt erbieten.« Ihre Stimme war kaum mehr als ein Flüstern.

Sie hasste die Caet-Wache abgrundtief und allein würde sie ihn vielleicht sogar angreifen, aber hier, mit so vielen Zeugen, wagte sie das lieber nicht.

Lyk schnaubte und drehte sich wortlos nach vorn. »Weiter jetzt, sonst schaffen wir es nicht bis zur Abenddämmerung.« Die Gruppe gehorchte und der dreifarbige Kater zog das Tempo merklich an. Sie rannten durch das Gestrüpp des Waldes und Fiara merkte sehr bald, dass ihre Flanke noch nicht vollständig verheilt war.

Nach einer Weile begann ihr Hinterbein etwas zu lahmen und sie betete inständig, dass ihr Gruppenführer bald eine Pause einlegen würde.

Lyk drosselte tatsächlich das Tempo etwas, nachdem er bemerkt hatte, dass nicht nur Fiara um einige Katzenlängen zurückgefallen war.

Bald erkannte Fiara, dass sie sich aktuell im Gebiet vom Bau ihrer Freunde befinden mussten. Die Lichtung und die blau-orangen Früchte erinnerten sie an Samsa, Nala und Roy. Wehmütig dachte sie an ihre verletzte Freundin.

Die Kälte dagegen störte Fiara kaum noch, mittlerweile hatte sie sich an das Frieren gewöhnt. Trotzdem war sie durchaus froh, dass es noch nicht zu schneien begonnen hatte.

Ob es hier im Tal von Klevefelz überhaupt jemals Schnee gibt? Ihr wurde bewusst, dass sie eigentlich immer noch kaum etwas über diesen magischen Ort herausgefunden hatte.

***

»Wir sind gleich da«, blaffte Lyk nach einem weiteren längeren Sprint.

Der silbernen Katze fiel ein Stein vom Herzen, keine Sekunde länger hätte sie es bei diesem schnellen Tempo ausgehalten.

Als sie den Eingang des Baumes der Wechsel erreichten, fiel ihr für einen Moment das Atmen schwer. So nah war sie ihrer Heimat schon lange nicht mehr gewesen. Wehmut drang durch ihren Körper.

Sie beschnupperte den erdigen Tunnel, den sie vor vielen Wochen mit ihrer Freundin Samsa durchquert hatte. Angst und auch Schuld gruben sich wie ruhelose Würmer durch ihr Innerstes. Fiara erschauderte.

»Wir bleiben hier drei Tage, dann will unser Herrscher, dass die nächste Gruppe antritt.« Lyk wandte sich mit finsterer Miene an die silberne Katze. »Und was dich angeht, da bin ich wirklich gespannt, was Joel noch mit dir vorhat. Ich hab wenig Lust, dich jedes Mal hier mit hinschleppen zu müssen.«

»Viel anderes wird dir da aber wahrscheinlich nicht übrig bleiben«, konterte Fiara in freundlichem Tonfall. »Unser Anführer hat nämlich beschlossen, dass ich in Zukunft wahrscheinlich sogar in Graveland für ihn spionieren soll.«

Etwas stolz war sie schon auf ihr Wissen, das Joel seiner Wache scheinbar vorenthalten hatte. Denn Lyk schaute die silberne Katze nun mit einem deutlich grimmigeren Gesichtsausdruck an.

»Das werden wir ja sehen«, zischte er. Die anderen Caet taten so, als hätten sie ihren kleinen Disput nicht mitbekommen. Ein paar machten sich sogleich auf den Weg, das Lager auszupolstern, und Lyk schien Äste für ein kleines Feuer zusammenzulegen.

Fiara war gespannt, wie er dies entfachen wollte. Vielleicht konnte sie ja sogar noch etwas von dem unhöflichen Kater lernen.

Sie entschied sich dazu, nach etwas Essbarem zu suchen, und nachdem niemand sie am Weglaufen hindern wollte, durchkämmte sie schließlich die nähere Umgebung.

Zwei der mitgekommenen Caet positionierten sich am Eingang des Baumes und hielten Ausschau nach Befehlsverweigerern.

Die wenigen Bäume, die auf den ansonsten kahlen Hügeln standen, trugen kaum bis kein Obst. Die silberne Katze hoffte, dass es auch hier irgendwo einen kleinen Fluss geben würde, doch von Wasser war nirgends eine Spur.

Fiara tigerte durch ein paar blattlose Büsche und scheuchte eine große Ratte auf, die sich gerade an einer Nuss zu schaffen machte.

Schnell rannte das Tier zum nächsten Baum und kauerte sich unter ein paar heruntergefallene Zweige.

Instinktiv schärften sich Fiaras Sinne. Die Katze verfiel sogleich in eine Art Starre. Die Ohren wachsam aufgestellt, den Körper nah an den Boden gedrückt, die Hinterbeine angespannt und zum Angriff bereit. Sie hörte das Rascheln, das die Ratte inmitten des morschen Holzes veranstaltete. Jede Bewegung, jedes noch so kleine Geräusch drang plötzlich laut wie der Knall eines Donners durch ihre gut durchbluteten Ohren.

Ein Gefühl von unbändiger Macht durchströmte ihren gesamten Rumpf und ließ ihren Schwanz vor Spannung zittern.

Fiara wartete einige Augenblicke, bis sie sich sicher sein konnte, dass die Ratte sie nicht mehr auf dem Radar hatte. Dann schlich sie sich, immer noch dicht an den laubigen Erdboden gedrückt, Schritt für Schritt näher an das Geäst heran. Sie konnte sehen, wie das kleine Tier dasaß, und seelenruhig an seiner runden Nuss knabberte.

Ohne groß darüber nachzudenken, setzte Fiara zum finalen Sprung an. Ihre Beine stießen sich mit voller Wucht vom Untergrund ab und ihre Augen waren kerzengerade auf das Ziel gerichtet. Adrenalin strömte durch ihren Körper und sorgte dafür, dass sie die Wunde an ihrer Flanke überhaupt nicht mehr wahrnahm.

Wusch! Die Katze landete auf der völlig unvorbereiteten Ratte. Sie war deutlich größer als diejenigen, die sie aus Graveland kannte. Besonders am Tannsee-Fluss, an dem sie früher immer Fische gefangen hatte, hatte es von den kleinen, Krankheit verbreitenden Tieren nur so gewimmelt.

Die Ratte quietschte und zappelte hilflos unter Fiaras langen, ausgefahrenen Krallen.

Urplötzlich wurde ihr klar, was sie hier eigentlich gerade tat.

Sie schaute sich suchend um und überprüfte, ob sie jemand während ihres ersten Erfolgs beobachtet hatte. Der Rausch der Jagd ließ stetig nach und sie überlegte fieberhaft, ob sie die Ratte nicht einfach gehen lassen sollte.

Doch was würde dann stattdessen ihr Abendessen werden? In diesem Moment rührte sich ihr knurrender Magen fordernd und unnachgiebig.

»Du verrätst mich nicht, ja?«, flüsterte sie dem wehrlosen Tier zu, dann öffnete sie ihre Tatzen und ließ das angsterfüllte Nagetier entwischen.

»Da bist du ja!«, rief es plötzlich aus dem Unterholz.

Beinahe hätte Fiara laut aufgeschrien. Sie hastete herum und erblickte zwei saphirgrüne, glänzende Augen. Bevor sie reagieren konnte, schmiegte sich bereits ein rabenschwarzer Kopf an ihre Flanke.

»Roy?«, fragte die Katze völlig verblüfft.

Der schwarze Kater musterte sie zufrieden. »Die Wunde sieht gut aus«, sagte er. Dann blickte er kritisch in Richtung des Baumes der Wechsel. »Was machst du denn mit denen hier?« Fragend legte er seinen Kopf schief.

»Was machst du denn hier?«, platzte es aus der silbernen Katze heraus. Sie war überrascht, aber auch irgendwie froh, ihn wiederzusehen. Fiara fühlte, wie eine kribbelnde Wärme in ihr aufstieg, und sie spürte, wie ihre Pfoten angespannt zuckten.

»Ich habe zuerst gefragt«, sagte er.

Sie setzte sich ebenfalls auf den mit Laub bedeckten Erdboden und atmete laut aus. »Also gut. Du wirst es nicht glauben ...«, begann die silberne Katze. »Ich war auf dem Mondfels. Also, erneut. Dort gibt es diese vielen Runen, sind die dir schon mal aufgefallen?«

Roy schaute sie fragend an, dann schüttelte er den Kopf.

»Sie ziehen sich bis zum Ende der Höhle. Und genau dort sind fünf weitere Zeichen in die Wand geritzt.« Fiara bemerkte, wie das Feuer in ihr immer stärker zu brennen begann. Sie war aufgeregt und ihre Schnurrhaare zuckten nervös. »Als ich eines der Male mit meiner Pfote nachgefahren bin, da ... Also, du wirst mir das nicht glauben, aber da hat sich ein geheimer Gang geöffnet!«

Fiara atmete schwer, so als wäre sie gerade einen Dauerlauf gerannt. Sie hatte das Gefühl, dass sie all ihre Erfahrungen auf der

Stelle mit Roy teilen musste. Eine unbekannte Kraft schien sie wie ein wildes Tier zu hetzen.

»Beruhig dich doch!«, entgegnete der schwarze Kater besorgt. Er erhob sich und machte ein paar Schritte auf sie zu.

»Du glaubst mir nicht«, sagte Fiara enttäuscht.

»Doch, das tue ich. Aber du tust keinem einen Gefallen, wenn du dich so fertig machst.« Roy seufzte. »Du musst das hier nicht alleine durchstehen, weißt du?« Er sah sie mit vertrauensseliger Miene an und ein angenehmer Schauer lief ihr über das Fell. Roy strahlte eine Sicherheit aus, die sie bereits von Samsa kannte. Nur noch stärker. Intensiver. Leuchtender.

»Ich versteh das alles nicht«, sagte Fiara und schüttelte ihren Kopf dabei so sehr, dass ihre Schnurrhaare wackelten. »Wieso bist du plötzlich so nett zu mir, obwohl du mich doch eigentlich so sehr hasst?« Sie biss sich auf die Zunge. Die Frage war einfach aus ihr herausgeplatzt.

Roys Ohren zuckten. »Das habe ich dir doch schon erklärt. Du bist etwas Besonderes«, sagte er ausweichend.

»Aber vorher –«

»Davor wusste ich nicht, was du bist«, unterbrach Roy die Katze. Er schaute hinauf in den Himmel und schien nachdenklich zu werden. »Du und ich ... Weißt du, wir sind gar nicht so verschieden«, begann er zögerlich.

Die silberne Katze ging überrascht einen Schritt zurück. »Wie meinst du das?«, hakte sie nach.

Roy senkte wieder den Blick und scharrte mit einer Pfote in der Erde. »Eigentlich ist hier nicht der richtige Ort dafür. Und das weiß eigentlich auch niemand, außer Samsa«, begann er verschämt.

Er atmete geräuschvoll aus.

»Meine Eltern kamen nicht bei einer Jagd ums Leben. Mein Vater – er war ein Mensch, verstehst du?«

Fiara schaute ihn perplex an, nickte aber langsam. Das hätte sie wirklich nicht vermutet. »Das heißt, alle Menschen können sich auch in Caet verwandeln?«

Roy nickte zögerlich. »Ich bin mir nicht sicher. Meine Mutter hatte mir mal erzählt, dass Menschen ohne Caet-Gene mindestens eine volle Mondphase in Klevefelz sein müssen, bevor sie sich verwandeln können.« Er blickte nachdenklich in die Ferne. »Die erste Verwandlung würde dabei immer deutlich mehr Zeit in Anspruch nehmen als die folgenden. «

Fiaras Augen wurden groß. »Aber ich war viel kürzer als eine Mondphase hier, als ich die Gedanken der anderen zu hören begann! O mein Gott, denkst du, mein Vater war vielleicht auch ein Caet?«

Sie bemerkte, dass Roy das Thema schwerfiel. Er hielt einen kurzen Moment inne, bevor er antwortete. »Ich weiß nicht mal, ob das alles stimmt. Alles, was ich weiß, ist, dass mein Vater meine Mutter damals in Graveland kennengelernt hat.«

Fiara konnte hören, dass nun ein Funken Trauer in seiner Stimme lag. Nicht im Traum würde es ihr einfallen, ihn jetzt zu unterbrechen – geschweige denn von ihren eigenen Familienangelegenheiten anzufangen. Das musste warten. Sie versuchte, seinen Blick aufzufangen, und lauschte weiterhin seinen Worten.

»Sie war eine neugierige Caet.« Roy schmunzelte betrübt und blickte in die Ferne. »Und sie war für kurze Zeit in die Menschengestalt übergegangen. Da müssen sie sich wohl getroffen haben.« Augenblicklich wurde seine Miene wieder finster. »Er war ein Nichtsnutz.« Der Kater schnaubte. »Er hat meine Mutter und mich früh verlassen. Ich selbst habe kaum in Graveland gelebt.«

Fiara wusste nicht, was sie sagen sollte. Das erklärt zumindest, warum Roy so eine Wut auf die Menschen hat, dachte sie. Er will nicht daran erinnert werden, dass ein Teil von ihm immer noch menschlich ist.

»Aber das erklärt nicht, warum du mich jetzt, da ich eine halbe Caet bin, plötzlich besser behandelst. Ich bin immer noch zur Hälfte ein Mensch.«

Roy nickte zustimmend. »Aber du bist auch anders als die Menschen, die ich kannte. Du bist nun eine Caet und nutzt deine Fähigkeiten, um uns zu helfen. Das wolltest du selbst als Mensch schon. Nur fiel es mir da noch schwer, das anzuerkennen ...« Er legte seinen Kopf an ihre Schulter und als sie nicht zurückzuckte, schloss er dabei die Augen. »Ich bewundere dich, Fiara«, wisperte er durch ihr Fell hindurch.

Funken sprühten durch ihren gesamten Körper und ein angenehmes Kribbeln breitete sich aus, als der schwarze Kater sie liebevoll berührte.

Fiara blieb still, starr, konnte und wollte sich nicht bewegen. Sie traute sich nicht einmal zu atmen. Dieser Moment hätte ewig andauern können. Sie spürte den warmen, gleichmäßigen Atem des Katers und wünschte, sie könnten für immer einfach nur so dastehen und die Welt um sich herum vergessen.

»Verdammt!«, schoss es plötzlich aus der Katze heraus. »Ich steh hier so dumm rum. Wo sind denn überhaupt die anderen?«

Roy hob seinen Kopf. »Die sind im Bau, ihnen geht es gut. Samsa ist immer noch zu schwach, um viel zu laufen.« Seine Stimme war ruhig und gleichmäßig. Er hatte eine Art an sich, die sie unwahrscheinlich beruhigte.

In ihrem Kopf herrschte stets ein solches Chaos. Doch wenn sie mit Roy redete, hatte sie das Gefühl, als würde sich schlagartig alles ordnen. Mal abgesehen von den Momenten, in denen er sie völlig auf die Palme brachte.

Sie schaute traurig auf den Boden. »Es geht ihr schlecht. Und zwar wegen mir«, murmelte sie leise. Fiara fühlte eine raue, nasse Zunge, die sanft über ihre Wange strich. Es war ein ungewohntes Gefühl, aber sie merkte, dass sie es sehr genoss.

»Es wäre früher oder später sowieso zu einem Kampf gekommen. Mach dir nicht solche Vorwürfe«, entgegnete Roy. »Jetzt erzähl mir noch mal von den Runen«, bat er die Katze.

Fiara hielt einen Moment inne. Sie wusste, dass sie nicht mehr viel Zeit haben würde. Lyk wartete garantiert schon auf sie.

»Ich habe einen Raum gefunden, mit dem Wächter-Chroniken Buch«, erklärte sie schnell. »Kannst du den anderen bitte sagen, dass ich mir dieses Buch einmal genauer ansehen werde? Ich glaube nämlich, dass das unser Schlüssel ist.«

Roys Augen weiteten sich. »Das sagst du erst jetzt?«, brach es überrascht aus ihm heraus.

»Ich konnte noch nicht reinschauen, aber auf dem Rückweg –«

»Wieso bleibst du nicht einfach hier?«, unterbrach sie Roy. Er blickte sie beinahe flehend an.

»Ich kann nicht.« Fiara schaute auf den Boden. »Ich muss mehr über Joels Herrschaft herausfinden und das kann ich am besten, wenn ich vor Ort bin. Außerdem habe ich versprochen, dass ich ihm dienen werde. Ich glaube nicht, dass eine Flucht überhaupt möglich – oder sinnvoll ist.« Die Katze stand abrupt auf und wedelte unsicher mit dem Schwanz. »Würdest du den anderen das bitte ausrichten? Ich muss jetzt gehen.«

Der schwarze Kater nickte zögerlich. »Natürlich, ich werde es ihnen sagen. Aber das mit der Flucht –«

»Gut«, entgegnete Fiara schnell. »Ich muss jetzt wirklich gehen.« Wehmut lag in ihrem Blick, als sie ihren Freund so abrupt abspeisen musste. »Bis bald, Roy.«

Der Kater sah ihr enttäuscht hinterher, doch da drehte sie sich noch einmal um und mit zwei kräftigen Sprüngen landete sie vor seiner Nase.

Fiara leckte ihm liebevoll über seine Ohren und stupste ihn sanft mit der Nase an. Mutig, lebendig – sie fühlte sich plötzlich so stark wie noch nie zuvor.

Roy starrte sie völlig überrascht an.

»Ich bin dir sehr dankbar«, flüsterte sie in sein Fell, dann machte sie sich auf den Weg zurück.

***

Als Fiara mit leeren Pfoten und ebenso leerem Magen zum Wachposten zurückkehrte, erwartete sie bereits die Gruppe am lodernden Feuer.

Lyk warf ihr einen warnenden Blick zu und sie entschied sich, heute besser keine weitere Auseinandersetzung anzustacheln.

Die silberne Katze senkte den Kopf und ließ die Ohren hängen. Die Luft roch nach Ruß und verbranntem Holz. Doch da war auch noch etwas anderes ... etwas, das ihren Magen umso mehr rebellieren ließ. Sie lugte an den um das Feuer sitzenden Katzen vorbei und sah einen kleinen Haufen erlegter Beutetiere.

Die anderen waren fleißig gewesen, Fiara konnte einige Ratten, einen Hasen, aber auch ein paar Fische ausmachen. *Wo hatten sie diese nur aufgetrieben?*

Geistesabwesend schüttelte die Katze ihren Kopf. Roy spukte noch immer in ihren Gedanken herum.

Der kräftige, schwarze Kater hatte so verletzlich ausgesehen. Es war ihr schwer gefallen, ihn einfach so gehen zu lassen.

»Setz dich«, sagte der dreifarbige Kater schroff und riss sie aus ihren Gedanken. Es klang mehr wie ein Befehl als eine Einladung, doch Fiara tat wie geheißen.

Sie starrte zu dem Futter herüber und hatte das Gefühl, bald vor Hunger umzukommen.

»Iss«, befahl Lyk, als er ihren gierigen Blick bemerkte. Der Kater mochte ein großes Arschloch sein, aber jetzt ließ sie sich nicht zweimal bitten. Immerhin wollte Lyk sie nicht aufgrund seiner persönlichen Abneigung ihr gegenüber verhungern lassen.

Fiara tapste auf die Fische zu und nahm einen davon ins Maul. Die erste rohe Forelle, die sie gegessen hatte, war für sie keinerlei Problem gewesen, und so freute sie sich auf dieses besonders dicke und große Exemplar.

Als sie zurück auf ihrem Platz schmatzend und kauend saß, glitten ihre Augen zu ihren Begleitern.

Eine weiß-schwarz gepunktete Katze leckte sich gerade die Pfoten und ein weiterer, cremeweißer Kater war noch immer mit dem Verzehr eines halben Hasen beschäftigt. Anscheinend hatte niemand das Bedürfnis zu reden und Fiara merkte erneut, wie sehr ihr doch ihre Freunde gerade fehlten.

»Wir werden in Zweierteams den Eingang bewachen, auch über Nacht«, sagte Lyk der Gruppe. »Keine Ausnahmen, versteht ihr?« Bei diesem Satz sah er vor allem die silberne Katze eindringlich an.

Sie nickte knapp und versuchte so auszusehen, als würde sie den Auftrag genauso ernst nehmen, wie der dreifarbige Kater es tat.

»Die erste Wache werde ich mit Fiara übernehmen«, eröffnete Lyk den anderen. Die silberne Katze schluckte, beinahe wäre ihr eine Gräte im Hals stecken geblieben.

Eine ganze Nacht mit diesem Idioten zusammen? Das hörte sich nicht gerade vielversprechend an. Sie hatte gehofft, dass ihr wenigstens einer der anderen Caet zugeteilt werden würde. Schon allein aus dem Grund, dass Lyk sie ganz offenkundig nicht leiden konnte, auch wenn dies natürlich auf Gegenseitigkeit beruhte.

Das Tor zur anderen Welt

Die Nacht mit einer von Joels Lieblingswachen zu verbringen, war zäh und schien überhaupt nicht vorübergehen zu wollen.

Als der abnehmende Mond hinter den vorüberziehenden Wolken aufgegangen war, merkte die Katze, dass es ihr merklich schwerer fiel, die Augen offen zu halten. Immer häufiger ertappte sie sich dabei, wie sie in einen Sekundenschlaf verfiel, und auch Lyk schien dies nicht zu entgehen.

»Machst du jetzt schon schlapp, Mensch?«, fragte er herausfordernd.

Fiara schüttelte den Kopf, während sie sich einen verletzenden Kommentar verbiss. Die Katze wollte ihre restliche Energie lieber für ihre Aufmerksamkeit und das Wachbleiben aufheben.

Außerdem hatte sie sich fest vorgenommen, Bemerkungen, die sich auf ihre Zugehörigkeit bezogen, ab jetzt unkommentiert zu lassen.

Frea wäre stolz auf sie gewesen, wenn sie das gewusst hätte. Einen Moment lang wanderten Fiaras Gedanken wieder zu ihrer Mutter. Sie hatte so viele Fragen an sie.

Warum hatte sie sich in eine Caet verwandelt? Könnte Frea das eventuell auch? Und wenn ja, wieso hatte sie ihrer Tochter dann noch nie davon erzählt? Sie hätte mit ihrer Mutter viel lieber hier in Klevefelz gewohnt, denn obwohl sie ihr ganzes bisheriges Leben in Graveland verbracht hatte, fühlte sie sich hier irgendwie viel mehr zu Hause. Woran das lag, konnte Fiara nicht sagen, aber sie war sich sicher, dass sie das mit der Zeit noch herausfinden würde.

Ein leichter Luftzug drang durch den Weg der Wechsel. Er streifte ihr Ohr und bahnte sich seinen Weg in die Freiheit.

Die Katze lauschte vorsichtig, immer darauf bedacht, dass Lyk ihr nichts anmerkte, in den dunklen Gang hinter sich. Als sie vor einigen Wochen durch den verschlungenen, finsteren Tunnel gekrochen war, war ihr der Weg unfassbar lang vorgekommen.

Jetzt aber hatte sie das Gefühl, dass sie sogar das Rauschen der Blätter und das Rufen eines Uhus in Graveland durch den Fuchsbau hindurch hören konnte.

Mit dem Voranschreiten der Nacht wurde auch ihre Müdigkeit immer überwältigender.

So seufzte die silberne Katze erleichtert auf, als die zweite Schicht Lyk und sie am nächsten Morgen ablöste. Sie konnte ihre Erschöpfung kaum noch verbergen und sobald sie neben dem immer noch brennenden Lagerfeuer angekommen war, rollte sie sich zu einem kleinen, flauschigen Ball zusammen und schlief sofort ein.

Schwach vernahm sie noch die scherzende Stimme des dreifarbigen Katers, der sich über ihr Durchhaltevermögen lustig zu machen schien, allerdings war ihr das in diesem Moment völlig egal. Sie hatte es durchgezogen und nun war es Zeit für ihren wohlverdienten Schlaf.

***

Munteres Geplauder weckte die silberne Katze und riss sie aus dem Land der Träume.

Fiara hielt ihre Augen noch geschlossen und lauschte angestrengt der freudigen Unterhaltung ihrer Begleiter.

»Ich bin schon so gespannt auf das diesjährige Mondfest«, sagte eine Katze aufgeregt.

»Na hoffentlich lässt Joel ordentlich auftischen, genau wie die anderen Wächter-Caet es immer getan haben.«, brummte die Stimme eines Katers.

Fiaras Ohren zuckten bei dem Wort »Wächter-Caet«.

Bisher hatte sie noch nichts von einem sogenannten Mondfest

gehört. Die silberne Katze war gespannt, was Samsa ihr dazu erzählen würde, sobald sie zu ihren Freunden zurückkehrte.

Wenn ich überhaupt zu ihnen zurückkehren werde, beschlich sie ein dumpfer, nagender Gedanke.

Fiara tat so, als wäre sie jetzt erst aufgewacht. Sie machte sich lang, gähnte ausgiebig und begann gleich darauf instinktiv, sich zu putzen.

Die anderen Caet verstummten augenblicklich und starrten sie an, teils mit Neugierde, teils voller Abneigung.

Der dreifarbige Kater war ebenfalls bereits wach. Er tigerte durch ihr zeitweiliges Lager und wechselte hier und da ein paar Worte mit den anderen Katzen.

Fiara konnte nicht anhand des Sonnenstandes ausmachen, wie spät es wohl gerade war, denn der Himmel war von dicken, grauen Wolken bedeckt.

Der Felsen begann, Wassertropfen aufzufangen, und auch die silberne Katze bemerkte kurz darauf einen Wassertropfen, der mitten auf ihrer Nase landete und sich dann seinen Weg ihre Schnauze entlang bahnte.

Ein paar Vögel flogen aufgeregt schnatternd auf der Suche nach einem passenden Unterschlupf über Fiaras Kopf hinweg.

»Los! Bringt die paar Beutereste mit in den Tunnel und dann kommt alle rein!«, rief Lyk der Gruppe zu.

Das fehlt mir noch, Gruppenkuscheln mit Fremden, dachte die silberne Katze entmutigt, während sie sich eine Ratte schnappte und diese in den trockenen Bau trug. Drinnen angekommen schüttelte sie angeekelt ihr Fell und stand wenige Augenblicke später wie ein aufgeplustertes Huhn da.

Der Eingang des Baumes der Wechsel war groß, allerdings wurde es mit so vielen Caet auf einer Stelle selbst hier durchaus eng.

Fiaras Schnurrhaare berührten das cremeweiße Fell des Katers, der sich vorhin noch mit der anderen Katze über das Mondfest unterhalten hatte.

Alle starrten zusammen in den mittlerweile strömenden Regen. Vor ihren Pfoten bildeten sich schnell Pfützen mit erdigem und nicht abfließendem Wasser. Der Boden war durch den Frost bereits so hart geworden, dass der Regen nicht mehr in die Erde eindringen konnte.

Die Zeit verging und das Wasser plätscherte nur so dahin. Fiara freute sich jetzt schon auf ihre Rückreise. Sie hatte die Hoffnung, dass sie wieder am Mondfels Halt machen würden. Das wäre ihre Gelegenheit, noch einmal in den versteckten Gang vorzudringen.

Noch mehr über die Geschichte der Caet zu erfahren.

***

Die Nacht über hielten wieder Lyk und sie Wache. Diesmal war es noch schwerer, die Augen offen zu halten, da das rhythmische Prasseln der Regentropfen beinahe einschläfernd auf sie einwirkte. Die vielen Katzenkörper strahlten außerdem eine angenehme Wärme aus, die definitiv ihren Teil dazu beitrug.

Als der Regen endlich nachließ, klarte der Nachthimmel auf und eröffnete den Caet einen Blick auf die unzähligen, funkelnden Sterne, die den Himmel strahlend bedeckten.

»Das sind unsere Vorfahren«, durchbrach Lyk überraschend die Stille.

Fiara sah ihn verwundert an, entgegnete aber nichts.

Der dreifarbige Kater starrte hinauf und ließ ein durchdringendes Seufzen aus seiner Kehle entweichen.

»Keine Ahnung, ob ihr Menschen so etwas auch habt«, fügte er tonlos hinzu, »aber uns ist das zumindest heilig.«

Er wandte sich zu Fiara.

»Du hälst mich für ein riesengroßes Arschloch, das ist mir durchaus bewusst«, sagte er, »aber du solltest wissen, dass es einen Grund dafür gibt, warum wir Caet die Menschen verabscheuen.«

Fiara wusste noch immer nicht, was sie darauf antworten sollte. Außerdem versuchte sie zu verarbeiten, dass der schroffe Kater gerade tatsächlich eine normale Unterhaltung mit ihr angefangen hatte.

»Glaub nicht, dass ich nicht zu meinem Anführer stehe. Ich bin Joel mehr als treu ergeben.« Lyk schien es nicht zu stören, dass die silberne Katze ihn, anstelle zu antworten, immer noch überrascht anstarrte. »Aber es ist schwer zu glauben, dass eine Vermischung unserer Gene zu einem glücklichen Ende führen würde. Menschen sind geizig, egoistisch, gewaltbereit.« Der Kater schüttelte den Kopf. »So etwas kann uns keinen Frieden bringen.«

Endlich schien Fiara ihre Stimme wiedergefunden zu haben. »Also demnach, was ich bisher gesehen habe, sind die Menschen und die Caet gar nicht so unterschiedlich, wie du anscheinend denkst.«

Lyk warf ihr einen neugierigen, aber auch gleichzeitig warnenden Blick zu.

»Na ja, schau doch, nehmen wir deine genannten Eigenschaften egoistisch und gewaltbereit. Sind das nicht genau die Gründe für das, was erst vor wenigen Tagen auf der Lichtung des Mondfelses passiert ist?«

Aus irgendeinem Grund war es Fiara plötzlich wichtig, dass der dreifarbige Kater verstand, worum es hier eigentlich ging. Nach seinen eröffnenden Worten hatte sie die Vermutung, dass er vielleicht einfach nur fehlgeleitet war. Dass der Hass auf die Menschen einen völlig falschen Ursprung hatte.

»Das ist überhaupt kein Vergleich!«, fauchte Lyk.

»Wieso nicht?«, fragte Fiara unnachgiebig.

Der dreifarbige Kater druckste herum. »Das ist ja nur passiert, weil du da warst. Ein Mensch. Ansonsten ...«

Die silberne Katze schaute ihn überrascht an. »Das glaubst du wirklich? In euren Reihen gibt es doch ganz klar unterschiedliche Meinungen. Ganz egal, ob ich da gewesen bin oder nicht – einige fanden Joels Vorschlag gut, andere nicht. Wenn du mich fragst, hätte es früher oder später sowieso in einem großen Streit geendet.«

»So was würde nur ein Mensch sagen!«, rief Lyk entgeistert.

Fiara seufzte erschöpft. »Ich glaub, du willst es einfach nicht verstehen«, sagte sie, während sie ihren Kopf traurig hängen ließ.

Lyk sah sie lange fragend an. Sein Schwanz verriet, dass er unsicher war, was er mit ihren Informationen anfangen sollte.

Die silberne Katze witterte ihre Chance. »Hast du nicht selbst gesagt, dass du Joels Entschluss aufgrund deiner Vermutungen anzweifelst?«, hakte sie nach.

»Ja, aber doch nur, weil ich weiß, wie negativ sich eure menschlichen Gene auf uns auswirken würden«, erklärte Lyk.

Fiara schüttelte erneut den Kopf. »Aber selbst das wäre doch Grund genug, warum manche sich gegen den Anführer auflehnen würden und einen Streit anzetteln könnten.« Die Katze begann die Erde unter ihren Pfoten zu kneten. »Vielleicht würdest du das nicht tun, ja, aber andere ... Du siehst ja, dass es diese Gedankengänge durchaus gibt. Und nicht jeder ist Joel so treu ergeben wie du.«

»Natürlich habe ich das aufmüpfige Gemurmel auch gehört, aber ich glaube nicht, dass die Caet sich gegen ihren Herrscher –«

»Würdet ihr bitte mal etwas leiser sein?«, murmelte der cremeweiße Kater müde und genervt. »Ist ja schön, dass ihr euch jetzt so toll versteht, aber manch einer möchte noch etwas Schlaf bekommen.«

»Wir verstehen uns nicht toll!«, sagte Lyk barsch, doch der andere Caet hatte bereits wieder die Augen geschlossen.

Fiara zuckte mit den Schultern und schaute wieder hinauf zum Nachthimmel, der mittlerweile schon den ersten Strahlen der Morgensonne wich.

Auch der dreifarbige Kater schwieg nun.

Die silberne Katze hoffte inständig, dass er etwas Positives aus ihrem nächtlichen Gespräch mitgenommen hatte.

***

Als sie das Frühstück beendet hatten, schickte Lyk Fiara mit den Worten »Damit du dich auch mal nützlich machst« zum Holzsammeln. Sie war froh, dass dies vorerst ihr letzter Tag am Baum der Wechsel – und damit auch mit dem dreifarbigen Kater – sein würde, und gehorchte ohne Murren.

Fiara fand ein paar durchnässte Zweige, aber konnte beim besten Willen in der gesamten Umgebung kein einziges trockenes Stück Holz entdecken.

Einen Moment lang hoffte sie, Roy wieder zu treffen. Doch der schwarze Kater war nirgendwo zu sehen. Mit ein paar triefenden Ästen im Maul machte sie sich seufzend auf den Weg zurück zum provisorischen Lager.

»Wie sollen wir denn damit ein Feuer anbekommen?«, fragte die schwarz-weiße Katze genervt.

Fiara ließ die Zweige auf den Boden fallen. »Versuch du doch mal, nach dem Regen trockenes Holz zu finden, das ist einfach unmöglich«, zischte sie verärgert zurück.

Die silberne Katze war beinahe den ganzen Morgen damit beschäftigt gewesen, den Boden der Lichtung abzusuchen, und mittlerweile war sie vor lauter Müdigkeit nur noch sehr wackelig auf den Pfoten.

»Geh schlafen, so wie du jetzt aussiehst, können wir dich nicht gebrauchen«, befahl Lyk, der zufällig gerade an den beiden Caet vorbei stolzierte.

Die schwarz-weiße Katze schnaubte und ging mit peitschendem Schwanz davon.

Fiara schleppte sich derweil neben einen großen Stein und rollte sich völlig erledigt zusammen.

Die letzten Tage waren für sie anstrengender gewesen als jede Woche in ihrer alten Umgebung. Trotzdem verspürte sie hier ein Gefühl der Sinnhaftigkeit. Sie fühlte sich wichtig, dazugehörig, und das, obwohl die silberne Katze selbst hier mit einer Ausgrenzung umzugehen hatte, die stark ihrer Jugend in Graveland ähnelte.

Doch da war noch etwas anderes. Etwas sagte ihr, dass sie schon sehr bald verstehen würde, warum sich Klevefelz so viel besser anfühlte, als ihr vorheriges Zuhause es jemals getan hatte.

Fiaras schlief mit dem Gedanken ein, dass sie ihre Mutter bei gegebener Zeit unbedingt mit ins Land der Caet holen musste. Frea musste sehen, dass es auch ein Leben abseits der Ältesten und ihres vorurteilsbehafteten Dorfes gab. Natürlich erst, wenn sich die Sache mit Joel erledigt hatte. Ein zufriedenes Schnurren drang durch ihren Körper und leitete sie sanft in den verdienten Schlaf.

***

Die Gruppe an Wachen, die Fiara am nächsten Tag ablöste, war durchnässt und demotiviert und wirkte insgesamt ziemlich genau so, wie sich Fiara eine Kreuzung zwischen Lyk und Vero vorstellte: schlecht gelaunt und mit Minderwertigkeitskomplexen.

Der dreifarbige Kater erklärte Neo, einer weiteren hochrangigen Caet-Wache, wie die letzten Tage verlaufen waren, und bedeutete dann seiner eigenen Gruppe loszulaufen.

Über die letzte Nacht hatte es wieder etwas geregnet. Zwar nicht so stark wie am Tag zuvor, aber immer noch genug, dass der Boden matschig und der Weg deutlich anstrengender war.

Fiara kämpfte sich gerade durch eine Mischung aus zerkrümeltem Laub und schleimiger Erde, als Lyk am vorderen Ende der Gruppe anhielt.

»Wir sind da«, eröffnete er ihnen. »Alles wie letztes Mal.« Und damit tigerte er zu einem kleineren Felsen, der auf der Lichtung stand, und setzte sich stillschweigend darauf.

Fiara machte ein paar große Sätze nach vorne und erkannte den Platz wieder, auf dem der heilige Mondfels erhaben thronte.

Einige der Caet strichen sich gegenseitig sanft um die Körper und brachen dann in verschiedene Himmelsrichtungen auf.

Die Lichtung war riesig und da sie nur eine sehr kleine Gruppe waren, konnte sich jeder in Ruhe zurückziehen.

Fiara war froh, dass Lyk beziehungsweise Joel ihnen diese Möglichkeit gab. Es zeigte, dass den Caet der Glaube wirklich sehr wichtig war.

Die silberne Katze wartete, bis sich alle verteilt hatten, und lief dann zum großen Berg. Sie kletterte die teilweise noch vom Regen glitschigen Steine hinauf und war wahnsinnig froh, als sie die obere Plattform ohne irgendwelche Stürze erreicht hatte. Ihr Puls raste und sie wagte einen letzten prüfenden Blick nach unten.

Niemand schien sie zu beachten. Fiara verstand nicht, warum kein Caet auf den Mondfels hinaufgehen wollte.

Die anderen hatten ihre Augen geschlossen und murmelten unverständliche Worte vor sich hin. Zufrieden wandte sich die Katze wieder dem Eingang zu und sprintete in das Innere der Höhle.

Die Dunkelheit ließ ihre Pupillen größer werden und nach einigen Augenblicken hatte sie sich an den Schatten und das spärliche Tageslicht gewöhnt. Sie lief den ihr bekannten Weg entlang, vorbei an den vielen Runen, welche an den Seitenwänden prangten, und blieb vor der großen steinernen Tür am Ende des Baus stehen.

Noch einmal schaute sie hinter sich – immer noch niemand da. Gut, dachte Fiara, während sie mit ihren Pfotenballen über das verschnörkelte fünfte Element fuhr.

Klick! Die Zierde ließ sich erneut nach innen drücken und der dunkle Gang erschien vor ihren Augen. Sie tapste vorsichtig an der felsigen Tür vorbei und betrat den kalten, sandigen Boden des Durchgangs.

Zu gern hätte sie das alles jetzt mit Roy geteilt. Seit ihrer letzten Begegnung fehlte ihr der schwarze Kater mehr und mehr. Ob es ihm wohl genauso ging?

Quatsch, dachte Fiara. Sie und Roy waren gute Freunde geworden, sie sollte dafür dankbar sein und nicht grundlos mehr hineininterpretieren.

Die Katze schüttelte den Kopf, um den Gedanken zu vertreiben.

Es dauerte nicht lang, da begann der aufgehäufte Sand wieder weißlich zu glühen.

Diesmal schnupperte Fiara neugierig an dem sonderbaren Untergrund. Als ihr dabei etwas Staub in die Nase geriet, musste sie unvermittelt niesen. Fiara konnte keinen bestimmten Geruch feststellen und so folgte sie den leuchtenden Hinweisen bis zum großen Raum, in dem das Buch der Wächter-Chroniken genau so dalag, wie sie es vor ein paar Tagen zurückgelassen hatte.

Die hohen, steinernen Wände erhoben sich kreisförmig um das in der Mitte stehende Podest.

Wie beim letzten Mal staunte Fiara nicht schlecht, als sie sich durch den kühlen, wenig beleuchteten Raum bewegte. Einzig und allein der Sand auf dem Boden und die kleine Öffnung an der Decke ließen zu, dass man sehen konnte, was auf dem Buch geschrieben stand.

Vorsichtig trat Fiara näher an das Podest heran und berührte auch diesmal den goldenen, schmuckvollen Titel.

Ihre Schnurrhaare zuckten vor Erregung, als sie feststellte, dass das Buch überhaupt nicht verschlossen war. Neugierig schlug sie es irgendwo im letzten Drittel auf und begann zu lesen:

Die ersten Wächter

Als die Katzen zum allerersten Male den heiligen Weg der Wechsel betraten, schenkte ihnen die Magie der neuen Welt eine Möglichkeit, in Frieden und unabhängig von den Menschen zu leben. Der Berg des Mondes wählte fünf der hier lebenden Katzen aus, über das Leben aller zu wachen, sie zu führen und ihnen zur Seite zu stehen.

Niemals jedoch darf die Macht der Welt aus dem Gleichgewicht gebracht werden, denn so schnell wie ihnen die Magie geschenkt wurde, kann sie auch wieder genommen werden.

Daher sind anzunehmen, auszubilden und stets zu ersetzen folgende Wächter:

Element Wasser *= der Fluss, das Leben, die Verbindung aller Orte in Klevefelz. Der- oder diejenige erhält die Macht, über das Wasser zu herrschen.*

Element Feuer *= heiß, formend, Veränderung und Neubeginn. Der- oder diejenige erhält die Macht, über das Feuer zu herrschen.*

Element Luft *= überall zugleich und nirgendwo allein, Sauerstoff für das Leben und doch flüchtig wie der Tod. Der- oder diejenige erhält die Macht, über die Luft zu herrschen.*

Element Erde *= Wege schaffen, wo keine Pfade sind, Nährstoff, Fruchtbarkeit und Beständigkeit. Der- oder diejenige erhält die Macht, über die Erde zu herrschen.*

Fiara sog die Worte förmlich auf. Ihre Augen flogen über die Seiten und sie vergaß völlig Raum und Zeit.

Dieses Buch, diese Chroniken, die müssten alle sehen! Wenn alle Caet gelesen hätten, was sich der silbernen Katze da eben eröffnet hatte, dann würden sie ... Was ist das?

Fiara sah noch ein fünftes Element, das in geschwungenen Buchstaben auf der nächsten Seite beschrieben war.

Element Seele = *weise und allgegenwärtig, klug, friedvoll und lebendig. Der- oder diejenige erhält die Macht, ...*

Die restlichen Buchstaben waren unleserlich, als hätte jemand den Schreiber von seinem Werk weggerissen.

»Was machst du hier?«, donnerte eine tosende Stimme hinter ihr.

Fiara hastete herum, doch sie konnte niemanden erkennen. Ohne das Buch wieder zuzuklappen, hetzte sie erschrocken den leuchtenden Gang entlang und landete genau vor Lyks Pfoten.

Seine orangen Augen funkelten sie böse an, doch sein Ausruf »Du hast hier nichts zu suchen!« klang trotz seiner Wut irgendwie unsicher.

Die silberne Katze hatte das Gefühl, dass er selbst noch nie in diesem Gang gewesen war. »I-ich ... also das ist passiert, als ich –«, stotterte die Katze.

»Mir ist egal, wie das geschehen ist«, brüllte der Kater ungehalten. »Hier hat nur unser Anführer Zutritt und es wird ihm nicht gefallen zu hören, dass du dich reingeschlichen hast, das kannst du mir glauben.«

Fiara merkte, wie sich sein Brustkorb aufgeregt hob und senkte. Sie ging zur Seite, berührte das Symbol wieder mit ihrer Pfote und die steinerne Tür schloss sich erneut wie von Geisterhand.

Lyk starrte sie mit großen Augen an. »Was hast du da gerade ... gemacht?«, fragte er völlig perplex. Seine Wut war wie weggeblasen.

Die Katze sah ihn mit schief gelegtem Kopf an. »Ich habe nur dieses Zeichen hier angefasst. Ich schwöre, ich habe nichts kaputt gemacht«, beschwichtigte sie.

Der dreifarbige Kater trat näher an die felsige Wand und ließ seine Pfote über die Rune gleiten, die Fiara ihm gezeigt hatte.

Nichts geschah.

»Willst du mich zum Narren halten?«, fragte er sogleich wieder aufgebracht.

Die Katze schüttelte schnell den Kopf. »Nein, auf keinen Fall! Schau!« Sie tat es ihm nach und nur einen Augenblick später standen die beiden Caet wieder vor der geöffneten Tür.

Geistesabwesend schüttelte Lyk seinen Kopf. »Das kann nicht sein«, flüsterte er.

»Was meinst du?«, hakte Fiara nach.

»Das können eigentlich nur Wächter-Caet«, entgegnete er tonlos.

Die Katze schluckte. Ihre Augen wurden groß und rund. »Aber ich –«

»Natürlich nicht«, sagte Lyk schnell. »Das muss irgendein Fehler sein.« Er berührte das Symbol sicherheitshalber erneut, doch wie zuvor bewegte sich rein gar nichts. »Das wird Joel überhaupt nicht gefallen«, murmelte der Kater unzufrieden.

»Ich werde nichts sagen, versprochen!«, versuchte Fiara, ihn zu beruhigen.

»Das ist doch auch völlig egal. Niemand würde auf dich hören, selbst wenn du davon erzählen würdest!«, fauchte der dreifarbige Kater jetzt.

Seine Stimmungsschwankungen sind wirklich heftig, dachte die Katze, während sie sich, so schnell sie konnte, aus der Höhle bewegte. Draußen angekommen kletterte sie den Berg hinunter und fand sich gleich darauf zwischen den fragenden Blicken ihrer Begleiter wieder.

»Was hast du da oben gemacht?«, fragte der cremefarbene Kater.

»Ja, wieso musste Lyk dich extra holen?«, hakte eine andere, braune Katze nach.

Fiara trat unsicher von der einen Vorderpfote auf die andere und sah zwischen den Caet hin und her. »Ich ... Also, ich habe –«

»Sie hat geschlafen«, kam es mal wieder von hinten.

Lyk machte gerade den letzten Satz und landete auf dem noch immer feuchten Boden. Er blickte die silberne Katze lange und eindringlich an und lief dann ein paar Schritte voraus in Richtung des Gebirges. »Los jetzt, wir dürfen keine Zeit mehr verlieren. Zu Hause wartet wieder eure Arbeit auf euch.«

Was für eine wahnsinnig tolle Aussicht, dachte Fiara sarkastisch. Sie fragte sich, ob die anderen Caet es nicht satthatten, für ihren Anführer zu schuften.

Was bekommen sie von Joel dafür? Schutz? Bei dem Gedanken musste Fiara halbherzig schmunzeln. Als könnte er sie vor sich selbst beschützen.

Samsa hatte es da viel besser, überlegte sie nachdenklich, während sie durch den Rest des Waldes streiften.

Auserwählt

Fiara freute sich unwahrscheinlich, als sie endlich den rauschenden Fluss in den Bergen erreichten.

Sie trank gierig aus dem erfrischenden Wasser und fühlte sich, als würde jemand ihre schon zerschlagene Seele wieder zum Leben erwecken. Das karge Regenwasser der letzten Tage hatte alt und verdorben geschmeckt, deshalb hätte sie am liebsten etwas von dem klaren Quellwasser mitgenommen.

Dann zuckten ihre Schnurrhaare plötzlich.

Immer wieder hatte die silberne Katze das Gefühl, dass ihnen jemand folgte. Einmal war sie sich fast sicher gewesen, die Umrisse eines großen Caet hinter den Steinen verschwinden gesehen zu haben.

Als sich die Gruppe ausreichend gestärkt hatte, bemerkte Fiara eine Eule, die scheinbar schon seit einiger Zeit unbemerkt über ihre Köpfe hinwegflog.

Ob Joel sie wohl die ganze Zeit hatte beobachten lassen? Sie hoffte, dass sie sich irrte.

Die Sonne war beinahe hinter dem Horizont verschwunden, als die Truppe das große Lager des Herrschers erreichte.

Die vielen Höhlen erinnerten Fiara etwas an ein Dorf, nur dass hier statt Menschen Caet zusammenlebten.

Nachdem Lyk die Gruppe entlassen hatte, stromerte Fiara über die Mitte des weiten Platzes.

Plötzlich blieb sie wie angewurzelt stehen. *Das kann nicht sein,* fuhr es ihr wie ein Blitz durch den Kopf. Hatte sie dort hinter dem kleineren Bau gerade etwa Roy gesehen?

Nein. Sie schüttelte heftig den Kopf. Das war wohl Wunschdenken.

Ihre Ohren zuckten aufgeregt vor und zurück.

Da kam ihr wieder das schwarze Kätzchen mit dem weißen Punkt auf der Brust entgegen gehüpft.

»Hallo!«, sagte das kleine Geschöpf freudig. »Hat es Spaß gemacht da draußen?« Es legte seinen Kopf zur Seite und blickte sie neugierig an. »Ich wäre auch gerne mitgegangen, aber Mama hat gesagt, dafür muss ich noch ein bisschen wachsen.«

Das Kätzchen setzte sich holprig auf den Boden und schaute Fiara mit großen, blauen Augen an. Irgendwie erinnerte es sie an ihre Freundin Samsa.

»Magst du mit mir spielen?«, fragte es und lief aufgeregt vor der silbernen Katze hin und her.

Fiara lächelte müde. »Wie heißt du denn, mein Kleines?«, fragte sie.

»Mila«, entgegnete das Kätzchen stolz. »Und wer bist du?«

»Ich heiße Fiara«, sagte die Katze, während sie sich auf den Boden setzte. »Ich glaube, heute bin ich noch zu erschöpft, aber wenn du magst, können wir morgen etwas spielen.«

Mila blickte sie enttäuscht an. »Na gut, aber morgen dann ganz sicher, ja? Katzenehrenwort?«, fragte das Kätzchen mit Kulleraugen.

Fiara nickte lächelnd. »Katzenehrenwort«, versprach sie.

Da rannte das kleine Geschöpf auch schon davon.

Die silberne Katze lief weiter und schaute sich forschend um. Als sie am letzten Bau vorübergelaufen war, sprang sie über einen größeren, länglichen Stein und sah auf eine große, weite Mooswiese hinab.

Ihr klappte der Mund auf. Das war perfekt! Schon wollte sie nach unten springen und auf das weiche, dunkle Grün zurennen, da ermahnte sie eine alte Stimme aus der Ferne.

»Mhm. Das würde ich an deiner Stelle nicht tun«, murmelte ein Kater.

Fiara drehte sich ertappt um, überlegte aber gleichzeitig, warum sie denn kein Moos für ihren Bau würde sammeln dürfen.

Der rote Caet, der eben zu ihr gesprochen hatte, hatte ein zerzaustes, mattes Fell und zog sein rechtes Bein mühsam hinter sich her. Er nickte langsam, als würde er wissen, dass sich Fiara gerade eine Frage stellte.

»Ja. Das ist Joels Plantage, mhm«, erklärte der Kater ruhig. »Wenn du etwas Weiches haben willst, musst du es dir verdienen. Mhm.« Er setzte sich auf den Stein, über den sie eben noch gesprungen war, und schaute neugierig auf sie herunter. »Mhm. Soso, du bist also die neue Caet, die hier jeden in Aufruhr bringt.« Er redete langsam und hatte etwas Väterliches in seinem Aussehen und den Bewegungen. Etwas, das sie so noch nirgendwo sonst gesehen oder gespürt hatte. Geborgenheit. Jemand, der auf sie aufpasste.

Einen Vater. Schnell schüttelte Fiara ihren Kopf. Irgendwie fühlte sie sich in seiner Gegenwart beschützt, und das, obwohl sie den alten Kater überhaupt nicht kannte.

Als sie bemerkte, dass der alte Caet sie immer noch anstarrte, nickte sie schnell. »Ich heiße Fiara. Und wer sind Sie?«, fragte sie höflich.

»Fiara ... Mhm ...« Der alte Kater hustete. »Nenn mich einfach Vell, mhm«.

Sie kletterte zu ihm hinauf. »Schön dich kennenzulernen, lieber Vell. Wo muss ich denn hingehen, wenn ich etwas Weiches zum Schlafen haben möchte?«

Das war jetzt schon die zweite Katze, die Fiara freundlich behandelte. Ob das nun zur Gewohnheit werden würde?

Sie schmunzelte erleichtert.

»Du musst zu Joel, mhm«, entgegnete er nachdenklich. Dann kam er näher auf die Katze zugelaufen.

Seine kurzen Schnurrhaare berührten ihre Wange, doch sie wagte es nicht, zurückzuweichen.

»Ich habe gehört, wie sich Lyk mit Vero unterhalten hat, mhm«, flüsterte der alte Kater mit brüchiger Stimme.

Fiaras Augen wurden groß und sie hielt für einen Moment den Atem an.

»Mhm. Du hast die Tür geöffnet, mhm.« Vell blickte sich prüfend um, dann fuhr er unvermittelt fort: »Wenn du weiches Moos willst, musst du ins Innere von Joels Bau gelangen. Du wirst dort Antworten auf einige deiner Fragen bekommen.« Diesmal ließ er das markante mhm weg und entfernte sich, so rasch er eben konnte, von der silbernen Katze.

Fiara starrte ihm verwirrt nach und wedelte unsicher mit dem Schwanz.

Der rote Kater ging humpelnd auf einen Bau zu, vor dem mehrere älter aussehende Caet auf grünem Polstermaterial dösten. Sie schüttelte ungläubig den Kopf. *Wie soll mir denn die Frage nach Moos Antworten in Bezug auf die Wächter-Chroniken bringen? Oder war das etwa eine Metapher?* Verständnislos sah sie zum Felsen hinauf, auf dem Joels Höhle thronte.

Dann tappte sie in Richtung ihres eigenen Baus.

Fiara war zu erschöpft, um sich heute noch einer Konversation mit dem Anführer zu stellen. Deswegen entschied sie sich dafür, dies auf den morgigen Tag zu verschieben und es für heute gut sein zu lassen. Sie wollte sich in ihre neue Welt integrieren und grüßte deshalb freundlich ein paar Lagergenossen, bevor sie in eine der Höhlen zu dem ihr bekannten Sandplätzchen schlüpfte.

Auch wenn die Nacht noch nicht vollständig hereingebrochen war, hatte Fiara nach diesem aufregenden Tag keinerlei Probleme, schnurrend in ihrem provisorischen Bett einzuschlafen.

***

»Spieeeeelen!«, rief Mila und hüpfte aufgeregt wie ein Gummiball vor Fiaras müden Augen auf und ab. Sie sprang auf den Rücken der silbernen Katze und knetete mit ihren kleinen, schwarzen Pfoten ausgelassen darauf herum.

»So? Ist es schon so weit?«, fragte die große Katze gähnend.

Mit einem schallenden »Spieeeeeeelen!« antwortete Mila fröhlich auf die Frage.

Fiara lächelte sanft und ließ die kleine Katze vorsichtig von ihrem Rücken gleiten.

»Huuuui!«, sagte Mila, während sie freudig herunterrutschte. Unten angekommen setzte sie sich sogleich auf den Boden und blickte die silberne Katze erneut mit ihren runden, blauen Augen an. »Heute hast du Zeit, das hast du versprochen«, sagte sie entschlossen. »Katzenehrenwort.«

Mila schloss die Lider und hob ihr kleines Köpfchen an.

»Ja«, entgegnete Fiara freundlich. »Und Katzenehrenwort bleibt Katzenehrenwort.« Sie streckte sich, machte einen Katzenbuckel und freute sich, dass ihre Wunde mittlerweile vollständig verheilt war.

Die kleine, schwarze Caet stand auf und rannte zum Ausgang des Baus.

Sie kann wohl nicht lange still sitzen, dachte Fiara grinsend. Irgendwie hatte sie das kleine Ding bereits ins Herz geschlossen. Sie schüttelte sich den Staub aus dem Fell und rannte Mila hinterher.

Draußen war gerade erst die Sonne aufgegangen, was erklärte, warum Fiara immer noch etwas müde war.

Mila lief schnurstracks auf die Mitte des Platzes zu und setzte sich dann demonstrativ und zufrieden auf den steinigen Boden.

Fiara folgte ihr schwanzwedelnd.

Obwohl es noch so früh war, konnte sie bereits etliche Caet vor deren Lagern ausmachen. Einige sammelten Moos, andere schafften Beute heran. Jeder Bau hatte einen eigenen kleinen Haufen, auf dem sich einige wenige Beutetiere türmten.

Fiara entdeckte Vell, der bereits aus der Höhle der älteren Caet heraus humpelte. Der rote Kater schien sie nicht zu sehen.

»Fellball! Das spiel ich auch immer mit meinem Freund Filo, wenn er mich mal besuchen kommt!«, rief Mila aufgedreht und riss die große Katze damit aus ihren Gedanken.

»Okay«, sagte Fiara grinsend. »Aber du musst mir zuerst sagen, wie das überhaupt funktioniert.«

Die schwarze, kleine Katze bekam noch rundere Augen. »Du weißt nicht, wie man Fellball spielt?«, fragte sie völlig entgeistert.

Fiara fühlte sich, als ob sie da etwas ganz Großes in ihrem Leben verpasst hätte. »Schau!«, sagte Mila und deutete mit ihrer Pfote auf ein rundes Bündel Haare. »Das hier ist der Ball. Den kann man werfen, siehst du?«. Die Kleine gab sich große Mühe, es der Fremden so gut wie möglich zu erklären. Und die silberne Katze lauschte ihr neugierig. »Das hat mir schon meine Mama beigebracht, aber ist nicht schlimm, ich zeig es dir sehr gern!«

Mila stupste den Ball an und bewegte ihn auf einen kleinen Stein zu, der kurz vor Joels Felsen lag.

»Du musst versuchen, mich davon abzuhalten, mit dem Fellball in die Nähe zu kommen. Und ich muss versuchen, den Stein mit meiner Nase zu berühren, während ich den Ball in den Pfoten habe. So ungefähr.« Die kleine Caet machte vor, was Fiara zu tun hatte, und die große Katze verfolgte jeden Schritt aufmerksam. »Wenn ich das mit dem Stein schaffe, habe ich gewonnen. Verstehst du?«, hakte Mila nach.

»Ja, das hast du toll erklärt!« Fiara nickte überzeugend.

Zufrieden nahm Mila den Fellball in ihr Maul und trug ihn zurück in die Mitte des Platzes. »Das Gleiche gilt natürlich auch für dich! Hier, auf der anderen Seite, liegt noch ein Stein. Du weißt, was zu tun ist, ja?« Sie blickte Fiara herausfordernd an.

»Halte dich nicht zurück!«, feixte die silberne Katze fröhlich.

»Würde ich nie!«, entgegnete Mila frech und schon startete die Partie.

Fiara machte für die kleine Katze keine Ausnahme, sie legte sich, so gut sie konnte, ins Zeug, aber das schwarze Kätzchen war flinker, als sie gedacht hatte. Bevor sie sich auch nur umdrehen konnte, war Mila an ihr vorbeigezischt, schleuderte den Fellball in Richtung des Steins und rannte hinterher.

Fiara hechtete herum und versuchte, die kleine Katze aufzuhalten, doch da stand Mila bereits mit hocherhobenem Schwänzchen am Stein und hielt den Ball in den Pfoten.

Siegessicher berührte sie mit ihrer rosafarbenen Nase das Geröll.

»Gewonnen!«, rief sie vergnügt und hüpfte aufgeregt auf der Stelle.

»Herzlichen Glückwunsch, Fellprinzessin!«, entgegnete die silberne Katze stolz. Mila strich fröhlich schnurrend um Fiaras Beine. »Das müssen wir unbedingt noch mal machen, japste sie.

»Unbedingt!«, bestätigte die große Katze, während sie ihr liebevoll über den Kopf leckte.

»Jetzt? «, fragte die Kleine mit großen, runden Augen.

»Also gut, noch eine Runde«, entgegnete Fiara schmunzelnd.

***

»Musst du jetzt nicht zurück zu deiner Mama? Die macht sich doch bestimmt schon Sorgen!«, fragte Fiara, nachdem sie noch eine Runde Fellball gespielt hatten. Vorsichtig stupste sie das kleine Kätzchen mit ihrer Nase an.

Schlagartig wurden Milas blaue Augen glasig. »Mama ist tot. Schon seit einigen Monden«, flüsterte das Kätzchen leise, während es sich traurig auf den kalten Steinboden plumpsen ließ.

Erschrocken starrte Fiara die kleine Katze an. »Das tut mir schrecklich leid! Das wusste ich nicht!«

Sie ging auf Mila zu und drückte sie eng an ihren warmen Körper. Dann umschlang sie das kleine Geschöpf mit ihrem buschigen, langen Schwanz.

Mila presste ihr Gesicht in Fiaras silbernes Fell und schluchzte leise. »Wer passt denn dann auf dich auf?«, fragte Fiara das kleine Kätzchen sorgenvoll.

»Alle«, japste Mila verheult. »Und auch niemand«, fügte sie wimmernd hinzu. Dann tauchte sie aus dem Pelz der silbernen Katze auf und blickte Fiara mit großen Augen an. »Du bist die Erste, die mit mir gespielt hat«, sagte sie schniefend. »Du bist nett, ganz anders, als die anderen großen Caet gesagt haben.« Mila ging ein paar Schritte zurück und versuchte, sich unbeholfen die Pfoten zu putzen.

Fiara wollte und konnte den letzten Satz nicht einfach so stehen lassen.

Das kann doch nicht sein, dachte Fiara verärgert.

»Was haben denn die anderen Caet gesagt?«, fragte sie bedächtig.

»Naja …« Mila druckste herum. »Dass du … böse bist.« Unsicher scharrte sie mit den kleinen Pfoten im sandigen Boden. »Aber das stimmt überhaupt nicht!«, fügte sie schnell und mit lauterer Stimme hinzu. »Ich finde dich toll.« Und damit hob sie den Kopf und kniff freundlich die Augen zusammen.

Fiara musste unweigerlich lächeln. »Und wo schläfst du?«, hakte sie nach.

Das Kätzchen lief zu dem Bau, aus dem Vell vorhin gekommen war, und deutete mit der Nase in dessen Richtung.

Fiara folgte ihr, immer noch erschüttert von Milas Offenbarung. »Onkel Vell passt oft auf mich auf«, sagte Mila andächtig. »Aber er schläft auch ganz viel.« Sie senkte betrübt ihren Kopf. »Und er will nie spielen.«

Fiara nickte verständnisvoll. »Er ist ja auch schon ein bisschen älter«, entgegnete sie beschwichtigend.

»Ja«, sagte Mila leise.

»Jetzt kann ja ich mit dir spielen, wenn du möchtest.« Die silberne Katze drückte sanft ihren Kopf an Milas Flanke. »Und ganz offensichtlich weißt du ja, wo ich schlafe«, fügte sie schmunzelnd hinzu.

»Ja!«, jubelte das Kätzchen und ihre Miene hellte sich wieder merklich auf.

»Komm jetzt, wir bringen dich zurück zu deinem Onkel.« Fiara stupste das kleine Tier an und die beiden machten sich auf den Weg zu Vell.

Der alte Kater saß schon wieder auf dem gleichen Stein wie gestern und starrte andächtig auf die Moosplantage hinab, die gierig jeden noch so kleinen Strahl der Morgensonne aufsaugte.

Die silberne Katze räusperte sich. »Hallo, Vell!«, sagte sie freundlich.

Erschrocken drehte sich der rote Caet herum. »Oh! Fiara!« Sein Blick schweifte zu der kleinen Katze herüber. »Und Mila, du sollst doch nicht immer die Erwachsenen vereinnahmen, mhm«, mahnte er das Kätzchen, welches gleich darauf schuldbewusst ihr Köpfchen hängen ließ.

»Schon in Ordnung, Vell«, entgegnete Fiara besänftigend. »Es macht mir eigentlich sogar richtig Spaß, mit Mila zu spielen.« Die silberne Katze schaute verschwörerisch zu ihrer neuen Freundin herüber und zwinkerte.

»Mhm. Sie scheint dich zu mögen, Mila.« Vell nickte zustimmend. »Das wundert mich nicht, mhm. Selbes Blut, mhm«, murmelte er leise in sein verklebtes Fell hinein. Dann drehte sich der alte Kater wieder zum Moos. »Mila, wärst du so lieb und würdest deinem Onkel etwas Futter bringen, mhm?«, fragte er seinen Schützling.

Das schwarze Kätzchen gehorchte und rannte sogleich los. »Bis später!«, quiekte es noch, als es davon flitzte.

»Was meintest du gerade mit selbes Blut?«, hakte Fiara neugierig nach, während ihr Schwanz langsam auf und ab wackelte.

»Du solltest zu Joel gehen«, antwortete der alte Kater statt einer Antwort, dann verstummte er wieder.

Fiara putzte sich unsicher die Brust und überlegte, was sie als Nächstes tun sollte. Vell schien ihr im Augenblick keine große Hilfe zu sein und scheinbar machte sich das Alter so langsam auch in seinen Worten bemerkbar.

Mittlerweile war das Lager des Herrschers vollständig aus dem Schlaf erwacht.

Fiara verabschiedete sich von dem alten Kauz und tappte nachdenklich davon.

Als sie nun über die große Mitte zurück zu Joels Aufstieg tigerte, kamen ihr mehrere geschäftig wirkende Caet entgegengelaufen. Niemand grüßte sie, dennoch behielt die Katze ihr eigenes Konzept bei und lächelte freundlich.

Die Caet-Wachen des Anführers waren nirgendwo zu sehen. Fiara vermutete, dass sie im Inneren des großen Baus entweder patrouillierten oder ihrem Herrscher gerade Bericht erstatteten. Beides wäre ungünstig, wenn sie jetzt mit Joel allein sprechen wollte.

Als sie den geschwungenen Weg zum Felsen hinauf wanderte, stieg ihr wieder der Geruch von Asche in die Nase. Fiara wunderte sich, dass unten im Lager kein einziges Feuer brannte. Mit Sicherheit würden sich auch die älteren Caet gerne ihre Knochen daran wärmen.

Fiara tapste durch den großen Eingang und ihre Augen dankten ihr für die angenehme, eintretende Dunkelheit.

Der Aschegeruch wurde stärker, je tiefer sie in das Innere des Unterschlupfes eindrang, und nach einigen Schritten vernahm sie mehrere Stimmen, die anscheinend angeregt in ein Gespräch vertieft waren.

Fiara spürte den kühlen, steinernen Boden unter ihren Pfoten, als sie sicheren Schrittes durch die Höhle tigerte.

Die Stimmen wurden immer lauter und Fiara versuchte, so leise wie möglich zu sein, während sie näher an die Geräuschkulisse herantrat. Das Schwarz der Dunkelheit hatte sie mittlerweile beinahe vollständig verschluckt und das Rauschen ihres eigenen Blutes machte es ihr schwer, der Unterhaltung in der Nähe wirklich zu folgen.

Sie schlich an der kühlen Wand entlang und hoffte, dass das Labyrinth bald ein Ende nehmen würde.

Als sie um die nächste Ecke bog, tauchte endlich das erlösende Leuchten der Lagerfeuerflammen auf und sie sah Lyk, Vero und Lira, die respektvoll vor dem Thron des Herrschers knieten. Neugierig versteckte sich die silberne Katze im Schatten und lauschte.

»Bist du dir da sicher?«, polterte Joel wütend. Eine gewisse Verunsicherung klang dennoch in seiner Stimme nach.

»Ja, großer Wächter. Lyk hat es mit eigenen Augen gesehen«, sagte Vero.

Der dreifarbige Kater nickte zustimmend.

»Nun erhebt euch schon«, entgegnete der Anführer, während er unwirsch mit der Pfote wedelte.

Sein einziges Ohr zuckte nervös.

Fiara schluckte. *Er weiß es,* dachte sie besorgt.

Zwar wurde sie selbst noch nicht wirklich schlau aus all dem, dennoch war Fiara sich absolut sicher, dass es nichts Gutes bedeutete, wenn Joel von ihrer Fähigkeit wusste, das Tor zu den Wächter-Chroniken öffnen zu können. Sie musste warten, bis die Wachen verschwunden waren.

Der alte, rote Kater hatte mit Sicherheit seine Gründe, warum er Fiara empfahl, Joel aufzusuchen. Auch wenn Vell durchaus wirr im Kopf zu sein schien, war das eine Spur, der sie definitiv nachgehen wollte.

Und sie hatte nicht das Gefühl, dass der gebrechliche Kater ihr etwas Böses wollte.

Die Caet-Wachen liefen an Fiara vorbei, wobei Lira ihr einen finsteren Blick zuwarf. Auch ihre Wunden schienen gut verheilt zu sein und sie bewegte sich beinahe wieder so geschmeidig wie eh und je.

»Du hast Besuch«, rief die rostbraune Caet ihrem Anführer laut zu.

Fiara trat aus dem Schatten und lief auf den Thron des Herrschers zu.

»Es scheint eine Eigenart von dir zu sein, andere zu belauschen«, stellte der Anführer nüchtern fest, während er sie argwöhnisch beäugte.

Fiara senkte den Kopf und verbeugte sich tief. »Entschuldigung, es war nicht meine Absicht«, beschwichtigte sie. »Ich wollte eigentlich nur etwas fragen.«

Joel sah sie teils neugierig, teils argwöhnisch an. »Was interessiert dich denn?«, fragte er. »Geht es um deinen Einbruch am Mondfels?«

Er rümpfte abwertend die Nase und der Klang seine Stimme lag lang und schallend in der Luft. Die Wände der Höhle warfen seine durchdringenden Worte anmutig zurück.

Fiara verstand, warum der Herrscher seinen Thron in einem solch großen Bau hatte. Jede Rede, jedes Gespräch, alles wirkte gleich viel einschüchternder, wenn ein solch eindrucksvolles Gebilde sich um einen herum erhob.

»Ich ... Nein. Es geht um das ... Moos«, sagte die silberne Katze schließlich.

Ein Schauer legte sich über ihren Rücken. Plötzlich war sie sich nicht mehr sicher, ob es eine gute Idee gewesen war, dem Vorschlag des alten Vell Folge zu leisten.

Joel erhob sich von seinem Stein und lief zu Fiara herunter. Erst jetzt bemerkte die Katze, dass in seinen Thron vier Runen eingeritzt waren.

Für einen Moment kniff sie die Augen zusammen, doch sie war zu weit von ihnen entfernt, um zu erkennen, was sie darstellten.

Mist, schimpfte die Katze in Gedanken.

»Was ist denn mit meinem Moos?«, entgegnete der Herrscher,

wobei er das letzte Wort übertrieben in die Länge zog. »Du darfst dich erheben«, fügte er großzügig hinzu.

Die Katze tappte ungeduldig auf der Stelle. »Ich habe gesehen, dass sich ganz in der Nähe der Caet-Baue eine Moosplantage befindet.«

In diesem Moment vernahm Fiara eine weibliche Stimme hinter sich.

»Ent-schuldigung«, stotterte die gerade angekommene Katze hechelnd. »Es ... Es gibt einen großen Streit draußen.« Sie blickte zu Fiara. »Es ist wieder wegen dieser Menschen-Caet.« Ängstlich wich die unscheinbare Katze einen Schritt zurück.

Joel seufzte entnervt. »Siehst du, womit ich mich hier wegen dir rumärgern muss?« Er lief anmutig an Fiara vorbei. »Ich hoffe, dass es sich lohnt«, sagte er drohend, als er mit der getigerten Katze in Richtung des Ausgangs schritt. Dann blieb er noch einmal abrupt stehen und drehte sich zu Fiara um. »Ich hab dich im Auge. Glaube nicht, dass mir irgendetwas entgeht.«

Fiara wollte noch etwas entgegnen, aber da waren die beiden Caet schon im Schatten des dunklen Gangs verschwunden.

Vorsichtig ließ sie ihren Blick durch den großen Bau schweifen, um zu prüfen, ob sich noch eine Wache darin befand. Es war mucksmäuschenstill.

Ohne lange zu zögern, lief Fiara auf den steinernen Thron zu.

Ich muss wissen, ob die Zeichen das sind, was ich glaube, dachte sie aufgewühlt. Sie kletterte die kurze, felsige Erhöhung hoch und stand dann vor dem großen Stein, in dessen Oberfläche vier ... Elemente gekratzt waren.

Das sind dieselben Zeichen wie im Mondfels! Fast hätte Fiara laut aufgeschrien. Sie streckte ihre Pfote aus, um die Linien der Kerbungen nachzufahren.

»Was soll das?«, hallte es plötzlich durch den Raum.

Fiara fuhr erschrocken herum und sah in Lyks gelbe Augen.

»Joel hat mich beauftragt nachzusehen, ob du auch wirklich wieder aus seinem Bau verschwindest.« Er beäugte Fiara misstrauisch. »Und damit tat er wohl gut. Du hast hier alleine nichts zu suchen!«, fauchte er.

»Schon gut, schon gut«, entgegnete sie und sprang sofort in Richtung des Ausgangs. »Ich habe ja nur die schönen Verzierungen des Throns bewundern wollen.« Sie blickte den dreifarbigen Kater direkt an, als sie an ihm vorbeiging.

»Sieh dich vor«, sagte dieser nur, setzte sich dann auf den Boden und beobachtete Fiara dabei, wie sie den Raum des Herrschers verließ.

Sog des Wahnsinns

Draußen war sprichwörtlich die Hölle los. Wie beim großen Kampf am Mondfels auch, drang das Gejaule und Geschreie unangenehm laut in Fiaras empfindliche Ohren. Joel stand auf seiner Erhöhung und versuchte die Meute zu beruhigen.

»Wollt ihr wirklich, dass ich eurer Futter wieder rationiere?«, schrie der Anführer in das wütende Debakel. »Wollt ihr wirklich, dass ich meine Wachen nach unten schicke, um eure Auseinandersetzung zu beenden?«

Keiner der am Streit Beteiligten schien ihn zu beachten.

»Immer das Gleiche«, brummte Joel, während er mit einem gekonnten Pfiff zumindest für einen kurzen Moment die Aufmerksamkeit der Meute auf sich zog. Wenige Augenblicke später füllten unzählige Eulen den Himmel von Klevefelz.

Seltsam, wie gut diese Tiere auf den Befehl des Anführers hören, dachte Fiara. *Was haben sie davon?*

»Meine letzte Warnung!«, rief der Herrscher und deutete mit der Pfote nach oben. »Die Vögel werden nicht so nachsichtig sein wie ich«, fügte er nachdrücklich hinzu.

Die erste Eule kam bereits im Sturzflug auf die streitende Masse hinunter geflogen.

»Eulen!«, schrie einer der Caet aufgebracht.

»Lauft in den Bau!«, rief ein anderer.

Joel schüttelte verständnislos den Kopf, als Fiara an ihm vorbei tappte. »Sie werden es nie lernen«, sagte er trocken und zog sich in seine eigene Höhle zurück.

Nachdem die letzten Caet sich in ihren Lagern in Sicherheit

gebracht hatten, flogen die großen Vögel tatenlos von dannen.

Erneut fragte sich Fiara, wie Joel es schaffte, so viele Eulen zu befehligen. Sie schaute ein letztes Mal hinauf zu seinem Bau und bemerkte, wie eines der geflügelten Tiere im Unterschlupf des Anführers verschwand. Misstrauisch verengte Fiara ihre grünen Augen zu Schlitzen.

Da ist wohl mehr im Gange, als ich bisher gedacht habe, überlegte sie.

Auf der Mitte des Platzes angekommen sah sie, dass die meisten Caet bereits dicht gedrängt in ihren Verstecken saßen. Die Eulen waren abgezogen und Fiara bemerkte wieder die argwöhnischen Blicke, die, wohin sie auch ging, schwer auf ihr lasteten. Gerade fragte sie sich, wie sicher sie hier überhaupt wirklich war, da kam auch schon Vero schnellen Schrittes auf sie zugelaufen.

»Du wurdest zur Moossammlerin degradiert«, sagte er und ein süffisantes Grinsen umspielte seine Mundwinkel. »Die Arbeit passt zu dir.«

»Aber ich dachte, ich soll mit Patrouille laufen«, entgegnete Fiara überrascht.

Nicht dass sie den Marsch zum Baum der Wechsel vermissen würde, trotzdem hatte sie gehofft, so noch mal zum Mondfels zu kommen.

Veros Miene verfinsterte sich schlagartig. »Der Herrscher will, dass du permanent bewacht wirst und das ist deutlich einfacher auf der Plantage.« Der rot getigerte Kater merkte, wie die Neuigkeit Fiara missfiel. »Glaub ja nicht, dass es mir Spaß macht, dein Kindermädchen spielen zu müssen«, sagte er. »Wobei es mir definitiv zumindest etwas Freude bereiten wird, dir beim Schuften zuzusehen.« Mit diesen Worten ließ er die Katze allein mit ihren Gedanken zurück und tappte davon.

Fiara stand noch immer in der Mitte des runden Platzes und fragte sich, wann sie wo genau was tun sollte.

Mehr als alles andere wünschte sie sich im Augenblick Roy, Samsa oder Nala an ihre Seite. Oder alle drei zusammen. Die wüssten bestimmt, was jetzt am besten zu tun war.

Sie nahm sich einen Fisch vom Beutehaufen und ging, als niemand sie ermahnte, in Richtung des Baus der Ältesten. Vell döste auf einem frischen Stück Moos und ließ sich die wenigen Sonnenstrahlen auf den alten Rücken scheinen.

»Hallo, lieber Vell!«, sagte Fiara sanft, als sie vor dem roten Caet angekommen war. Sie ließ den Fisch vor seiner Nase fallen und schaute ihn neugierig an. »Ich war bei Joel, genau, wie du es gesagt hast, und ich habe tatsächlich do–«

»Sch, mhm«, unterbrach sie der alte Kater mit halb geschlossenen Augen.

Die Katze blickte ihn fragend an.

»Sei nicht dumm, mhm. Nicht hier«, murmelte Vell verschlafen.

Verstohlen linste Fiara auf den saftig ausehenden Fisch.

Ich hab so Hunger, aber es wäre unhöflich, während des Gesprächs zu fressen, dachte sie. Ihr entglitt ein leises Seufzen.

Nach einigen Minuten, die Fiara vor lauter Neugier ewig vorkamen, begann sich der rote Kater zu strecken.

»Wo sollen wir hin?«, fragte die Katze, die inzwischen den Fisch wieder in ihr Maul genommen hatte.

»Die Moosplantage, mhm«, entgegnete Vell.

Fiara nickte und hüpfte sogleich zum Stein, der das Ende des großen Caet-Lagers markierte. Dort legte sie die Forelle ab und begann nun doch genüsslich zu fressen.

»Endlich«, säuselte sie zufrieden.

Ganz wie Fiara sich bereits dachte, dauerte es einige Augenblicke, bis auch Vell an ihrem besprochenen Treffpunkt auftauchte.

Schweigend setzte er sich neben die silberne Katze und musterte sie.

»Willst du auch was?«, fragte die Katze mit vollem Mund, doch der Kater lehnte dankend ab.

Ein wenig war ihr die Situation unangenehm, weswegen sie die Reste des Fisches so schnell wie möglich hinunterschlang.

»Du hast die Runen gesehen, mhm«, begann Vell das Gespräch erneut.

Fiara nickte hastig und schluckte rasch hinunter. »Dieselben wie im Mondfels!«, sagte sie aufgeregt. »Woher weißt du das alles?«

Der alte Kater seufzte. »Joel ist kein guter Herrscher, du weißt das, mhm«, sagte er nüchtern. »Ich habe gehofft, dass du ... Seit die anderen Wächter verschwunden sind, ist es schwer, mhm.« Vell blickte sehnsuchtsvoll hinauf in den Himmel.

»Die anderen Wächter?«, fragte Fiara neugierig.

Der alte Kater seufzte. »Joel ist der Wächter des Feuerelements, mhm.«

Die Augen der Katze weiteten sich. »Meine Freunde haben mir gesagt, dass die anderen Wächter verschwunden sind. Weißt du vielleicht auch, was mit ihnen passiert ist?« Fiara hatte zu fressen aufgehört und hing jetzt gebannt an den Lippen des alten Katers.

»Mhm. Er hat sie gefangen genommen, mhm. Jeder weiß es, aber niemand traut sich, etwas dagegen zu sagen, mhm.«

Fiara schüttelte ihren Kopf. »Das verstehe ich nicht«, sagte sie. »Ihr seid doch viel mehr als er und seine wenigen hirnlosen Wachen.«

Vell senkte seinen Blick. »Einige sind sogar mit seiner Herrschaft zufrieden, mhm. Aber Klevefelz braucht das Gleichgewicht der Wächter, mhm.«

Die Katze wurde wehmütig. »Ich würde so gern helfen, aber ich weiß nicht, was ich tun soll«, sagte sie mit einer dumpfen Traurigkeit in der Stimme.

Bis vor einigen Wochen war sie ein unscheinbares, unwichtiges Mädchen in einem Dorf gewesen, in der sie jeder als Aussätzige angesehen hatte. Mit den Sitten und Bräuchen der Caet kannte sie sich einfach noch viel zu wenig aus.

»Ich bin froh, dass du gekommen bist«, entgegnete Vell väterlich.

Unzufrieden scharrte Fiara auf dem steinernen Untergrund.

»Es wird mit der Zeit klarer werden, mhm«, sagte der Kater aufmunternd. »Leider weiß ich auch nicht viel mehr, mhm«, fügte er schließlich hinzu.

»Aber das Geschriebene in den Wächter-Chroniken ...«, begann Fiara erneut. »Das war nicht beendet.«

Vells müde Augen wurden plötzlich klar. »Was meinst du damit?«, fragte er.

»Dass Joel das Feuer-Element beherrscht, weiß ich inzwischen. Aber es gibt noch vier weitere Elemente. Also zumindest laut dem Buch«, erklärte Fiara.

»Insgesamt fünf Elemente, mhm?«, hakte er nachdenklich nach.

Fiara nickte. »Das fünfte habe ich mit meiner Pfote nachgefahren, da hat sich der Geheimgang geöffnet. Und bei Lyks Berührung hat sich überhaupt nichts getan.«

»Nun, es könnte sein ... Also, es wäre möglich, aber das wäre sehr sonderbar, mhm.« Vell sprach nun in Rätseln und die Katze hätte ihn am liebsten zu einer schnellen Antwort gedrängt, so nah fühlte sie sich plötzlich der Lösung des Ganzen.

Der rote Kater hustete. »Welcher Eintrag war denn nicht beendet, mhm?«

»Der über den Herrscher des Elements der Seele«, sagte Fiara hastig.

»Mhm. Und dieses Zeichen hast du berührt, mhm.« Er legte sich auf den Stein und klappte seine Vorderpfoten ein.

Für einen Moment lang sagte er gar nichts.

»Meinst du, dass ich ...?«, fragte die silberne Katze aufgeregt. Ihre Gedanken überschlugen sich. Könnte sie wirklich eine Wächter-Caet sein? Aber was wäre dann mit meiner Mutter? Irgendwie ergab das alles noch nicht so richtig Sinn. »Also, denkst du ...?«

Vell schüttelte langsam seinen Kopf. »Dazu müsstest du Fähigkeiten besitzen.«

»Das tue ich!«, rief Fiara mit wachsender Begeisterung. Sie spürte, wie sich ein dicker Kloß in ihrem Hals bildete. In ihrem Körper wurde es heiß und das Feuer, welches bei ihrer Verwandlung so hell wie ein Stern gelodert hatte, begann, sie wieder vollständig einzunehmen.

Fiara war klar, dass sie ihre Kraft bisher selten eingesetzt hatte, doch sie wusste auch, dass sie sie sehr wohl benutzen konnte. Auch wenn sie bei Joel damit bisher keinen Erfolg gehabt hatte.

»Seit dem ersten Vollmond in Klevefelz kann ich, wenn ich mich konzentriere, die Gedanken von anderen Caet hören«, eröffnete sie dem alten Kater.

Vell riss die Augen auf, blieb aber stumm und die Katze hatte schlagartig Angst, dass er einen Herzinfarkt oder etwas Ähnliches erlitt.

»Vell?«, fragte sie vorsichtig.

»Das wäre ... Also da müssten wir ... Mhm.« Der rote Kater stand auf, streckte seine müden Knochen und starrte Fiara nun direkt in ihre grünen Augen. »Du musst zu seinem Thron. Zum Throooooooon!«, entfuhr es seiner Kehle. Er sah plötzlich wild, wirr und völlig geistesabwesend aus.

Angst kroch ihr den Nacken hoch, breitete sich in ihrem Körper aus und fegte ihr Gänsehaut über ihre einzelnen Glieder.

Was, wenn der Alte einfach nur verrückt war? Was, wenn das, was er sagte, eigentlich überhaupt keinen Sinn ergab? *Mist, Mist, Mist,* fluchte Fiara in Gedanken. Sie war sich unsicher, wem oder was sie nun glauben sollte. Und was sollte es bringen, zum Thron zu gehen? Die Katze schüttelte entmutigt ihren Kopf.

»Onkel, Onkel!« Mila kam ihnen derweil freudig entgegengehopst.

Fiara versuchte eilig ein Lächeln aufzusetzen und leckte Mila zur Begrüßung sanft über das dunkle Köpfchen.

Der alte Kater starrte immer noch wirr in der Gegend herum.

»Vell, deine Nichte«, flüsterte die silberne Katze dem roten Tiger zu, während sie ihn mit der Nase vorsichtig anstupste, doch er reagierte nicht.

»Was ist mit ihm?«, fragte Mila mit besorgter, piepsiger Stimme.

»Ich weiß nicht«, entgegnete Fiara bang. »Gerade haben wir uns noch ganz normal unterhalten.« Sie presste ihr Ohr an seinen Bauch und hörte das gleichmäßige Schlagen seines Herzens und sein leicht rasselndes Atmen. »Ist so etwas schon mal passiert?«, fragte die Katze an die kleine Mila gewandt.

Das schwarze Kätzchen schüttelte vehement den Kopf.

»Komm, Vell, wir gehen jetzt erst mal zu deinem Schlafplatz, ja?«, sagte Fiara sanft, während sie ihn an der Seite stützte und von hinten mit ihrem Schwanz umschlang.

Die Katze war mehr als erleichtert, als der rote Kater ohne große Mühen mitkam, und auch Mila trottete folgsam neben Fiara her.

Ich muss meinen Freunden Bescheid sagen, dachte Fiara, als sie den alten Kater auf dem weichen Moos absetzte.

Sie beobachtete das schwarze, sonst so hilflos aussehende kleine Kätzchen, wie es seinem Onkel liebevoll das Fell putzte und gewissenhaft mehr Polstermaterial unter seinen Körper schob.

Roy hatte recht, dachte Fiara schlagartig. *Es gibt keinen Grund, ständig alles alleine schaffen zu müssen.*

Sie schüttelte ihren Kopf. Wie Schuppen fiel es ihr von den Augen. Obwohl Mila sonst so unbeholfen wirkte, bildete sie zusammen mit Vell doch eine starke, kleine Gemeinschaft. *Es besteht kein Grund, orientierungslos herumzuirren. Ich habe Freunde und mit Sicherheit haben die ein paar gute Ideen, was als Nächstes zu tun ist!*

Nur gute Freunde

Nachdem sie sich von Vell verabschiedet und seine Pflege wieder der kleinen Mila und den anderen Ältesten überlassen hatte, überlegte Fiara, wie sie am besten unbemerkt aus dem Lager verschwinden konnte. Prinzipiell wäre eine Patrouille da die beste Möglichkeit gewesen, jedoch stand das aktuell nicht zur Debatte. Auch dass sie deutlich intensiver bewacht wurde als zuvor, war für ihren Plan nicht gerade förderlich.

Sie lugte zu Vero hinüber, der immer noch auf seinem Posten am Berg des Anführers stand und jeden ihrer Schritte genau beobachtete.

Ich muss seine Gedanken lesen und herausfinden, ob ich irgendwo ein Schlupfloch finde, überlegte Fiara.

Um nicht noch mehr Aufmerksamkeit zu erregen, trabte die Katze leichtfüßig zu ihrem Bau hinüber, da hörte sie von hinten bereits ein lautes, forderndes: »Zur Moosplantage, du fauler Mensch!«

Vero hatte es doch tatsächlich über den gesamten Lagerplatz geschrien.

Fiara verengte die Augen. Sie war sich keiner Schuld bewusst. Niemand hatte ihr auch nur ein Sterbenswörtchen darüber verraten, wann sie mit ihrer Arbeit anfangen sollte.

Gehorsam trottete sie zur Plantage und beobachtete die wenigen Caet, die damit beschäftigt waren, Moosbüschel aus dem Boden zu reißen und auf einem kleinen Haufen zu sammeln.

Einige schienen auch Unkraut abzubeißen, dabei machten sie ein angeekeltes Gesicht.

Sie gesellte sich zu den Arbeitern und tat es ihnen gleich.

Aus den Augenwinkeln linste sie immer wieder zu Vero, der sich angeregt mit Lira, der rostbraunen Katze, unterhielt.

Fiara schloss einen Moment lang die Augen und konzentrierte sich auf den rot getigerten Caet.

Na ja, wenn du das denkst, sagte Vero in Gedanken.

Scheinbar war er bei einer Sache nicht ganz Liras Meinung.

Schön für dich. Du kannst sie ja gerne heute Nacht überwachen, wenn du sie für so harmlos hältst. Nun schwang eine gehörige Portion Sarkasmus in seinen Worten mit.

Wie du meinst.

Dann sah sie, wie sich die Katze von Vero abwandte und davon stolzierte.

Fiara wurde hellhörig. Die zwei Wachen schienen sich nicht wirklich gut zu verstehen.

Vielleicht kann ich das für mich ausnutzen, dachte Fiara, während sie ein dickes Büschel Moos zwischen ihre Zähne nahm. Ein erdig-nasser Geruch stieg der Katze in die Nase und sie hätte das Moos beinahe wieder angewidert ausgespuckt.

Sie beschloss, die beiden Wachen genauer im Auge zu behalten. Sobald Lira Vero ablösen würde, wäre vielleicht Fiaras Moment für ein unentdecktes Verschwinden gekommen.

Sie nickte sich selbst zufrieden zu und war kurz darauf froh, dass Vero es anscheinend nicht gesehen hatte.

***

Als der Abend dämmerte, schmerzten der Katze Pfoten, Maul und Hals. Die anderen Caet tigerten vom Feld und so machte sich auch Fiara zurück auf den Weg zu ihrem Lager.

Bevor sie sich jedoch um ihren knurrenden Magen kümmerte, schaute sie noch einmal bei Vell und ihrer kleinen, neuen Freundin vorbei.

»Fiara!«, rief Mila der Katze schon von Weitem zu, als diese sich dem Bau der Älteren näherte. »Können wir spielen?«, fragte die Kleine freudig.

»Hallo, Liebes«, sagte die silberne Katze freundlich. »Mir tut heute alles weh, aber wenn du willst, dann spielen wir gleich morgen früh wieder eine Runde Fellball! Ich brauche noch eine Revanche.« Fiara versuchte, so viel Vorfreude wie möglich in ihre müde Stimme zu legen.

»Gut«, sagte das Kätzchen zustimmend. »Ich müsste eigentlich sowieso noch Futter für Onkel Vell holen«, fügte sie kleinlaut hinzu.

»Na siehst du«, erwiderte Fiara mütterlich. »Wie geht es dem alten Kauz denn?«

Mila schaute auf den Boden. »Seit heute Morgen ist er noch komischer als sonst«, erklärte das schwarze Kätzchen. »Er faselt ständig etwas von einem Thron und dass man da doch unbedingt hingehen muss.«

Fiara leckte ihrer Freundin sanft über das Fell. »Das wird bestimmt schon ganz bald wieder werden«, ermutigte sie sie.

Das Kätzchen schniefte und nickte dabei langsam.

»Miiilaaa!«, rief eine ältere Stimme aus dem Inneren des Baus. »Kannst du uns bitte das Futter bringen? Du weißt doch, dass wir das mit unseren müden Knochen nicht mehr schaffen.«

Das Kätzchen drehte sich unbeholfen um. Beinahe wäre sie über ihre eigenen, kleinen Pfoten gestolpert. »Ich komme gleich, Era!«, quietschte sie zurück. Dann wandte sie sich noch einmal an Fiara. »Ich muss jetzt leider los. Aber morgen früh treffen wir uns wieder, stimmt's?« Sie schien sich sehr auf das morgige Spiel zu freuen.

Die große, silberne Caet nickte. »Katzenehrenwort«, sagte sie mit hoch erhobenem Schwanz. Mila zwinkerte einmal und war kurz darauf flink wie ein Wiesel und mit einer Maus im Maul im Inneren des Unterschlupfs verschwunden.

Fiaras Gedanken wanderten zu Vells Worten. Zum Thron, hatte er mehrmals gesagt. Doch da war sie bereits gewesen.

Was konnte Joels steinerner Sitz mit den verschwundenen Wächter-Caet zu tun haben?

***

Nachdem sie zu ihrem eigenen Bau zurückgekehrt war, schnappte Fiara ein paar Gesprächsfetzen zweier Caet auf.

»Ich freu mich schon so sehr auf das Mondfest morgen Abend!«, jubelte eine hübsche, beigefarbene Katze. »Dann werden endlich die ersten Paare verkündet.«

»Pff«, machte die andere Katze. »Also ich habe wenig Lust, mir vorschreiben zu lassen, was ich zu tun habe.«

Richtig, das Mondfest! Beinahe hätte Fiara es vergessen.

Das ist die Gelegenheit, mit meinen Freunden zu sprechen! Freudig trabte sie zu ihrem Schlafplatz und rollte sich ein. Sie fühlte sich, als würde sich ein Knoten in ihrem Inneren lösen, wenn sie an das Wiedersehen mit ihren Freunden dachte. Besonders an Roy.

Fiara schloss die Augen und erinnerte sich an den schönen Moment im Wald. Wenn sie sich anstrengte, hatte sie sogar das Gefühl, das dichte, dunkle Fell des Katers in ihrem Gesicht spüren zu können. Kurz darauf schlief die Katze ein.

***

Schnurrhaare kitzelten Fiara im Gesicht und sie musste niesen. War Mila schon wieder in das Innere ihres Baus gedrungen?

Müde öffnete die silberne Katze ihre Augen und hätte beinahe vor Freude aufgeschrien.

Roy.

»Was machst du hier?«, fragte Fiara mit zitternder Stimme.

»Psst!«, entgegnete der schwarze Kater, schlich sich durch die schlafenden Caet hindurch und zeigte mit seinem Kopf nach draußen. Ohne Zeit zu verlieren, stand die silberne Katze auf und folgte ihrem Freund hinaus in die Dunkelheit.

Fiara blickte sich aufgeregt um, aus Angst, dass Lira oder Vero sie entdecken würden. Doch weder am runden Lagerplatz noch auf dem Felsen waren Wachen zu sehen.

Seltsam, überlegte sie, dachte jedoch nicht weiter darüber nach.

Das Mondlicht verriet der Katze, dass ihr Freund hinter der steinernen Höhle verschwunden war, in der sie bis gerade eben noch friedlich geschlafen hatte. Mit mehreren geschickten, leisen Sprüngen folgte sie dem schwarzen Kater.

»Roy!«, flüsterte sie, als sie sich endlich unbeobachtet unterhalten konnten.

»Hallo, Kleine«, entgegnete der Kater leise, während er seinen Kopf liebevoll an ihrem Fell rieb.

Fiara tat es ihm gleich und augenblicklich drang sein Duft von warmem Holz und Tannennadeln in ihre Nase. Der Geruch, der sie so sehr an ihre Freunde im Wald erinnerte. Ein wohlig kribbelndes Gefühl machte sich in ihrem Körper breit und die Katze genoss es durch und durch.

»Geht es dir gut?«, fragte er prüfend.

Fiara hob ihren Kopf und nickte.

Seine saphirgrünen Augen sahen sie durchdringend an.

»Warum bist du hier? Und was ist mit den anderen?«, platzte es sogleich aus der Katze heraus.

Der schwarze Kater schmunzelte. »Ich bin hier, weil du letztes Mal einfach verschwunden bist.« Roy knetete den steinigen Boden mit seinen Pfoten. »Ich wollte mich vergewissern, dass bei dir auch wirklich alles in Ordnung ist.«

»Ach«, schnaubte Fiara neckisch, »so leicht lasse ich mich nicht unterkriegen.«

Roy nickte, während er um sie herumschlich. »Das weiß ich doch. Das hast du mir schließlich von Anfang an gezeigt.« Er kniff ihr mit dem Maul neckisch in die Schulter.

Fiaras Augen folgten seinen langsamen, geschmeidigen Schritten. »He!«, keifte sie spielerisch, doch der Kater unterbrach sie durch ein langgezogenes Pssst!

Die Katze bemerkte, dass sie den muskulösen Kater mittlerweile wirklich in ihr Herz geschlossen hatte. Seine Blicke, seine Bewegungen, alles an ihm gab ihr ein durchdringendes Gefühl von Sicherheit.

»Samsa und Nala bereiten sich auf die Reise zum Mondfels vor«, flüsterte Roy. »Morgen Abend ist das sogenannte Mondfest. Da –«

»Ja, davon habe ich bereits gehört«, unterbrach sie den Kater aufgeregt. »Werden sie es dorthin denn überhaupt schaffen? Ich meine, wegen Samsas Wunden?«

Roy nickte. »Es ist wirklich schon deutlich besser geworden. Die viele Ruhe hat Sa außerordentlich gutgetan.«

Seine ruhigen Worte waren Balsam für Fiaras Seele und sie konnte das Strahlen in ihrem Gesicht nicht verbergen.

»Hast du bereits etwas Neues über unseren Herrscher herausgefunden?«, fragte Roy sie neugierig.

»Allerdings.« Die silberne Katze begann, ihrem Freund so kurz und knapp wie möglich von Vell, Mila, der Wächter-Offenbarung und Joels Thron zu erzählen. Während ihres Gesprächs bekam Roy immer größere Augen und als die hübsche Katze endete, hing ihm der Mund so weit offen, dass man problemlos einen Fisch hätte hineinlegen können.

»Du bist ... eine Wächter-Caet?«, fragte er ungläubig. »Also, ich habe gewusst, dass du etwas Besonderes bist, aber ...« Er schüttelte überrascht den Kopf.

»Ich kann das alles auch noch nicht wirklich glauben«, entgegnete Fiara und blickte verlegen auf den Boden. Der Wind strich ihnen sanft durch das mondgeküsste Fell.

»Ich hatte eigentlich vor morgen zu euch zu gehen, weil ich wissen wollte, ob ihr eine Idee hättet, was ich jetzt tun soll.«

»Na, das ist doch ganz klar«, entfuhr es Roy, ohne lang nachzudenken. »Du musst zum Thron, wie Vell bereits gesagt hat. Und das Mondfest morgen wird uns dafür die perfekte Möglichkeit bieten.« Zufrieden setzte er sich auf den kühlen Boden.

Es war totenstill und Fiara hatte so langsam Angst, dass sie hier draußen doch noch jemand entdecken würde. Sie schaute sich hastig um.

»Denkst du wirklich, dass wir dem alten Kater glauben sollten?«, fragte sie unsicher.

Roy nickte. »Du hast gesagt, dass er auch über die Wächter Bescheid wusste. Ich finde, es ist einen Versuch wert.«

Plötzlich raschelte es in der Nähe und die beiden Katzen spitzten angespannt die Ohren.

»Okay«, sagte Fiara schnell. »Wir treffen uns morgen Abend beim Mondfest. Sag den anderen Bescheid, ja? Ich gehe jetzt lieber wieder hinein, bevor jemand entdeckt, dass ich weggegangen bin.«

Roy merkte, dass sich die Katze unwohl fühlte, und nickte knapp. »Pass auf dich auf!«, flüsterte er und kam einen Schritt auf sie zugelaufen.

Fiaras Herz überschlug sich förmlich, als der schwarze Kater ihr mit seinem Gesicht so nahekam, dass sie die einzelnen dunkelgrünen Flecken in seinen Pupillen zählen konnte. Ihr stockte der Atem und augenblicklich war alles um sie herum vergessen. Das Rascheln, der Mond, der kantige Stein unter ihren Pfoten. Sie sah nur ihn und seine wunderschönen Augen, in denen sie sich jeden Moment zu verlieren drohte.

Roy berührte ihre Nase mit der seinen und ein kühles, aber angenehmes Kribbeln breitete sich von dort bis zu ihrer Schwanzspitze aus. Sie schloss seufzend die Augen, während beide Caet liebevoll ihre Stirnen aneinanderdrückten.

»Ich habe dich vermisst«, flüsterte sie zaghaft. Überrascht über ihre eigenen Worte hielt sie den Atem an. Doch bevor sie wirklich realisieren konnte, was sie da eben gesagt hatte, spürte sie bereits das kehlige Schnurren des schwarzen Katers an ihrem Fell. Und einen winzigen Moment lang war die Welt in Ordnung.

Nur einen Wimpernschlag später war Roy im dunklen Gestein der Nacht verschwunden und Fiara sah ihm lächelnd hinterher. Der Geruch von Tannennadeln und warmem Holz lag noch in der Luft, als sie sich auf den Weg zurück zu ihrem Schlafplatz machte.

Noch nie habe ich so etwas Intensives gespürt, dachte die Katze, als sie sich auf ihrem kleinen Sandhügel zu einer Kugel zusammenrollte. Während sie die Augen schloss und an den morgigen Abend dachte, entglitt ihrer Kehle ein zufriedenes Schnurren.

Sonne, Mond und Sterne

Sie spürte kleine, feste Pfoten, die aufgeregt auf ihrem Rücken herumtasteten. Samsa? Fiaras erster Gedanke verflog sogleich, als sie ihre Augen öffnete und sah, wo sie sich gerade befand. Joels Lager. Die Wächter. Joel.

»Heute, heute, heute!«, japste Mila vergnügt, während sie es sich nicht nehmen ließ, der silbernen Katze unverhohlen in die Ohren zu kreischen.

Fiara gähnte ausladend und rollte sich, noch immer schläfrig, auf den Rücken.

Bevor sie sich versah, hüpfte Mila geschickt neben die silberne Katze, nur um sich gleich darauf grob auf ihren kleinen Hintern plumpsen zu lassen.

»So!«, sagte sie mit einem angestrengten Seufzen. »Endlich bist du wach! Wir wollten doch Fellball spielen. Erinnerst du dich? Katzenehrenwort.« Das Kätzchen legte seinen Kopf schief und schaute sie unschuldig an.

So ein süßes Ding, dachte Fiara, während sie mit geschlossenen Augen nickte. »Natürlich!«

Wie jeden Morgen begann die silberne Katze, sich ausgiebig zu strecken.

Die anderen Caet schienen schon längst aufgebrochen zu sein, auch wenn Fiara noch niemand abgeholt hatte. Nicht dass sie traurig deswegen war, ganz und gar nicht. Sie war sogar ziemlich froh, dass ihr die ständigen Blicke der anderen nun erspart blieben.

Mila stand auf und hüpfte zufrieden in Richtung des Ausgangs, das kleine Schwänzchen dabei kerzengerade in die Höhe gestreckt.

Fiara musste schmunzeln.

»Wer zuletzt auf dem Lagerplatz ist, ist eine lahme Schnecke!«, rief das Kätzchen plötzlich und preschte halsbrecherisch davon. Der Staub, den die Pfötchen aufwirbelten, landete direkt in Fiaras Gesicht und sie musste niesen.

Während die Katze Mila kopfschüttelnd folgte, dachte sie an ihre gestrige Begegnung mit Roy. Seine grünen Augen, der liebevolle Blick, nach dem sie sich mittlerweile so sehr sehnte. Sie konnte es nicht mehr bestreiten. Der schwarze Kater hatte sich in ihr Herz geschlichen. Und sie freute sich schon wahnsinnig drauf, ihn heute Abend wieder sehen zu können. Niemals hätte sie gedacht, dass ausgerechnet er und sie sich einmal so nahekommen würden.

***

»Gewonneeeen!«, rief ihr Mila von draußen freudig entgegen. Fiara beschleunigte ihre Schritte, machte ein paar letzte Sprünge und befand sich wenig später neben der kleinen Katze.

»Du bist wirklich gut!«, entgegnete sie mit gespielter Atemlosigkeit. Mila streckte ihren Kopf erhaben in die Luft und freute sich.

»Ich bin so schnell wie ein reißender Fluss!«, verkündete sie stolz.

Fiara leckte ihr liebevoll über den Pelz und augenblicklich begann das Kätzchen zu schnurren. Keine Sekunde später entwischte Mila ihr schon wieder. Was für ein Wirbelwind, dachte Fiara grinsend.

»He!«, protestierte sie spielerisch, als Mila ihr den Fellball an die Brust warf. »Na warte!« Mit ihrer Pfote schubste sie den Ball nach vorne und versuchte, der kleinen Katze auszuweichen.

Doch Mila war schneller. Sie tänzelte freudig durch Fiaras Beine hindurch, schoss den Fellball unter dem Schwanz der silbernen Katze nach vorn und stieß ihn mit einem lauten Freudenschrei an die Wand des Felsens.

»Tor!«, quietschte sie aufgeregt, während sie ausgelassen auf und ab hüpfte.

»Du bist einfach zu gut für mich«, entgegnete Fiara anerkennend und nickte.

Mila rannte auf sie zu und drückte ihr Köpfchen gegen Fiaras silberne Brust. »Du brauchst nur mehr Übung!«, versprach die Kleine ihr. »Das schaffen wir noch.« Ihre großen, blauen Augen fixierten Fiaras grauen Streifen im Gesicht.

Nichts wünschte sich die silberne Katze sehnlicher, als dass ihr einziges Problem das Fellballspielen wäre. Sie zwinkerte Mila verschwörerisch zu.

»Natürlich, meine Kleine«, entgegnete Fiara und leckte ihr noch einmal liebevoll über den Kopf.

»Mensch!«, rief ihr plötzlich eine Stimme vom Felsen entgegen. Vero.

Augenblicklich hob Fiara ihren Kopf. Bei dem Anblick seines roten Pelzes spannten sich sofort ihre Muskeln an.

»Steh nicht so faul herum. Der Anführer will dich sehen!«, herrschte er sie von oben herab an.

Ohne ihm zu antworten, senkte Fiara ihren Kopf und wandte sich an Mila. »Ich muss jetzt leider gehen, meine Kleine«, sagte sie. »Sehen wir uns heute beim Mondfest?«

Mila schaute auf den Boden. »Ich darf nicht allein hingehen«, flüsterte sie traurig. »Katzenkinder dürfen nur in Begleitung ihrer Eltern oder einer Aufsichtsperson mitkommen und Vell sagt, er ist zu müde für so eine Reise. Die meisten Älteren wollen auch nicht hingehen.« Beinahe trotzig scharrte sie mit ihrer schwarzen Pfote auf dem steinernen Boden.

Fiara hatte Mitleid mit ihr und irgendwie wuchs in ihr auch das Gefühl, dass sie für Mila da sein wollte. So wie Fiaras Mutter früher immer für sie dagewesen war.

Sanft beugte Fiara sich zu der Kleinen hinunter und berührte mit der Nase die ihre. »Ich gehe mit dir, wenn du magst«, eröffnete sie ihr.

Augenblicklich hellte sich Milas Miene auf. Sie begann, wieder zu springen, und ihr Schwänzchen ragte kerzengerade in die Höhe. »Ja, ja, bitte!«, rief sie freudig.

Fiara musste lächeln. Die kleine Katze tat ihr unwahrscheinlich gut. Bei ihr hatte sie das Gefühl, dass sie sie so nahm, wie sie war. Ganz ohne Vorurteile. Und dafür revanchierte sie sich nur allzu gerne.

»MENSCH!«, donnerte es nun energischer vom Felsvorsprung zu ihr hinunter.

»Ja doch!«, rief sie etwas zu genervt an Vero gewandt zurück. Dann drückte sie noch ein letztes Mal ihre Nase in Milas Fell und sprang davon.

***

Beim Felsen angekommen, erwartete sie ein ziemlich übellauniger, rot getigerter Kater. »Ich verstehe wirklich nicht, was Joel mit dir will. Bisher hast du uns überhaupt nicht genutzt, nur Ärger gemacht!«, blaffte er sie unverhohlen an.

Fiara zuckte nur mit den Schultern. Aus irgendeinem Grund hatte sie die Angst vor Vero verloren. Sie wusste, dass sie unter dem Schutz des Anführers stand, und darüber konnte er sich so sehr aufregen, wie er wollte.

»Undankbarer Mensch«, grummelte der Kater genervt, während er zurück in den Bau des Anführers trottete.

Fiara fragte sich, was Joel wohl jetzt schon wieder von ihr wollte. Ein bisschen hatte sie auch Angst, dass er die Unterhaltung über den geheimen Gang am Mondfels weiterführen wollte. Doch ihr blieb nichts anderes übrig, als Vero gehorsam zu folgen.

Der kalte Steinboden brannte unter Fiaras Ballen. Es war sonderbar, denn bisher war ihr das nie aufgefallen. Sie schob es auf die harte Arbeit auf der Moosplantage.

Bitte, bitte lass mich mit zum Mondfels gehen, dachte sie hoffnungsvoll, als sie tiefer in den Bau des Anführers vordrangen.

Veros düstere Gedanken schlichen sich in ihren Kopf. Anders als bei Joel, war es bei den Wachen relativ einfach, Wörter aus ihren Köpfen zu empfangen. Oftmals reichte ein kurzes Lauschen und Fiara eröffnete sich die gesamte Gedankenwelt des jeweiligen Caet. Umso seltsamer fand sie es, dass Joels Innerstes für sie noch immer verborgen lag.

Vielleicht liegt es daran, dass er ein Wächter ist?, ging es ihr durch den Kopf.

Dauernd muss ich die Drecksarbeit mit dem Menschen machen, dachte der rot getigerte Kater. Eine Woge der Missgunst schwang zu Fiara herüber.

Sie störte das nicht. Es wunderte sie nicht, dass Vero selbst in seinen Gedanken kein gutes Wort für sie übrighatte.

Wenige Augenblicke später ging der dunkle Gang endlich in den breiten Thronsaal über. Wie üblich brannten rings an den Wänden große Fackeln.

Fiara fragte sich erneut, wie die Caet es bloß schafften, mit ihren Pfoten Feuer zu entfachen. Vermutlich hatte Joel als Feuer-Wächter andere Möglichkeiten als gewöhnliche Caet.

Lange konnte sie nicht darüber grübeln, denn Joels Präsenz verlangte sofort nach ihrer Aufmerksamkeit. Einige Schritte von dem Herrscher entfernt kamen sie zum Stehen. Vero verbeugte sich lange und ausgiebig und Fiara beschloss, es ihm gleich zu tun. *Schaden kann es definitiv nicht, wenn ich mich ergeben zeige,* dachte sie flüchtig.

»Da ist ja der Mensch«, entgegnete der Herrscher abschätzig.

Jetzt bin ich also nur noch ein Mensch, ging es Fiara durch den Kopf. Sie erinnerte sich gut daran, dass der Anführer sie vor nicht allzu langer Zeit selbst Caet genannt hatte. *Irgendetwas musste ihn aufgeregt haben*, Fiara konnte es in seinem verachtenden Tonfall hören. Fieberhaft hoffte sie, dass es nicht ihr kleiner Ausflug in den Geheimgang des Mondfelses war.

»Erhebt euch«, sprach Joel großzügig. »Wie du mit Sicherheit schon mitbekommen hast, findet heute unser alljährliches Mondfest statt«, sagte er an Fiara gerichtet. Seine tiefe Stimme hallte im beinahe leeren Raum wider.

Fiara nickte zaghaft und versuchte, nicht allzu flehend dreinzublicken.

»Du wirst uns begleiten«, sagte Joel entschieden. Und als er sah, dass Vero etwas entgegnen wollte, fügte er hinzu: »So habe ich dich besser im Blick und du kannst keinen Unsinn anstellen.«

Vero wirkte fassungslos. Er wollte etwas sagen, doch Joels Blick war unmissverständlich.

Innerlich jubelte Fiara und es fiel ihr immer schwerer, äußerlich die Fassung zu bewahren.

Ein weiteres Nicken ihrerseits folgte, als der Herrscher sie mit seinem Blick fordernd durchbohrte.

»Was ist los mit dir? Hat es dir die Sprache verschlagen?«, polterte er.

»Nein, eure Hoheit«, entgegnete sie mit zusammengebissenen Zähnen.

Es scheint zu funktionieren, dachte sie. *Mein Plan, er wird funktionieren!* Die freudige Erregung brodelte unter ihrer Haut.

»Mhm«, machte Joel wenig überzeugt und wandte sich dann wieder Vero zu. »Pass gefälligst auf, dass sie dir nicht entwischt. Sie muss dabei sein, hörst du? Keine Sekunde lang darf sie aus den Augen gelassen werden«, mahnte der Herrscher.

Vero nickte. »Jawohl, mein Gebieter«, entgegnete er gehorsam.

Fiara versuchte, seine Gedanken zu lesen, um herauszubekommen, wie Vero plante, sie die ganze Zeit über zu überwachen, aber ihre Gefühle waren viel zu aufgewühlt, um sich jetzt zu konzentrieren.

»Schön. Dann hätten wir das auch geklärt.« Der Anführer seufzte angestrengt. »Nach dem Mondfest wirst du mit mir zur Seherin reisen«, verkündete er nun an Fiara gewandt.

Diese machte große Augen. *Eine Seherin? Ist das so etwas wie ein Hellseher in der Menschenwelt?*, fragte sie sich verwundert.

Joels Miene verfinsterte sich, als er bemerkte, dass sie ihm nicht ihre ganze Aufmerksamkeit schenkte.

Schnell legte sie ihre aufkommenden Fragen gedanklich beiseite und verbeugte sich erneut.

»Jawohl, mein Herr«, antwortete sie kleinlaut. Es blieb ihr gerade sowieso nichts anderes übrig, als zu gehorchen. Sie würde ihre Freunde bei Gelegenheit nach der Seherin fragen. Jetzt hatten ihr Plan und das Überleben erst einmal Priorität. Tot würde sie sowieso niemandem nützen. Und sie war sich sicher, dass Joel nicht gerade mild mit ihr verfahren würde, wenn er bemerkte, dass sie ihn insgeheim anzweifelte.

Fiara machte erneut eine schlichte Verbeugung und presste dabei ihre Augen zusammen.

Kauf es mir ab. Bitte. Tu es!, flehte sie innerlich.

Ein weiteres Schnauben verkündete Fiara, dass sich Joel auf seinen Thron zurückzog. Das Geräusch seiner Schritte auf dem rauen Stein hallte durch den Saal.

Fiara öffnete blitzartig ihre Augen, als jemand sie unsanft an der Schulter berührte.

»Los jetzt. Ich habe nicht ewig Zeit für jemanden wie dich«, murmelte Vero, der bereits an ihr vorbeigelaufen war.

Ein letzter Blick zum Herrscher machte ihr deutlich, dass die Unterhaltung vorüber war. Joels einziges Ohr war in Richtung Lira gedreht, die gerade mit schnellen Sprüngen den Raum betrat.

»Es ist alles vorbereitet«, hechelte die rotbraune Katze, während sie kurz vor Joels Thron zum Stehen kam. »Sobald die Sonne schwächer wird, können wir aufbrechen.« Liras feste Stimme wirkte selbstsicher.

»Gut, gut«, entgegnete der Herrscher nur. Dann lag sein Blick wieder auf Fiara, welche sich augenblicklich umdrehte und zu Vero aufschloss, der mittlerweile im Gang wartete.

»Na endlich!«, zischte dieser ungeduldig. Mit einer geschmeidigen Bewegung versperrte er ihr plötzlich den Weg. Seine Augen glühten und er hob eine seiner Pranken. Mit einem rauen Klirren fuhr er seine spitzen Krallen aus. »Wenn du mich noch einmal warten lässt, dann zeig ich dir, was es heißt, ein richtiger Caet zu sein.« Veros Worte wichen einem bedrohlichen Fauchen und obwohl Fiara sich selbst jetzt noch nicht wirklich vor dem Kater fürchtete, lief ihr unfreiwillig ein Schauer über den Rücken. Ihr silbernes Fell stellte sich auf und sie musste den Impuls unterdrücken, ebenfalls die Zähne zu blecken.

Durchatmen, riet sie sich selbst.

»Hast du verstanden?«, fragte er nachdrücklich. *Und sobald ich beweisen kann, dass du uns für deine Menschen ausspionierst, werde ich dich nicht mehr verschonen*, drangen Veros fordernde Gedanken zu Fiara herüber. *Und dann wird Joel sehen, dass er besser mich statt Lira zu seinem Stellvertreter hätte machen sollen.*

Die Augen der silbernen Katze weiteten sich und augenblicklich wurde ihr Fell wieder glatt.

Wenn Vero herausfinden würde, dass ich ... Nein, daran darf ich jetzt nicht denken. Schnell nickte Fiara unterwürfig und senkte den Blick.

»Hmpf.« Der rot getigerte Kater schnaubte arrogant und drehte sich um. Kurz darauf liefen sie beide weiter durch den düsteren Gang.

Fiara versuchte, noch mehr aus Veros Gedanken herauszubekommen, doch der rot getigerte Kater war ausnahmslos damit beschäftigt, über die Menschen zu fluchen.

Sie war mehr als erleichtert, als sie endlich den Ausgang des Baus erreicht hatten, denn die Anspannung zwischen ihnen wurde so langsam unerträglich.

Vero blieb stehen und drehte sich zu ihr um. »Bilde dir bloß nichts darauf ein«, sagte er abschätzig. »Du darfst nur mitkommen, weil du unter unserer Aufsicht bleiben musst.« Seine Augen wurden zu schmalen Schlitzen. »Du bist hier nicht willkommen.« Die letzten Worte spuckte er förmlich aus.

Bevor Fiara etwas entgegnen konnte, lief er schnaubend an ihr vorbei. Der lange, getigerte Schwanz peitschte ihr ins Gesicht, als sie zu einer Antwort ansetzen wollte.

Wütend biss sie die Zähne zusammen. *Ganz ruhig, Fiara, ganz ruhig*, versuchte sie, sich selbst zu besänftigen. Gerade als sie aufatmen wollte, drehte Vero sich ein letztes Mal zu ihr um.

»Wenn die Sonne tief steht, erwarte ich, dass du am Ausgang des Lagers stehst, bereit, um aufzubrechen«, sagte er scharf.

In diesem Augenblick fiel Fiaras Blick auf die kleine Katze Mila, die immer noch unten in der Mitte des Platzes mit ihrem Ball spielte. Dann sah sie wieder zu dem Kater auf, bedacht darauf, ihm nicht in die Augen zu schauen.

»Ja«, presste sie hervor, in der Hoffnung, dass sich Vero endlich verziehen würde und sie zu ihrem Schützling gehen konnte.

Tatsächlich sprang der rot getigerte Kater mit wenigen Sätzen davon und ließ eine angespannte, aber sichtlich erleichterte Fiara zurück.

Sehr gut, dachte sie. *Gleich muss ich auch noch einmal zu Vell. Hoffentlich geht es dem alten Kater mittlerweile besser, ein paar mehr Informationen über die Wächter könnte ich wirklich gut gebrauchen.*

Sie fuhr ihre Krallen aus und wetzte, so schnell sie konnte, den steinigen Felsen hinunter.

»Wow!«, rief Mila ihr bewundernd entgegen, als sie vor dem schwarzen Kätzchen zum Stehen kam. »Das war schneller als jeder, den ich bisher gesehen habe!«

Fiara musste wieder lächeln. Die schwesterliche Anerkennung der Katze ließ ein warmes Gefühl in ihrer Brust entstehen. »Sobald die Sonne untergeht, brechen wir auf«, sagte Fiara sanft, aber bestimmt.

Mila starrte sie mit großen Augen an. »Ja!«, quiekte sie immer noch aufgeregt hüpfend. »Und ich darf wirklich mit?«, hakte sie vorsichtig nach und hörte auf zu springen.

Fiara nickte. »Warum sollte man es dir denn verbieten?« Liebevoll drückte sie ihre Nase an die der kleinen Katze.

Mila begann herumzudrucksen. »Also weil ... Also weil du ... Na ja, die anderen –«

»Du hast selbst gesagt, Kleine dürfen nur in Begleitung eines erwachsenen Caet reisen«, wiederholte Fiara Milas Worte von vorhin. »Und das bin ich«, endete sie selbstsicher.

»Ja, das stimmt«, sagte das Kätzchen kleinlaut.

»Mach dir keine Sorgen«, entgegnete Fiara. »Das klappt schon alles.« Sie zwinkerte ein paar Mal langsam, denn sie wusste, dass Katzen das häufig zur Beruhigung machten, und nickte dabei. Dann fuhr sie fort. »Weißt du zufällig, wo Vell gerade ist?«

Das schwarze Kätzchen nickte. »Bei der Moosplantage«, entgegnete Mila mit einem Augenrollen. »Ich weiß wirklich nicht, was Onkel dort ständig will. Das ist sooo langweilig.« Die Kleine warf sich theatralisch auf den Boden und streckte alle vier Pfoten in die Luft.

Fiara schmunzelte. »Komm, wir statten ihm einen kleinen Besuch ab. Ich muss ihn noch etwas fragen.« Mit diesen Worten erhob sie sich und lief in Richtung Plantage, immer bedacht darauf, dass Mila mithalten konnte.

Die anderen Caet im Lager wirkten geschäftig. Je weiter sich Mila und Fiara dem Bau der Älteren näherten, desto mehr von ihnen huschten an den beiden vorbei.

Die meisten der Caet hatten kleine Blätterpakete oder Moosbüschel im Maul. Anscheinend wurde hier dafür gesorgt, dass die Älteren auch während der Abwesenheit der Jüngeren gut versorgt waren. Ein bisschen erinnerte das Fiara an ihr Dorf in Graveland, wo die Ältesten, ihrer Meinung nach, wie Könige behandelt wurden.

Ein Detail jedoch war anders als in Graveland. Die Alten wurden zwar geschätzt und gepflegt, aber angeführt wurden die Caet von Joel. Und der war in keinster Weise alt oder schwach.

»Ist alles in Ordnung?«, fragte eine piepsige Stimme neben ihr. Mila. Sie lief einige Meter hinter der silbernen Katze, obwohl sich Fiara bereits wirklich bemühte, langsam zu laufen.

Sie schaute zu Mila hinunter. »Natürlich«, entgegnete Fiara sanft und versuchte, ihre Gesichtszüge etwas zu entspannen. »Da sind nur noch ein paar Dinge, die ich dringend wissen muss.« Ihr Blick wandte sich wieder nach vorne. Als sie merkte, dass die kleine Katze sie immer noch fragend anstarrte, atmete sie einmal tief ein. »Glaub mir, das willst du gar nicht verstehen«, sagte sie.

Mila schaute gekränkt auf den Boden. »Du sagst es mir nicht, weil ich klein bin, stimmt's?«, entgegnete sie enttäuscht. Beinahe wäre sie mit einem großen Kater zusammengestoßen, der ihr schwerfällig entgegenkam.

»Meine Güte, pass doch auf, wo du hinläufst!«, herrschte er sie gehetzt an. Dann war er auch schon wieder im Getümmel verschwunden.

Mit ein paar schnellen Sprüngen rannte Mila vor die silberne Katze und kam dann direkt vor ihren Pfoten zum Stehen.

»Alle denken, dass man als kleine Katze nicht viel versteht. Dass man sowieso nichts mitbekommt und dass Erwachsenenkram für uns zu kompliziert und gruselig ist. Aber das stimmt nicht.« Milas Quieken war süß, die angespannte, wütende Miene passte so überhaupt nicht zu ihrem zarten Erscheinungsbild und das erschwerte es Fiara leider tatsächlich etwas, sie für voll zu nehmen.

Inmitten der umherrennenden Caet blieb die silberne Katze stehen und beugte sich zu der kleinen, schwarzen Katze hinunter. »Ich glaube sogar, dass du deutlich intelligenter bist als die Mehrzahl der Caet hier«, flüsterte sie Mila ins Ohr.

Die Augen des Kätzchens entspannten sich etwas, als sie den ernsten Ton in Fiaras Worten erkannte. Die silberne Katze meinte, was sie sagte.

»Und genau deshalb gehen wir jetzt auch zusammen zu Vell.« Sie erhob sich wieder und schloss für einen kurzen Moment ihre Augen. Es war beinahe windstill und Fiara wurde bewusst, dass die Temperaturen in den letzten Tagen deutlich angestiegen waren. *Sommer?*, schoss es ihr ungläubig durch den Kopf. Jetzt schon?

Als sie ihre Augen wieder öffnete, ging Mila einen Schritt zur Seite. Sie nickte, wirkte aber noch immer unsicher. Fiara konnte es der kleinen Katze nicht verdenken.

»Komm, wir beeilen uns!«, rief sie Mila aufmunternd entgegen, als sie ihren Weg zur Plantage fortsetzten. »Nicht, dass wir später den Aufbruch zum Mondfest verpassen.«

Fiara wusste, dass sie die Wahrheit nicht ewig vor ihrer neuen Freundin verbergen können würde. Das wollte sie auch gar nicht. Aber wie sagt man einem kleinen Kind, dass nichts, was es bisher zu glauben schien, der Wahrheit entspricht?

Graveland

Frea

Zwei Tage.

Frea konnte sich nicht erinnern, wann sie das letzte Mal die frische Luft auf ihrem Gesicht gespürt hatte. Seitdem Gerla ihr vor ein paar Wochen die Nachricht ihrer Hochzeit überbracht hatte, hatte sie der letzte Funken Hoffnung auf ein Wiedersehen mit ihrer Tochter Fiara verlassen. Es war, als hätte jemand auch noch den letzten Tropfen Mut aus ihrem Innersten herausgewrungen.

Und so saß sie tagein, tagaus auf dem alten, hölzernen Küchenstuhl und starrte mit leerem Blick durch das kleine, dreckige Fenster.

Manchmal hatte sie das Gefühl, dass sie die Stimme ihrer Tochter draußen hörte. Oder das Kratzen dieser Katze an der Tür. Doch jedes Mal wurde sie enttäuscht.

Sie wollte nicht heiraten. Sie wollte keinen Neuanfang und schon gar nicht wollte sie einen Mann ehelichen, den sie noch nicht einmal wirklich kannte.

Doch was blieb ihr anderes übrig?

Ein erschöpftes Seufzen entglitt ihrer trockenen Kehle und sie vergrub ihr Gesicht in den abgearbeiteten, alten Händen.

Ich kann nicht vor meinem Schicksal davonrennen, dachte Frea geknickt. *Was, wenn Fiara doch zurückkehren sollte und ich dann nicht für sie da bin?*

Die ältere Frau schüttelte den Kopf.

Es geht nicht. Ich muss hierbleiben. Ich muss versuchen, das Beste aus der Situation zu machen. Für Fiara. Meine kleine, tapfere Fiara.

Erneut entglitt ihr ein Seufzen.

Ich hätte dir früher von meiner Vergangenheit erzählen sollen. Nachdenklich legte sie ihre Hände an die Schläfen. *Jetzt kann ich nur hoffen, dass meine Vergangenheit dich nicht bereits eingeholt hat.*

Ein vehementes Klopfen riss Frea aus ihren Gedanken. Sie schreckte hoch und blickte gebannt zur Tür. *Die Hochzeit ist doch erst übermorgen. Wer kann das sein?*

Erneut klopfte es und diesmal wurde das rhythmische Geräusch begleitet von einem fordernden »Ich weiß, dass du da bist«.

»Herein«, krächzte Frea so leise, dass sie nicht damit rechnete, gehört zu werden. Keine Sekunde später riss Gerla die Tür auf und betrat mit einer anderen Dorfbewohnerin zusammen das schäbige, kleine Häuschen.

»Ich hatte ganz vergessen, unter welch furchtbaren Umständen du haust«, merkte die Älteste herablassend an. »Serena, würdest du mit dem hinteren Zimmer beginnen? Ich habe mit Frea noch ein Hühnchen zu rupfen«, sagte Gerla zu der etwas jüngeren, braunäugigen Frau.

Serena nickte stumm und verschwand mit einem großen, braunen Jutesack in Fiaras altem Zimmer.

»Was soll das?«, fragte Frea entgeistert. »Das ist das Zimmer meiner Tochter!« Mit einer für sie sehr untypisch schnellen Bewegung stand Fiaras Mutter auf und rückte dabei den Stuhl mit einem lauten Quietschen zurück. »Ich möchte, dass ihr sofort mein Haus verlasst.«

Gerla lächelte nur mütterlich. Dann ging sie einen Schritt auf Frea zu und legte ihr wissend eine Hand auf die Schulter. »Wir alle waren vor unserer Hochzeit aufgeregt«, säuselte sie ihr aufmunternd zu.

Die ungewohnte Berührung ließ Frea unangenehm zusammenzucken und der spöttische Unterton in Gerlas Stimme machte sie wütend.

»Hol Serena aus dem Zimmer meiner Tochter. Sofort«, zischte sie mit schwindender Geduld der Ältesten entgegen.

Sogleich verfinsterte sich Gerlas Miene. Sie verschränkte ihre Hände hinter dem Rücken und zog die Augenbrauen herablassend nach oben.

»Du solltest uns dankbar sein, Frea.«

Bereits bei diesen Worten wusste Fiaras Mutter, dass es hier um weit mehr als das Zimmer ihrer Tochter ging.

»Lasst mich endlich in Ruhe«, entgegnete Frea mit zusammengebissenen Zähnen.

»Na, na, na! Jetzt reicht es aber so langsam. Zeigt man sich so etwa erkenntlich?« Gerla lief ein paar Schritte um den kleinen Küchentisch herum. »Du weißt, dass übermorgen die Hochzeit stattfindet. Bron ist eine wirklich gute Partie, du könntest mir ruhig etwas dankbar sein.«

Sie fuhr mit einem Finger über den hölzernen Schrank, der über der alten, behelfsmäßigen Spüle hing. Dann zerrieb sie den dadurch aufgenommenen Staub angeekelt zwischen ihren Fingern.

Frea sagte nichts mehr dazu. Die Nachricht über ihre baldige Hochzeit hatte sie sich selbst und das gesamte Haus völlig verwahrlosen lassen. Ihre zu schmalen Schlitzen zusammengezogenen Augen verfolgten aber jede noch so kleine Bewegung Gerlas.

»Serena wird dir helfen, das Chaos hier zu beseitigen. Ich kann nicht verantworten, Bron in einen solchen ... Stall zu schicken.« Verständnislos schüttelte Gerla ihren Kopf. »Schämst du dich eigentlich gar nicht?«, fragte sie rhetorisch. »Es ist schon lange her, dass deine nutzlose Tochter verschwunden ist. Die Hütte hier völlig verwahrlosen zu lassen, bringt sie auch nicht zurück.« Mit diesen Worten war sie wieder an der Tür.

Gerade als Frea etwas entgegnen wollte, kam Serena aus Fiaras Zimmer gelaufen. Sie ging geradewegs auf die Älteste zu, legte den schwer wirkenden Sack auf den Boden und schnaufte geräuschvoll.

»Dafür werde ich Hilfe benötigen. Hier wurde seit Monden nichts mehr gemacht.« Aus den Augenwinkeln heraus bemerkte Frea Serenas Blick, doch es war ihr nicht peinlich. Keineswegs.

Keine von diesen Möchtegern-Anführerinnen weiß, wie es ist, nicht dazuzugehören. Keine von ihnen hat jemals ein Kind verloren. Sie können mich mal. Es war wieder einer der Momente, in denen sie sich die starke Schulter ihres früheren Mannes Irden wünschte. Und jetzt war auch noch ihre Tochter spurlos verschwunden.

Gerla nickte wissend. »Ich werde Viola eine Nachricht schicken lassen. Sie wird dir helfen. Dieser Saustall muss bis spätestens morgen Abend beseitigt sein, hörst du?«

»Jawohl, Älteste«, entgegnete Serena gehorsam. Sie neigte leicht den Kopf, woraufhin Frea ein leises Schnauben nicht verbergen konnte.

Gerla jedoch überhörte dies gekonnt.

»Du machst keine Faxen, hörst du?«, mahnte sie Frea. »Deine Alternative ist der Ausschluss aus der Dorfgemeinschaft. Also überleg dir gut, was du tust.« Mit diesen Worten drehte sich die Älteste um und ging zur Tür. Serena wollte ihr bereits folgen, da hob Gerla ihre Hand. »Nicht doch. Ich werde dir Viola schicken. Du bleibst schon mal hier und bringst das Haus auf Vordermann.«

»Jetzt sofort?«, hakte Serena noch mal nach.

»Jetzt sofort!«, sagte Gerla gebieterisch.

Frea stand noch immer neben ihrem Stuhl und wusste nicht, was sie sagen sollte. Da war so vieles, das sie der Ältesten gerne an den Kopf geworfen hätte, doch die Worte von Gerla hallten noch immer in ihrem Kopf. *Deine Alternative ist der Ausschluss aus der Dorfgemeinschaft.* Zwar fühlte sie sich sowieso schon wie eine Aussätzige, das Risiko, in Zukunft ohne Schutz und Essen dazustehen, konnte sie allerdings nicht wagen.

Gefangen zwischen dem eigenen Willen und ihrem Schicksal blieb ihr nichts anderes übrig, als die Tortur weiterhin über sich ergehen zu lassen.

Noch anderthalb Tage.

Klevefelz

Der ewige Mond

Vell saß wie so oft auf einem großen Stein und starrte mit leerem Blick auf die Moosplantage. Mittlerweile hatte es Fiara aufgegeben, sich zu fragen, warum der alte Kater ausgerechnet diesen Platz für seinen Lebensabend auserkoren hatte.

Mila duckte sich flach auf den Boden und wackelte dabei mit ihrem Schwänzchen. Sie hatte scheinbar vor, Vell zu überraschen, doch Fiara sah, dass sich die Ohren des Katers bereits in ihre Richtung bewegten.

Nicht schlecht für sein Alter, überlegte sie flüchtig.

»Buh!«, machte Mila, als sie auf den Rücken ihres Onkels sprang.

Dieser ließ sich spielerisch zur Seite fallen und Fiara war überrascht, dass Vell so viel für die Späße der Kleinen übrighatte.

»Jetzt hast du mich, mhm?«, machte er in seinem gewohnten Wortlaut. Fiara war erleichtert, dass der Kater wieder seine Stimme gefunden hatte. Unsicher, ob sie ihn nochmals auf den Thron ansprechen sollte, knetete sie ihre Pfoten auf dem sandigen Boden.

Vells Ohren zuckten abermals und er richtete seinen Blick auf die silberne Katze.

»Du bist zurück, mhm«, murmelte er wenig überrascht. »Warst du beim Thron?«

Fiara senkte ihre Lider und hielt einen Moment inne. Einerseits war sie froh, dass der Kater das Thema selbst anschnitt, andererseits hatte sie aus irgendeinem Grund plötzlich den Eindruck, sich wie ein kleines Kind vor ihm rechtfertigen zu müssen. Dieses Gefühl lag ihr auf einmal schwer in der Magengrube und das nervöse Zucken ihrer Schnurrhaare verriet mehr über Fiara, als sie preisgeben wollte.

Mila schaute neugierig zwischen den beiden hin und her, während der alte Kater sich wieder aufrichtete und einmal flüchtig über sein staubiges Fell leckte.

»Ich ...«, begann Fiara mit einem leisen Räuspern. »Ich war dort, ja. Aber wie du bestimmt weißt, wird der Thron ständig bewacht.« Sie setzte sich nicht weit von Vell entfernt auf den Boden und seufzte leise. Auch wenn sie sich wirklich anstrengte, mutig zu wirken, Fiaras wild peitschender Katzenschwanz machte offensichtlich, dass die Zweifel an ihr nagten.

Vell schloss langsam die Augen und schwieg.

Das schien der kleinen Mila überhaupt nicht zu gefallen, denn sie hüpfte vor dem Kater fordernd auf und ab, in der Hoffnung, seine Aufmerksamkeit zurückzugewinnen.

»Fiara geht mit mir zum Mondfest!«, rief Mila freudig. Mit hoch erhobenem Köpfchen ließ sie sich direkt vor Vell auf ihren Hintern plumpsen.

Dieser öffnete schließlich ein Auge und lugte fragend zur silbernen Katze herüber.

»Sie hat das Recht, dorthin zu gehen. Genau wie alle anderen auch«, sagte Fiara mit fester Stimme.

Vell nickte zustimmend.

Ein lautes Rufen riss die drei aus ihrem Gespräch. »Versammeln! Alle Caet versammeln!«, schrie Lyk vom vorderen Eingang des Lagers.

»Kommst du mit?«, fragte Fiara an Vell gewandt, während sie ihren Kopf schief legte.

»Nein«, entgegnete Vell ruhig, »aber das Mondfest ist deine Chance.« Er blickte der silbernen Katze nur knapp an ihren leuchtend grünen Augen vorbei. »Der Thron wird unbewacht sein, mhm. Nutze diesen Moment weise.« Mit diesen Worten drehte sich der alte Kater von Mila und ihr weg und verfiel erneut in seine statuenähnliche Starre.

»Warum musst du zum Thron?«, fragte die schwarze Katze. »Was meint Vell mit Chance?« Die großen, runden Augen der Caet blickten Fiara fragend an. Sie wagte es nicht, in die Gedanken der kleinen Katze einzudringen, aber ihr war klar, dass sie nun reinen Tisch machen musste.

Jetzt oder nie, dachte Fiara. *Wenn ich es ihr jetzt nicht erzähle, wird sie mir nie wieder vertrauen.*

Eine braun gestreifte, schmächtige Katze huschte an den dreien vorbei. Sie blieb kurz stehen, schaute sie fragend an und warf ihnen dann ein »Wir sind die Letzten, wenn ihr noch mitkommen wollt, müsst ihr euch beeilen!« entgegen. Schon war sie wieder im sich lichtenden Getümmel der übrigen Caet verschwunden.

Fiara wandte ihren Blick zu Mila hinunter. »Ich erzähle es dir auf dem Weg. Versprochen!«

Die kleine Katze verengte ihre Augen zu Schlitzen. »Das hast du vorhin schon gesagt.«

Fiara stand auf und tippelte ungeduldig auf ihren Pfoten. »Ja. Du hast ja auch schon mehr erfahren, oder nicht?«, versuchte sie, ihre kleine Freundin zu beruhigen. »Hör zu, es ist wirklich wichtig, dass wir jetzt gehen. Du wolltest doch auch zum Mondfest.« Vorsichtig stupste Fiara das Kätzchen mit ihrer Nase an. »Es wird eine Weile dauern, bis wir dort ankommen. Ich erkläre dir alles. Katzenehrenwort.«

Das magische Wort ließ sofort das Misstrauen aus dem Gesicht der schwarzen Katze verschwinden. Von einem Moment auf den anderen sprintete Mila wie von der Tarantel gestochen los.

Fiara konnte sie nur noch »Wo bleibst du denn?« rufen hören und schüttelte schmunzelnd den Kopf.

So niedlich sie auch ist, wenn ich als Kind auch so sturköpfig war, dann tut mir meine Mutter leid.

Da war er wieder. Der Schmerz, der sich zäh und fordernd in ihrem Hals festsetzte. Ihre Mutter. Wie viele Wochen sie nun schon von ihrem Dorf entfernt war? Fiara konnte es nicht sagen, aber das schlechte Gewissen nagte an ihr, unaufhörlich. Selbst, wenn sie gerade nicht daran dachte.

Mit einem furchtbaren Gefühl im Bauch lief Fiara der kleinen Katze hinterher. Sie war sehr erleichtert, als sie sah, dass Mila in der letzten Reihe der versammelten Caet stand und neugierig auf und ab hüpfte. »Ich kann so nichts sehen!«, protestierte die kleine Katze.

Fiara war froh, dass dies zumindest im Augenblick ihr einziges Problem zu sein schien. Prüfend wagte sie sich durch die umherschweifenden Gedanken der anderen. Es konnte schließlich nicht schaden zu wissen, in welchem Gemütszustand sich die anderen Caet gerade befanden.

Ein Gedankengang trat dabei besonders an die Oberfläche.

Ich hätte es ihm sagen sollen. Ich hätte es ihm sagen sollen. Ob es schon zu spät ist? Lyks Stimme drang klar und deutlich in ihren Kopf.

Verwundert kniff Fiara ihre Augen zusammen. *Na los, komm schon. Was meinst du damit?* Doch da zwängte sich bereits ein weiterer Gedanke dazwischen.

Ich hoffe, sie wählen Lira als meine Partnerin aus! Ha! Wie die anderen schauen würden!

Verständnislos schüttelte Fiara ihren Kopf. Diese Stimme war ihr völlig fremd. Es war keine der Wachen, die sie kannte, und sie wusste nicht, ob sie von der Aussage angewidert oder überrascht sein sollte. *Jemand wollte wirklich mit der zusammen sein? Mit diesem Biest?* Fiara konnte das nicht glauben.

»Also gut«, rief Vero der versammelten Gruppe entgegen. »Dann marschieren wir mal los.«

»Schön zusammenbleiben, verstanden?«, herrschte Lira hinterher. Die rostbraune Katze lief einmal um den Pulk herum und prüfte, ob jemand fehlte.

Fiara wunderte sich, dass sie wirklich glaubten, bei dieser großen Anzahl an Caet auf jeden einzelnen Acht geben zu können.

Als sie beim hinteren Teil der Gruppe ankam, fiel ihr Blick auf Mila. Das kleine, schwarze Kätzchen schien ihr nicht fremd zu sein. »Mit wem gehst du zum Mondfest?«, blaffte sie Mila streng an.

Diese schien keineswegs verängstigt und stellte sich der großen Katze mit der Narbe über dem Auge mutig gegenüber. »Fiara begleitet mich«, sagte Mila selbstbewusst.

Liras misstrauischer Blick wanderte zu der silbernen Katze. »Du?«, fragte sie herablassend.

»Ich bin eine erwachsene Caet«, konterte Fiara mit fester Stimme.

»Soweit ich weiß, dürfen die Kleinen in Begleitung ebenfalls zum Mondfest.«

Die rostbraune Katze verzog ihre Augen zu schmalen Schlitzen. Sie legte die Ohren nach hinten und ihre gesamte Körperspannung verriet, dass ihr nicht zum Scherzen zumute war.

Auch das freudige Geplapper der anderen Caet schien urplötzlich leiser geworden zu sein.

Fiara nutzte die Chance. Forschend suchte sie nach möglichen Informationen in Liras Gedanken. *Was hat die erste Wache von Joel jetzt wohl vor?*

Doch außer Wut und Hass konnte Fiara nicht wirklich etwas im Kopf der kampferprobten Katze finden.

»Oder willst du dich etwa gegen die Gesetzte der Caet stellen?«, hakte die silberne Katze nun provokant nach. Für den Bruchteil einer Sekunde schien die Welt um sie und ihre Kontrahentin stillzustehen.

Aus der Entfernung konnte Fiara Milas fragendes Miauen hören, doch ihre Augen waren viel zu sehr damit beschäftigt, dem Starrwettbewerb mit Lira standzuhalten.

»Was wird das denn hier?«, bellte Vero den beiden wütend entgegen.

Ein Sturm an Gedanken drängte sich fordernd in Fiaras Kopf. Vereinnahmte ihre gesamte Konzentration und riss sie völlig aus der Situation.

Diese nutzlose, undankbare, arrogante, aufgeblasene Caet! Wie kann Joel nur jemanden wie sie für so eine wichtige Aufgabe berufen? Verdammt noch mal!

Veros Gedanken wurden immer lauter, als der rot getigerte Kater wenige Pfotenlängen vor ihnen zum Stehen kam.

»Was ist dein Problem?«, herrschte er Lira mit zusammengebissenen Zähnen an.

Fiara wunderte sich, dass Vero, der eigentlich in der Rangordnung unter Lira stand, plötzlich aufbegehrte.

Die Katze schnellte mit ihrem Kopf ruckartig zu dem Kater herum, der sie soeben unangemessen angefahren hatte. Ein scharfes Fauchen durchzog den dämmernden Abendhimmel.

Fiara ging einen Schritt auf Mila zu und schob sie behutsam mit einer Pfote zur Seite. Was auch immer gleich geschehen würde, die

Luft war zum Zerreißen gespannt. Das konnte jeder spüren.

»Das geht dich überhaupt nichts an!«, zischte Lira dem roten Kater entgegen. Ein spitzes Klicken signalisierte allen, dass sie nun auch ihre Krallen ausgefahren hatte. »Wenn du dich jetzt mit diesem Menschen verbünden willst, bestätigst du nur alles, was ich bisher von dir erwartet habe.«

Vero knurrte. »Was ist dein beschissenes Problem?«, bellte er ihr erneut entgegen. »Wir kommen zu spät zum Mondfest und das wird deine Schuld sein! Der Mensch soll mit. Oberster Befehl vom Wächter selbst!« Nun hatte der Kater ebenfalls seine Krallen ausgefahren.

Wilde Gedanken umschwirrten Fiaras Geist. Diesmal konnte sie auch einige der anderen Caet auffangen.

Er wird riesigen Ärger bekommen, dachte eine zarte, weibliche Stimme.

Wird Zeit, dass dem alten Drachen mal jemand die Stirn bietet, rief ein anderer innerlich.

»Ich muss mich vor dir für rein gar nichts rechtfertigen«, fauchte Lira mit gebleckten Fangzähnen.

Fiara war sich nicht sicher, ob sie es gut fand, dass die beiden hochrangingen Wachen sich nun in aller Öffentlichkeit so dermaßen im Fell lagen.

Auf jeden Fall schien es, als hätten die negativen Gefühle der beiden schon seit Längerem unter der Oberfläche gebrodelt. Eventuell hatte sie Glück und das Ganze verschleierte die Sache mit ihrer kleinen Freundin.

»Dann können wir ja jetzt endlich gehen, oder?«, fragte Vero genervt.

»Wir gehen, wenn ich es sage!«, rief sie ihm zischend entgegen.

»Wir gehen, wenn ich es sage!«, brüllte plötzlich die Stimme des Herrschers durch die versammelte Masse.

Augenblicklich zuckten Vero und Lira ertappt zusammen und verbeugten sich tief.

»Seid ihr wirklich zu gar nichts zu gebrauchen?«, fragte Joel wütend. »Ich dachte, ich komme hier runter und meine Wachen stehen bereit zum Abmarsch am Eingang. Und was muss ich sehen?« Der

Herrscher warf den beiden Streithähnen einen ärgerlichen Blick zu. »Vero, du machst den Schluss. Lira bildet mit mir die Spitze.«

»Aber –« Der rot getigerte Caet wollte etwas erwidern, doch Joels drohendes Fauchen ließ den Kater sofort hinter Fiara und Mila verschwinden.

»Dann können wir ja endlich los«, sagte Joel seufzend.

Lira rannte mit einigen geschmeidigen Sprüngen zu ihrem Herrscher nach vorn und senkte erneut den Kopf.

»Sind das alle?«, fragte Joel.

»Ja«, entgegnete Lira gehorsam. »Doch es gibt da etwas –«

»Was?«, unterbrach er die Katze scharf.

»Es ist nichts«, log Lira. »Wir sind alle da.«

»Gut.« Schnaubend ging er ein paar Schritte vor die rotbraune Caet und begann dann, in einem schnellen, zielstrebigen Tempo hinunter ins felsige Tal zu laufen.

Die gesamte Gruppe tappte ihrem Anführer kurz darauf gehorsam hinterher. Einige der Caet begannen wieder, locker miteinander zu quatschen, und Fiara sah, wie ein paar der jüngeren Caet miteinander spielten.

Mit Vero im Nacken wird es schwer werden, Mila alles zu erklären, überlegte die Katze sorgenvoll. *Aber ich bin es ihr schuldig. Ich habe es ihr versprochen.* Fieberhaft sinnierte sie nach einer Lösung.

Vielleicht kann ich ihn irgendwie ablenken?

»Ist alles in Ordnung bei dir?«, fragte die schwarze, kleine Katze Fiara besorgt. Sie fühlte, dass etwas nicht in Ordnung war.

Natürlich spürt sie das, dachte Fiara und setzte ein trauriges Lächeln auf. »Mila, du weißt, ich wollte dir mehr über meine Geschichte erzählen –«, begann die Katze windend.

»Später«, entgegnete das Kätzchen abgeklärt.

Nanu?, dachte Fiara überrascht. »Bist du dir sicher?«

Mila deutete mit dem Kopf nach hinten und flüsterte: »Ich bin doch nicht blöd.«

Noch immer ungläubig blickte die silberne Katze sie fragend an, doch Mila schaute schuldbewusst auf den Boden. »Es tut mir leid ... wegen vorhin«, stammelte sie leise. »Ich bin oft sehr vorschnell und aufgedreht.« Ein wenig hilflos blickte sie knapp an Fiara vorbei. »Meine Mama sagte immer, dass ich geduldiger sein muss.« Ein entschuldigendes Grinsen stahl sich nun auf das Gesicht der kleinen Caet.

Fiara leckte Mila liebevoll einmal kurz über die Stelle zwischen den Ohren.

»Ich weiß es eigentlich besser, wirklich. Auch wenn ich so klein bin.« Ihr Miauen hörte sich beinahe flehend an, doch Fiara verstand gut, worauf die kleine Katze hinauswollte. Mila war ungestüm, stur und neugierig, aber auch sensibel, hilfsbereit und aufopferungsvoll.

Und sie erinnerte Fiara so sehr an sich selbst.

»Ich glaube dir«, entgegnete die Katze verständnisvoll. »Und ich möchte dir wirklich gern alles erzählen. Es ist nur schwierig gerade, weil ich selbst noch nicht durchblicke bei der ganzen Sache und weil … na ja, du weißt schon … ich ständig beobachtet werde.« Fiara schloss bei ihren letzten Worten für einen kurzen Moment vertrauensvoll die Augen.

»Ich bin froh, dass du da bist«, miaute Mila und drückte sich während des Laufens eng an Fiaras Flanke.

»Mir wird gleich schlecht, wenn das so weitergeht«, brummte Vero genervt von hinten. Fiara konnte ihn förmlich dabei die Augen verdrehen hören.

Mila kicherte und die silberne Katze stupste sie sanft mit der Nase, als das Rufen einer Eule plötzlich die Aufmerksamkeit der beiden forderte.

»Sie kommen wohl mit zum Fest«, flüsterte die kleine Caet ehrfurchtsvoll und Fiara nickte, während sie die letzten Schritte zum Waldrand von Klevefelz trabten.

***

Fiara konnte nicht sagen, wie lange der Vollmond bereits sanft leuchtend über sie wachte, als die große Gruppe von Caet endlich den Felsen des Mondfelss erreichte.

Auch ein paar andere Caet fanden sich nach und nach auf der

schimmernden Lichtung ein. Nicht alle Katzen lebten mit dem Anführer zusammen und scheinbar mussten sie das auch nicht.

Ich verstehe nicht, wieso die Caet im Lager sich überhaupt für Joel so abrackern, wenn sie doch fernab der Sippe ein deutlich schöneres Leben haben könnten. Aber ich weiß auch noch lange nicht alles über diese Welt ..., überlegte Fiara.

Joel und seine Wachen kletterten anmutig die Steine am Felsvorsprung der Höhle hinauf.

Ein warnender Blick von Lira machte Fiara klar, dass sie unten am Rand zu warten hatte. Das war der Katze sogar ziemlich recht.

Der Anführer lief bis ganz an die Spitze und setzte sich dann langsam und genüsslich auf den Boden.

Das Mondlicht tauchte sein silber-blaues Fell in einen wunderschönen Glanz und wenn ihm nicht ein Ohr gefehlt hätte, hätte dies wahrscheinlich sogar ganz gut ausgesehen.

Suchend ließ Fiara ihren Blick über die versammelten Caet gleiten.

Wo seid ihr nur? Angespannt peitschte ihr Schwanz vor und zurück.

»Wen suchst du denn?«, fragte Mila neugierig.

Richtig. Mila. Wie konnte ich die Kleine nur vergessen? »Ich suche meine Freunde«, verkündete Fiara stolz.

Mila machte große Augen. »Menschenfreunde? Hier?« Ihre Schnurrhaare begannen aufgeregt zu vibrieren.

»Nicht doch«, beruhigte Fiara sie. »Sie sind Caet, genau wie du.« Die Katze schaute sich ein paar Mal um und erklärte dann: »Mila, du weißt ja, dass ich als Mensch hierher gekommen bin. Das heißt, dass ich Eltern habe, die keine Caet sind.«

Mila hing der silbernen Katze förmlich an den Lippen und nickte.

»Weißt du noch, wie du als kleines Kätzchen den Weg der Wechsel vollzogen hast?«

Einen Moment lang überlegte Mila, doch dann nickte sie zögerlich. »Na ja, ich weiß es nicht mehr so richtig.« Ihre Miene verdunkelte sich zunehmend. »Nur noch ein bisschen.«

Liebevoll leckte Fiara der kleinen Katze den Pelz. »Du musst dich auch gar nicht daran erinnern«, beruhigte sie sie. »Es ist nur so ...« Die Katze suchte nach den richtigen Worten. »Heute Nacht will unser Herrscher Joel verkünden, welcher Caet mit wem zusammen sein kann. Bei der letzten Versammlung hatte er verlauten lassen, dass wir nicht mehr selbst entscheiden dürfen, mit wem wir den Weg der Wechsel antreten.«

»Aber das heißt ja, dass ich vielleicht gar nicht mit Filo zusammen sein kann!«, rief Mila empört. Kurz darauf hielt sie sich die Pfote vor den Mund, erschrocken darüber, wie laut sie das gesagt hatte.

Fiara grinste. »Also wenn du groß bist, dann kann es durchaus sein, dass du einen anderen Freund zugeteilt bekommst.«

»Das find ich doof«, entgegnete Mila trotzig. »Und wenn die anderen Wächter noch da wären, würden sie das bestimmt auch verhindern!«

Plötzlich spitzte Fiara ihre Ohren.

Was hat die Kleine da gerade gesagt? »Mila, wo sind die Wächter denn hin verschwunden? Weißt du das?«

Im selben Moment rief Lira ein lautes »Ruhe!« zur versammelten Gruppe herunter und Fiara schaute augenblicklich zu Joel nach oben.

»Meine lieben Untertanen«, begann der Anführer ausschweifend. »Wir haben uns heute hier versammelt, um das alljährliche Mondfest zu feiern, damit wir unsere Vorfahren und die Wächter-Caet ehren. Leider sind meine Brüder und Schwestern ja vor langer Zeit verschwunden. Ich habe es mir aber zur Aufgabe gemacht, sie würdig zu vertreten.«

Bei Joels letzten Worten schnaubte Fiara herablassend.

»Deswegen ist es mir eine Ehre, heute die Paarungen des kommenden Jahres bekannt zu geben!«

Die versammelten Caet gaben zustimmende Laute von sich, doch die vielen auf Fiara einprasselnden Gedanken zeigten ihr, dass nicht alle Caet mit dem Vorhaben des Herrschers einverstanden waren.

Mühsam versuchte Fiara im Durcheinander der Worte, die Stimmen ihrer Freunde auszumachen.

Tatsächlich.

Fiara, bist du da?, rief ihr ein ihr wohlbekannter Caet fragend entgegen. *Wir stehen diesmal etwas weiter oben, aber immer noch am Rand der Menge.* Roys Stimme zu hören war heilsam. Auch wenn sie den schwarzen Kater erst eine Nacht zuvor gesehen hatte – es tat gut, ihn und auch Samsa und Nala endlich wieder in ihrer Nähe zu wissen.

Fiaras Blick glitt über die Baumreihen am Rand der Lichtung.

Da! Der sandfarbene Pelz ihrer alten Freundin glänzte in der Dunkelheit. *Oh, Samsa. Liebe, gute Samsa*, flüsterte sie in Gedanken.

Auch Roy konnte sie entdecken, er stand links neben der sandfarbenen Caet und blickte misstrauisch hinauf zum Felsvorsprung.

Wo ist Nala? Außer Samsa und Roy konnte Fiara keine ihr bekannte Caet erkennen. Ob sie sich einfach verspätete?

»Nach dem Dankesgebet wird meine Leibwache Lira die Paarungen verlesen. Da wir recht viele sind, wird dies einige Zeit in Anspruch nehmen.« Joels Blick verfinsterte sich bei seinen letzten Worten. »Keiner, ich wiederhole, keiner verlässt den Mondfels, bevor nicht jeder seinen Partner zugeteilt bekommen hat.«

Das Gemurmel zwischen den anwesenden Caet wurde zunehmend lauter.

»Niemand!«, bellte der Anführer wütend. »Und falls es doch jemand wagen sollte,« fügte er zischend hinzu, »so seid gewiss, dass ich die Eulen einsetzen werde.« Mit diesen Worten drehte er sich um, nickte Lira knapp zu und verschwand im Inneren der Höhle.

»Das ist meine Chance«, murmelte Fiara selbstsicher.

»Wo willst du hin?«, fragte Mila leise.

»Ich muss zu meinen Freunden. Da vorne.« Die Katze deutete mit ihrem Schwanz in Richtung Samsa und Roy. »Du musst etwas für mich tun, Mila, kann ich mich auf dich verlassen?«

Die kleine Katze nickte verständnisvoll und blickte ihre große Freundin fragend an.

»Du musst hierbleiben, alleine«, begann Fiara. »Es wird eine Weile dauern, bis ich wieder zurückkomme, doch du darfst auf keinen Fall von hier verschwinden, hörst du?« Ein Ziehen breitete sich in ihrer Magengegend aus. War es vorschnell gewesen, die kleine Katze zur Versammlung mitzunehmen? Aber sie hatte sich so sehr darüber gefreut … *Nein, ich kann sie auch nicht mit zu Samsa nehmen, das würde definitiv auffallen.* Fiara war hin und hergerissen, äußerlich versuchte sie allerdings, einen gefassten Eindruck zu hinterlassen.

Ohne das eben Gesagte infrage zu stellen, setzte Mila einen ernsten Gesichtsausdruck auf. »Du kannst auf mich zählen«, entgegnete die kleine Katze. Und in diesem Moment kam Fiara das Kätzchen gar nicht mehr so klein vor.

»Du bist die tapferste Caet, die ich kenne«, sagte Fiara und drückte ihren Kopf liebevoll in Milas Fell.

Dann blickte sie sich um und bemerkte zufrieden, dass alle Caet damit beschäftigt waren, Lira zuzuhören.

»Versprich mir nur, dass du wiederkommst«, miaute Mila flehend, als Fiara sich bereits umdrehen wollte.

»Natürlich!«, sagte die Katze ernsthaft.

Noch einmal blickte Fiara ehrfurchtsvoll in den Himmel. Es war schon spät und es kam ihr vor, als würde der Mond bereits seit Tagen durchgehend scheinen. »Katzenehrenwort«, ergänzte sie liebevoll. Und mit diesen Worten verschwand sie im Schatten der angrenzenden Bäume.

So tief der Fall

Fiara tigerte vorsichtig durch das Gestrüpp des Waldes. Leichtfüßig streifte sie unter großen Ästen hindurch und sprang gekonnt über umherliegende Stämme. Durch die vielen Bäume, welche die Aussicht auf die Lichtung freigaben und ihr dennoch den nötigen Sichtschutz boten, behielt sie den Felsvorsprung fest im Blick.

Für eine Winternacht war es ungewöhnlich warm und sie hätte schwören können, dass mit den Jahreszeiten in diesem Land etwas ganz und gar nicht stimmte. Irgendwann würde sie mit Sicherheit dahinterkommen.

Irgendwann, nur nicht jetzt.

Denn nun musste sie erst einmal mit Roy zum Lager zurückkehren. Und zwar ohne, dass jemand ihre Flucht bemerken würde. Fiara wollte sich gar nicht ausmalen, was ihrer kleinen Freundin Mila sonst passieren könnte.

Flüchtig schüttelte die Katze ihren Kopf. Für solche Gedanken war jetzt keine Zeit. Der freie Wille und womöglich auch der gesamte Fortbestand der Caet hingen nun von ihrem Erfolg ab.

Und von Vells Worten.

Ich hoffe so sehr, dass der alte Kater mit seiner Aussage recht behalten wird, dachte Fiara besorgt. *Dass der Thron der Schlüssel zu den Wächtern ist. Zu einer neuen Zukunft.*

Die silberne Katze öffnete ihr Maul einen Spalt breit, um die Gerüche des Waldes besser aufnehmen zu können.

Der Geschmack von verdorrten Blättern legte sich bitter auf ihre Zunge.

»Ich muss es zumindest versuchen«, flüsterte sie zu sich selbst.

Und dann trennte sie und ihre Freunde nur noch eine Katzenlänge.

Auch wenn ich noch nicht weiß, was es mit dem Thron wirklich auf sich hat, so ist er doch der einzige Hinweis, an den ich mich klammern kann, dachte sie.

Einen tiefen Atemzug später schälte sich Fiara aus dem Schatten der großen Tanne, die ihr für einen Moment das Gefühl von Sicherheit gegeben hatte. »Roy? Samsa?«, flüsterte sie sachte, während sich ihr gesamter Körper dicht an den kalten Waldboden drückte.

Der schwarze Kater drehte sich überrascht um und ein Lächeln umspielte seine Mundwinkel, als er erkannte, wen er vor sich hatte. »Fiara!«, rief er aufgeregt und drückte sogleich sein Gesicht in ihr Fell. »Ich hab dich so vermisst«, murmelte er.

»Psst!«, machte die silberne Katze. Doch auch sie freute sich unwahrscheinlich, ihren Freund endlich wiederzusehen.

Fiara genoss seinen sanften Duft nach Zedernholz und Wald und konnte ein leichtes Schnurren nicht unterdrücken. Plötzlich spürte sie einen fragenden Blick auf ihrem Pelz.

»O Samsa, es tut so gut, dich zu sehen«, flüsterte die silberne Katze, als ihre Freundin näherkam.

»Hab ich was verpasst?«, fragte Samsa schelmisch, während sie sich ebenfalls Fiara zuwandte.

Gerade wollte Roy etwas entgegnen, da schnitt ihm Fiara bereits das Wort ab.

»Wir haben dafür keine Zeit!«, flüsterte sie ungeduldig. Mit den Pfoten knetete sie unruhig das Moos. »Wir müssen zurück zum Lager. Hat Roy dir davon erzählt, Samsa?« Fiara hoffte inständig, dass sie bereits Bescheid wusste.

Zu ihrem Glück nickte die sandfarbene Katze zustimmend. »Beeilt euch, ich weiß nicht, wie lange Lira noch beschäftigt sein wird. Und der Weg ins Lager ist ein gutes Stück.«

»Wir werden versuchen, einen Teil der Strecke zu rennen«, erklärte Roy.

Fiara biss die Zähne zusammen. Sie hatte mittlerweile eine gute Kondition, ein Dauerlauf machte ihr allerdings trotzdem eine gehörige Portion Angst. *Das ist deine Chance*, erinnerte sie sich an die Worte des alten Vell in ihrem Kopf.

Ich werde euch nicht enttäuschen, dachte sie.

»Gut. Lass mich noch einmal kurz Liras Gedanken prüfen, bevor wir aufbrechen.«

Das stumme Nicken ihrer Freunde gab ihr zu verstehen, dass sie das ebenfalls für eine gute Idee hielten.

Mit einem tiefen Atemzug versuchte Fiara, sich auf die rostbraune Caet auf dem Felsvorsprung zu konzentrieren. Sie schloss ihre Augen und schlängelte sich durch den Andrang der anderen Gedankenströme. *Lira. Lira. Wo bist du?*

Ob ich auch auf der Liste stehe?

Hab ich dich! Fiara hatte den Gedankenstrang der leitenden Wache gefunden.

Nein, ich bin sicher, Joel weiß, dass ich für so etwas wie ›Beziehungen‹ keine Zeit habe. Wo war ich? Ach ja.

Zunächst schien in Liras Kopf nichts Bedeutungsvolles aufzufallen, doch plötzlich fand Fiara den nötigen Hinweis.

Wenn ich die Liste hier anschaue, wird das noch den ganzen verfluchten Morgen andauern.

»Jawohl!« Beinahe hätte Fiara es laut ausgerufen. »Wir haben definitiv Zeit, bis der Morgen anbricht, eventuell noch länger.«

»Sehr gut«, bestätigte Roy zufrieden.

»Ab mit euch!«, flüsterte Samsa ihnen angespannt hinterher, als die silberne Katze und der schwarze Caet hinter der großen Tanne im Schutz des Waldes verschwanden.

***

»Glaubst du, wir schaffen es rechtzeitig?«, hechelte Fiara ihrem Freund entgegen, als sie für eine kurze Trinkpause am Flusslauf innehielten und tranken. Sie waren den ganzen Weg vom Wald bis hierhin gesprintet. Noch nie war Fiara so schnell gerannt. Sie war froh, dass ihre Flanke mittlerweile wieder komplett verheilt war.

Roy tapste über ein paar Steine und kam unmittelbar vor ihr zum Stehen. Seine im Mondlicht glänzenden Augen blickten besorgt, aber gleichzeitig liebevoll auf ihren silbernen Pelz.

Bevor sie sich versah, presste er seinen Kopf an ihre Brust und seufzte.

Fiara zuckte überrascht mit den Schnurrhaaren.

Die plötzliche Nähe hatte sie nicht erwartet, doch es fühlte sich gut an. Ein warmes, flatterndes Gefühl breitete sich in ihrem Inneren aus und wenige Augenblicke später schloss sie leise schnurrend ihre Augen. *Roy, Roy, Roy,* säuselte sie in Gedanken.

»Uns bleibt nichts anderes übrig, es passiert nicht oft, dass Joel und seine obersten Wachen das Lager verlassen. Wer weiß, wann sich die nächste Gelegenheit bieten würde, unbemerkt seine Höhle zu betreten«, murmelte er immer noch an ihr Fell gedrückt. »Wir müssen es zumindest versuchen.«

Fiara nickte zaghaft. Sie wollte das angenehme Gefühl, welches der schwarze Caet gerade bei ihr ausgelöst hatte, noch nicht gehen lassen.

Ich wünschte, ich müsste dich nie wieder gehen lassen, dachte sie sehnsüchtig.

Roy jedoch ging einen Schritt zurück und blickte prüfend in den Himmel. »Wir liegen gut in der Zeit«, stellte er zufrieden fest. »Wenn wir weiterhin immer mal wieder sprinten, dann erreichen wir das Lager bei Tagesanbruch.«

»Tagesanbruch«, wiederholte Fiara monoton, während sie ihn schamlos anstarrte. *Ist das dieses Verliebtsein, von dem alle reden?*, dachte sie noch immer etwas weggetreten. *Fühl sich das so an?*

»Ist alles in Ordnung mit dir?«, fragte Roy besorgt und riss sie damit aus ihren Gedanken.

Fiara schüttelte den Kopf, als würde sie aus einer Art Trance erwachen, und nickte dann eifrig. »Ja, natürlich ... also ... ich ...«

Der schwarze Kater blickte sie fragend an und legte dabei den Kopf schief.

»Du hast recht, wir sollten weiter«, erwiderte Fiara, um vom Thema abzulenken. Roy zuckte mit den Schultern und schien mit der Aussage zufrieden zu sein. Wenige Augenblicke später jagten sie bereits wieder über die großen Felsen, die hinauf in das Lager in den Bergen führten.

***

Die kurzen Pausen, die sie zwischen den langen Sprints einlegten, waren kaum ausreichend, um zu Atem zu kommen. Fiara hatte Mühe, mit dem Tempo des großen Caet mitzuhalten, und Roy blieb immer mal wieder stehen, um auf sie zu warten.

Dann endlich, kurz vor Anbruch der Morgendämmerung, erreichten sie das Lager der Caet. Wie leergefegt lagen die Höhlen und Futterplätze des Unterschlupfs da. Keine einzige Eule, noch nicht einmal Wachen, schien Joel am Eingang abgestellt zu haben, so groß war anscheinend sein Vertrauen in den Schutz der Berge.

Umso besser war es für Fiara und Roy. Denn als sie das in Mondlicht getauchte Lager betraten, waren die einzigen Geräusche, die sie ausmachen konnten, die Stimmen der alten Caet am Ende der Moosplantage. So ruhig hatte Fiara den sonst so belebten Platz noch nie gesehen.

»Bist du dir sicher, dass alle Wachen mitgekommen sind?«, fragte Roy, als sie den Weg zur Anhöhe des Anführers beschritten.

»Alle, die ich kenne, sind mitgegangen«, entgegnete Fiara nachdenklich. »Ich finde es auch seltsam, dass Joel das alles hier unbewacht zurücklässt.«

»Wir müssen auf der Hut sein«, sagte Roy misstrauisch.

Roy hat recht. Das ist viel zu einfach. Ich sollte prüfen, ob ich etwas über die Gedankenebene hier erfahren kann.

Fiara versuchte, sich zu konzentrieren. Sie war inzwischen so geübt, dass sie ihre Fähigkeit gezielt in bestimmte Richtungen führen konnte. So ließ sie ihren Geist bereits vor ihnen die Höhle des Anführers betreten.

Ein unangenehm ziehendes Gefühl in der Magengegend ließ sie mehrmals angespannt zusammenzucken. Gedanken anderer Caet waren jedoch nicht zu hören.

Zum Glück, dachte Fiara erleichtert.

Roy lief neben ihr und sein warmer Pelz drückte sich immer mal wieder gegen ihre Vorderflanke. Es gab ihr ein Gefühl von Sicherheit und sie war ihm für diese liebevolle Geste wahnsinnig dankbar.

Je tiefer sie in den Unterschlupf des Herrschers vordrangen, desto enger schnürte sich Fiaras Kehle zu.

Gleich würde sie vor dem Thron der Wächter stehen. Gleich würde sie mehr über ihre Vergangenheit erfahren. Und hoffentlich damit auch die Zukunft der Caet retten.

Vorsichtig schlichen die beiden Caet durch das enge Tunnelsystem der Höhle.

Es brannten nur wenige Fackeln, doch dank ihrer guten Augen fiel es Fiara nicht schwer, sich zurechtzufinden.

Das ist eine Sache, die ich als Mensch sicherlich vermissen werde, dachte sie flüchtig. *Wenn ich wieder ein Mensch werde ...*

Der letzte Gedanke hinterließ einen faden Beigeschmack, doch bevor sie weiter darüber nachdenken konnte, sah sie, dass der Tunnel in den offenen Thronsaal des Berges überging.

»Wahnsinn!«, sagte Roy ehrfürchtig. »Das sieht wirklich prächtiger aus, als ich es in Erinnerung hatte.«

Fiara blickte ihn neugierig an. »Du warst schon mal hier?«, hakte sie nach.

Roy nickte, während er mit großen Augen durch die Höhle schritt. »Früher, mit meinem Vater. Als er noch kein Nichtsnutz war. Aber das ist schon lange her.« Er hielt einen kurzen Augenblick inne. »Ich habe dir doch von dem alten Herrscher erzählt?«

»Hm, ich kann mich nicht erinnern«, überlegte Fiara.

Sie folgte dem schwarzen Kater bedächtig und sog jedes seiner Worte förmlich in sich auf.

»Als die Wächter noch hier gewesen sind, waren sie diejenigen, die einen Herrscher für uns auserwählten« Roy seufzte traurig. »Der alte Herrscher war weise. Rechtschaffen. Ehrlich. Doch dann ... dann verschwanden die drei Wächter plötzlich von einem Tag auf den anderen. Joel, der Wächter des Feuers, ist als einziger hiergeblieben.« Seine Miene verfinsterte sich zunehmend. »Er nahm den Thron an sich und machte allen vor, dass es ihnen gut daran läge, ihn als neuen Anführer zu akzeptieren.«

Fiara sah, wie Roy seine Krallen ausfuhr.

»Joel hat ihre Hilflosigkeit schamlos ausgenutzt. Und jetzt mischt er sich auch noch in unsere alten Traditionen ein.« Roys zitternde Worte waren nicht mehr als ein Zischen.

»Und der damalige Herrscher?«, hakte Fiara vorsichtig nach.

»Abgehauen!«, fauchte Roy wütend. »Hat meine Mutter und mich einfach zurückgelassen. Fallen gelassen wie eine heiße Kartoffel, sobald es einmal schwierig wurde.« Seine Stimme bebte.

Die Augen der silbernen Katze weiteten sich. »D-du bist der Sohn ... des ehemaligen Anführers?«, stotterte sie ungläubig.

»Der Sohn eines Feiglings«, knurrte Roy.

Unsicher knetete Fiara den steinigen Boden. Wenn sein Vater der alte, auserkorene Herrscher der Caet ist, dann könnte Roy doch mit Sicherheit sein Nachfolger sein. *Wieso sagt er das niemandem? Warum hält er sich so bedeckt?* Langsam lief Fiara auf den schwarzen Caet zu. Sie wusste nicht, was sie sagen sollte, doch es war ihr wichtig, ihm zu zeigen, dass sie für ihn da war. Vorsichtig berührte sie sein dichtes Fell mit ihrer Schnauze und spürte, wie sein gesamter Körper bebte. »Es tut mir so leid«, flüsterte sie mitfühlend.

Roy schloss für einen Moment seine Augen. »Es ist, wie es ist. Tut jetzt nichts mehr zur Sache«, entgegnete er zäh. Dann wandte er sich mit einem Ruck zu Fiara um. »Genug Zeit in der Vergangenheit verbracht. Du musst jetzt zum Thron.« Die feste Stimme des schwarzen Caet machte den Eindruck, dass er sich wieder gefangen hatte, doch seine Gedanken zeigten Fiara das glatte Gegenteil.

Ein Sturm an Gefühlen prasselte gegen ihren Geist und es fiel ihr schwerer, sich zu konzentrieren.

Während Roy auf den steinernen Thron zulief, folgte Fiara ihm besorgt. Es gab rein gar nichts, was sie hätte sagen können, das seine Wut und den Schmerz auch nur annähernd besänftigen würde. Das wusste sie.

Als der Sitz der Wächter zum Greifen nah war, deutete Roy auf die eingravierten Runen, welche Fiara schon vorher einmal aufgefallen waren. »Sind das die Zeichen, die du in der Höhle auf dem Mondfels gesehen hast?«, fragte er.

Die Katze nickte. »Das sind Feuer, Erde, Wasser und Luft«, erklärte sie.

»Irgendwas muss es doch damit auf sich haben«, brummte Roy unzufrieden. »Bist du dir sicher, dass dieser Vell wusste, wovon er geredet hat? Alte Leute reden viel, wenn der Tag lang ist –«

»Du hast schon immer gern meine Aussagen infrage gestellt«, polterte eine männliche Stimme und die beiden drehten sich erschrocken um.

Der Schatten eines Caet schälte sich aus der Dunkelheit und Fiara konnte ihren Augen nicht trauen, als Vell, der alte, rote Kater in das Licht der flackernden Fackeln trat.

»Vell!«, rief Fiara erleichtert.

»Vater«, knurrte Roy wenig erfreut.

Verwirrt blickte die Katze zwischen dem roten und dem schwarzen Caet hin und her.

»Könnte mir das .... bitte einmal jemand erklären?«, stammelte sie ungläubig.

Roy kniff wütend die Augen zusammen und fauchte. »Du? Du bist Vell? Das hätte ich mir ja denken können.« Zornig peitschte sein Schwanz in alle Richtungen. »Nicht einmal deinen alten Namen hast du behalten, während du dich hier verschanzt hast.«

»Mein Sohn«, begann Vell langsam. »Ich habe mich keineswegs verschanzt, wie du es so schön nennst. Ich war hier. Im Gegensatz zu dir!« Das klare, glatte Poltern seiner Worte glitt Fiara eisig durch die Venen. Noch nie hatte sie Vell so gezielt und gleichzeitig aufgebracht sprechen gehört.

»Ich war bei meinen Freunden, meiner Familie! Dasselbe kann man übrigens von dir nicht sagen«, warf Roy seinem Vater zischend vor die Füße.

Die beiden Caet starrten sich ohne zu blinzeln in die Augen und die Anspannung in der Luft machte es Fiara schwer, dem Wortgefecht zu folgen.

Dann lief Vell einen Schritt auf seinen Sohn zu. Dieser legte augenblicklich die Ohren nach hinten und fauchte wild.

»Ich habe so oft gehofft, dass du hierher zurückkommst. Dass du deinen Platz einnimmst, an der Seite deines Vaters. Was glaubst du, was macht es für einen Anschein, wenn ein Anführer nicht einmal seinen eigenen Sohn bei sich behalten kann? Ohne dich hatte ich keine Chance, den Thron zurückzuerobern!«

Einen Moment lang glaubte Fiara, dass Roy seinen Vater angreifen würde, so wild peitschte sein Schwanz. Seine Schnurrhaare wackelten und er überlegte, was er nun erwidern sollte.

Du hast Mutter zurückgelassen. Du hast mich schon viel früher verloren, als du glaubst.

Die giftigen Gedanken drangen in Fiaras Kopf und sie wich einen Schritt zurück.

»Schluss jetzt!«, rief sie. »Ihr benehmt euch wie kleine Kinder!« Dann wandte sie sich an Roy. »Sag deinem Vater endlich, weswegen du wirklich wütend auf ihn bist. Verdammt noch mal, er kann keine Gedanken lesen!«

Vell blickte die beiden fragend an.

»Und du, wieso hast du mir nicht von Anfang an gesagt, wer du bist? Wie soll ich dich nennen, jetzt da ich weiß, dass Vell überhaupt nicht dein richtiger Name ist? So gewinnt man keine Freunde.« Fiara Puls raste und sie hoffte inständig, dass die beiden endlich zur Vernunft kamen.

Einen Augenblick lang herrschte Stille in der Höhle.

»Ich heiße Verell«, sagte der rote Caet schließlich. »Es tut mir leid, dass ich dir nicht die ganze Wahrheit gesagt habe, aber ich war mir nicht sicher, ob ich dir vollends vertrauen kann, mhm. Das musst du doch auch verstehen, oder?«

Roy schnaubte, doch Fiara warf ihm gleich darauf einen warnenden Blick zu. »Wieso hast du Mutter damals zurückgelassen?«, fragte der schwarze Caet, während er seinen Vater immer noch mit gebleckten Zähnen anstarrte.

»Ich habe sie nicht einfach zurückgelassen, mhm«, entgegnete Verell traurig. Fiara konnte sehen, dass dieses Gespräch mehr und mehr an seinen Nerven zehrte. Seine Augen füllten sich mit Tränen. »Deine Mutter war eine tapfere, wunderschöne Caet. Als der Jäger sie erwischte, waren ihre letzte Worte, dass ich dich retten soll.«

Der alte Kater senkte seinen Kopf. Die Anspannung verschwand aus seinem Körper und der Schmerz in seinen Gedanken und

Worten trieb auch Fiara Tränen in die Augen. »Und das tat ich, mhm. Ich brachte dich hier in das Lager in Klevefelz und die Wächter machten mich zu ihrem Anführer. Ich hatte keine Wahl, verstehst du? Der Jäger hätte uns sonst auch noch geschnappt!« Große, runde Tränen kullerten an seinem Fell entlang und bahnten sich ihren Weg hinab zum Kinn.

»Ich … ich hatte ja keine Ahnung«, sagte Roy völlig perplex, während er immer wieder ungläubig seinen Kopf schüttelte.

Fiara las aus seinen Gedanken, dass er sich schämte.

Auch aus seinem Körper wich mehr und mehr die Anspannung. Trotzdem spürte die Katze, dass der schwarze Kater noch immer eine Menge aufgestauter Wut in sich trug.

»Darf ich euch jetzt helfen oder wollt ihr mich noch immer wie einen räudigen Fuchs davonjagen?«, hakte Verell mit feuchten Augen nach.

Fiara war die Erste, die wieder aus ihrer Starre erwachte. »Du hast gesagt, ich soll zum Thron gehen. Aber ich habe keine Ahnung, was genau ich hier tun soll.«

Die Katze blickte ihn fragend an.

»Mhm«, machte Verell, als er ein paar Schritte näher zum Thron kam. Er lief zwischen Fiara und Roy hindurch und die silberne Katze war froh, dass der schwarze Caet seinen Vater nicht anzuspringen drohte. »Hier sind die Runen, von denen wir gesprochen haben«, ergänzte der alte Caet. »Du hast gesagt, dass es im Mondfels eine fünfte Rune gab. Hier aber sind nur vier, mhm.« Er blickte Fiara aus den Augenwinkeln heraus an.

»Es gab Erde, Feuer, Luft und Wasser. Und ein in sich verschlungenes Zeichen – in den Wächter-Chroniken stand, dass es sich dabei um die ›Seele‹ handeln soll«, erzählte sie an Verell gerichtet.

»Mhm«, machte dieser nur und schien zu überlegen.

»Wir haben nicht mehr viel Zeit«, drängte Roy.

»An dem Tag, an dem die Wächter uns verlassen haben, sind sie nicht mehr aus der Höhle des Anführers herausgekommen, mhm«, sagte Verell schließlich.

Roy und Fiara tauschten unwissende Blicke.

»Ich kann euch nicht sagen, was damals geschehen ist, aber ich bin mir sicher, dass es etwas mit dem Thron hier zu tun hat.«

»Und wenn sie bereits tot sind?« Fiara sprach endlich aus, was sie schon seit längerem vermutet hatte. *Was, wenn es schon längst zu spät ist?*, schoss es ihr durch den Kopf.

Verell schüttelte den Kopf, als er eine Runde um den steinernen Thron lief. »Es muss etwas mit diesen Runen zu tun haben.« Einen Moment lang schien der alte Caet den Atem anzuhalten. »Hast du mal versucht, die Runen mit der Pfote entlangzufahren?«, schlug er nachdenklich vor.

»Bisher nicht, aber es kann nicht schaden ...«

Wieso ist mir das nicht selbst eingefallen? Auf dem Mondfels hat es ja auch funktioniert. Schnell schob Fiara den störenden Gedanken beiseite und ging so nah an den Stein heran, dass sie die Zeichen darauf mit Leichtigkeit berühren konnte. Sie merkte, wie ihr Herz begann, schneller zu schlagen, als sie das Symbol des Feuers vorsichtig nachfuhr.

»Das bringt doch nichts«, entgegnete Roy ungeduldig.

»Du kannst ja gerne einen anderen tollen Vorschlag bringen, mhm«, konterte Verell trocken.

Roy schnaubte und dachte nach. »Hast du dich mal auf den Thron gesetzt?«, fragte er mit völlig ernster Miene.

Fiara und der alte Kater starrten ihn ungläubig an.

»Dein Ernst?«, fragte die Katze überrascht, doch Roy zuckte nur mit den Achseln.

Was soll's, schaden kann es nicht, dachte Fiara, als sie mit einem geschmeidigen Sprung auf dem kalten Stein Platz nahm.

Von hier oben sieht alles so seltsam aus. So klein. Obwohl der Thron gar nicht so groß ist.

Sie ließ ihren Blick durch die große Halle schweifen. »Da passiert nichts«, sagte sie niedergeschlagen, nachdem sie einige Augenblicke gewartet hatten.

»Da, seht doch!«, rief Roy, der hinter dem Thron stand. »Hier sind ... Spuren. Tiefe Rillen. Als ob jemand etwas Schweres zur Seite geschoben hat.«

Fiara und Verell kamen zu dem schwarzen Kater gelaufen.

Tatsächlich, da waren tiefe Furchen in den festen Stein am Boden geschnitten. Der Thron muss regelmäßig bewegt werden!

Alle drei sahen sich gleichzeitig an und wussten, dass sie in diesem Moment das Gleiche dachten.

»Fiara, die Rune – erinnerst du dich an die fünfte?« Verells Augen hatten auf einmal etwas Stürmisches an sich. Der alte Caet sah plötzlich überhaupt nicht mehr so alt aus.

Fiara nickte schnell. »Das verschlungene Unendlichkeitszeichen«, flüsterte sie ehrfürchtig.

»Hier, rechts unter dem Luftzeichen ist noch Platz. Versuche, es mit deiner Kralle in den Stein zu gravieren.«

Roy machte große Augen. »Glaubst du wirklich, dass –?« Doch bevor der Kater seinen Satz beenden konnte, schallte bereits das Klicken von Fiaras Kralle im Thronsaal wider.

Gebannt blickten Vater und Sohn auf die geschwungenen Linien, welche die silberne Katze im Schein des spärlichen Feuers in den Stein ritzte.

Als Fiara die letzte Linie mit ihrer ersten verband, ging sie einen Schritt zurück und wartete.

Nichts geschah.

»Das ist also auch ein –«

WUSCH!

Ein lauter Windhauch unterbrach Roys Worte und sorgte dafür, dass schlagartig die meisten der noch brennenden Fackeln erloschen.

»Was bei den Wächtern –?« Mehr konnte Verell nicht sagen, denn da hörten die drei bereits ein klickendes Schrammen.

Ein Quietschen.

Und dann bewegte sich plötzlich der Thron wie von Geisterhand nach hinten. Ein klaffendes, dunkles Loch kam dort zum Vorschein, wo sich eben noch der Sitz des Herrschers befunden hatte.

Das darf nicht wahr sein, dachte Fiara.

»Wie?« Verell war der Erste, der wieder Herr seiner Sinne wurde.

Zielstrebig lief der alte Kater zur letzten Fackel, die noch in dem Saal brannte, und nahm sie aus der Fassung. Dann trug er sie zu Fiara herüber, die noch immer wie gebannt vor dem endlos wirkenden Abgrund stand.

»Hier, Wächterin«, sagte Verell, nachdem er der Katze das Feuer überreicht hatte. Es war das erste Mal, dass er sie so nannte, und Fiara musste zugeben, dass es sich seltsam anhörte.

Sie blickte ihn mit aufgerissenen Augen an. »Ich? Aber was –?«

Auch Roy lief nun einen Schritt näher an sie heran. Die Wärme seines Körpers gab ihr ein Gefühl von Sicherheit. »Danke«, wisperte sie kaum hörbar.

»Leuchte hinein«, ermutigte sie der alte Kater.

Und sie gehorchte.

Vor ihnen führten steinerne, geschwungene Stufen hinab in den tiefen Abgrund.

»Da runter?«, fragte Fiara in der Hoffnung, dass ihr diese Reise erspart bleiben würde.

»Da runter«, entgegnete Verell überzeugt.

»Ich bin bei dir«, flüsterte Roy Fiara zu, während er seinen Schwanz mit dem ihren umschlang. Er wich ihr nicht von der Seite, als sie die glatte, kalte Treppe hinunterstiegen. Sein weiches Fell drückte sich fest gegen ihre Flanke.

Sofort rührte sich wieder die flatternde Wärme in Fiaras Innerem und ihre Schnurrhaare vibrierten im Takt seines Herzschlages.

Dicht hinter ihnen bildete Verell den Schluss. Der ehemalige Anführer drehte sich immer mal wieder prüfend um.

Auch wenn Verell stets taff wirkt, ich bin mir sicher, dass auch er dies hier nicht auf die leichte Schulter nehmen kann.

Der Weg schien endlos zu sein. Fiara konnte nicht sagen, wie lange sie schon Stufe für Stufe nach unten gestiegen waren. Es war kalt und es roch nach modrig feuchtem Keller.

Hier kann doch niemals jemand überleben, dachte sie.

Und dann waren sie plötzlich an der letzten Treppenstufe angekommen. Das Fackellicht erhellte allerdings immer nur einen kleinen Bereich um die Caet herum, weshalb es den dreien nicht möglich war, den Raum im Ganzen zu sehen.

Ein bisschen mehr Licht hier unten wäre wirklich gut, dachte Fiara, als sie die Fackel im Maul vorsichtig hin und her schwenkte.

»Es kann nicht sehr groß sein«, bemerkte Verell, der dicht hinter ihnen stand.

Da riss sie ein unvermitteltes Schaben aus dem Gespräch.

Fiaras Ohren wackelten vor und zurück. Und auch wenn sie mit ihren Katzenaugen bei spärlichem Licht gut sehen konnte, so fiel es ihr in diesem Loch doch merklich schwer, sich zurechtzufinden.

»Meint ihr, sie wurden hier hinuntergeworfen?«, fragte Fiara leise. Die Frage rutschte ihr einfach heraus.

»Falls ja«, entgegnete Verell rau, »dann werden sie den Fall nicht überlebt haben.« Eine eisige Kälte kroch ihr durch den gesamten Körper.

Sie müssen überlebt haben. Das müssen sie einfach.

Das Geheimnis einer Lüge

Erneut vernahm Fiara ein schleifendes Geräusch. »Hört ihr das auch?«

Verell und Roy verhielten sich still und spitzten die Ohren.

»Nein, ich höre nichts«, antworteten sie beide wie aus einem Munde.

Vielleicht kann ich sie über ihre Gedanken finden ...

Die Katze presste ihre Lider aufeinander und versuchte, sich zu konzentrieren. *Kommt schon, ihr müsst einfach irgendwo hier sein.* Doch ihr Geist vernahm einzig und allein die Gedankengänge ihrer zwei Freunde.

»Na kommt, lasst uns eine Runde durch den Raum hier gehen. Vielleicht geht dieser Weg ja noch tiefer in den Untergrund«, schlug Verell vor.

»Zu lange dürfen wir nicht brauchen, denkt an das Mondfest. Irgendwann könnte es auffallen, dass Fiara –«

»Psst!«, machte die Katze und lauschte. »Ich glaube, es kommt ... aus dieser Richtung.« Fiaras Stimme war nicht mehr als ein Flüstern. Mit ihrer Schwanzspitze wies sie nach links und das bestätigende Nicken ihrer Freunde zeigte ihr, dass sie folgen würden.

Vorsichtig liefen die drei Caet einige Schritte, bis Fiaras Pfoten an etwas Hartes stießen.

»Aua! Was –?« Sie hob reflexartig ihre Vorderpfote und leuchtete mit der Fackel auf die Stelle, gegen die sie gerade gestoßen war. »Das ist ... eine steinerne Schale. Es ist sogar noch etwas Wasser darin, seht!«

Roy und Verell blickten den Stein mit großen Augen an. Der rote Kater schnupperte prüfend daran und nickte dann.

»Das ist noch frisch. Das ist kein altes Wasser, mhm.«

»Dann leben sie noch! Ganz bestimmt!«, japste Fiara freudig. Jetzt wurde auch Roy deutlich aufgeregter.

Die Katze spürte, wie seine Gedanken wild umherwanderten und sich sein Herzschlag immer weiter beschleunigte.

Vielleicht hat mein Vater gelogen. Vielleicht ist meine Mutter gar nicht tot, sondern wurde nur aus irgendeinem Grund mit in dieses Loch geworfen. Roy Gedanken hämmerten gegen Fiaras Kopf.

Ein Seufzen entglitt ihrer Kehle.

Armer Roy. Ich glaube kaum, dass Verell ihn hierbei angelogen hat, dachte sie besorgt. Zugleich konnte sie sich nicht durchringen, ihm diese Hoffnung zu nehmen. Wer war sie auch, darüber zu entscheiden? *Und so abwegig ist es dann auch wieder nicht, um es vollkommen auszuschließen. Mittlerweile glaube ich irgendwie, dass alles möglich ist.*

Ein leises, gequältes Stöhnen holte Fiara aus ihren gegensätzlichen Gedanken. Verwundert drehte sie sich um und erstarrte.

Das, was sie da zu ihrer Linken sah, ließ sie quietschend aufschreien.

»Alles okay?«, fragte Roy besorgt, als er mit einem kurzen Satz an ihre Seite eilte. Dann versteinerte sich auch seine Miene.

Verell drehte sich ebenfalls um, schloss die Lider und neigte leicht den Kopf. »Ein Wächter«, flüsterte er ehrfurchtsvoll.

»D-d-d-das?«, stotterte Fiara schockiert.

Ihre Augen konnten sich einfach nicht vom erbärmlichen Anblick des gefesselten, abgemagerten Caet lösen, der keinen Sprung weit entfernt hilflos an der Wand des Raumes lehnte.

Wir haben sie gefunden, dachte Fiara froh und zugleich erschrocken. *Aber er sieht so furchtbar aus.*

Die Katze zitterte kaum merklich. Ein kalter Schauer lief ihr über den Rücken und sie spürte, wie sich ihr Fell aufstellte. *Er muss hier unten das Schlimmste durchgemacht haben.*

Der alte Kater lief schnurstraks zum Wächter herüber. »Wächter«, begann er voller Ehrfurcht. »Bitte verzeih mir, dass es so lange gedauert hat.«

Der dunkle, schwach aussehende Caet bewegte sich nicht, aber Fiara sah, dass sich seine Brust langsam hob und senkte.

»Lasst uns seine Fesseln lösen«, sagte Verell behutsam, wartete jedoch mit der angekündigten Handlung.

»Okay«, sagte Fiara, die sich so langsam aus ihrer Starre befreite. Ungläubig schüttelte sie ein paar Mal den Kopf. Dann sprach aus ihr endlich wieder die Entschlossenheit. »Die anderen müssen bestimmt hier in der Nähe sein.«

»Nicht so vorschnell.« Verell versperrte ihr mit seinem Schwanz den Weg.

Fragend blickte Fiara ihn an.

»Warte.«

»Wir haben keine Zeit!«, warf Roy ungeduldig ein.

»Warte«, sagte Verell erneut, als er seinen Blick wieder auf den vor sich liegenden Wächter richtete.

Der Kater hatte trübe Augen, das konnte Fiara selbst im schwachen Licht der Fackel erkennen. Prüfend, fast flehend, schaute der alte Anführer auf den schwachen Caet.

Dann rührte er sich. Der Wächter hob langsam, beinahe in Zeitlupe, seine staubigen, verknoteten Pfoten an, nur um sie gleich darauf wieder schlaff auf den kalten, steinigen Boden fallen zu lassen.

Verell nickte. »Wir haben seine Zustimmung erhalten, mhm.«

»Diese Eisenketten werden wir niemals öffnen können«, sagte Roy und senkte den Blick.

Bevor Fiara etwas entgegnen konnte, schoben sich bereits Verells Gedanken in ihren Kopf.

Wir haben zwar keinen Schlüssel, unsere Krallen sollten dafür aber gut genug sein.

Fiaras Augen wurden groß. »Natürlich!«, rief sie plötzlich.

Roy und Verell blickten sie leicht verdattert an.

»Du hast doch gerade gesagt, mit unseren Krallen können wir –«

»Du hast meine Gedanken gelesen, mhm. Und das, ohne mich zu fragen.« Verells enttäuschte Stimme jagte ihr eine Gänsehaut über den Rücken.

»Entschuldige bitte«, erwiderte Fiara kleinlaut. »Manchmal habe ich meine Fähigkeit noch nicht so gut unter Kontrolle.« Sofort breiteten sich Schuldgefühle in ihrem Inneren aus, doch sie bemerkte, wie sich

Roys Schwanz vorsichtig auf ihren Rücken legte. Er war da und dafür war sie mal wieder wahnsinnig dankbar.

Verell nickte knapp. »Schaut genau zu, wie ich es mache.«

Mit einem eisernen Klicken steckte er eine seiner Krallen in das Schloss, das dem Wächter seine Beinfreiheit nahm. Ein weiteres Klicken signalisierte gleich darauf, dass es funktionierte.

»Wahnsinn!«, staunte Fiara.

»Jetzt du. An seinen Vorderpfoten, mhm.«

Vorsichtig ging Fiara einen Schritt auf den Wächter zu und fuhr eine Kralle aus. Als hätte sie nie etwas anderes gemacht, öffneten sich auch diese Fesseln nach nur wenigen Sekunden. Ein wenig stolz auf ihre neuen Schlossknackerkünste streckte sie ihren Schwanz in die Höhe.

»Schaut euch genau um, mhm. Hier muss es noch weitere Wächter geben.«

Auf Verells Kommando hin streiften sie weiter durch den Raum, immer an der Mauer entlang, und tatsächlich fanden sie noch zwei weitere, genauso abgemagerte Wächter auf dem Boden liegen.

Eine weiße, kleinere Katze mit blauen Augen und einen grau getigerten Kater mit gelb leuchtenden Iriden.

Auch bei ihnen lösten die drei Freunde die Fesseln, gaben ihnen Wasser aus der Schale zu trinken und warteten kurz, damit sie sich an die Freiheit ihrer Gelenke gewöhnen konnten. Bisher hatte keiner der anderen Caet zu ihnen gesprochen.

***

Sie mussten die Wächter stützen, als sie alle zusammen die lange, steile Treppe nach oben liefen.

Verell war der Erste, der dort ankam. Er legte den schwächlichen, braunen Kater vorsichtig im Thronsaal ab und nahm dann Fiara die Fackel aus dem Maul, sodass sie mehr Kraft für das Stützen der weißen Katze aufwenden konnte.

Als Fiara die letzte Stufe erreichte, sog sie gierig die deutlich frischere Luft der Höhle ein.

Auch sie legte die Wächterin, die sie gerade noch gestützte hatte, behutsam auf den steinigen Boden des Saales. Sie seufzte erleichtert, als der Druck, den das Gewicht der Caet auf ihre Schulter ausgeübt hatte, nicht mehr auf ihr lastete.

Sie wirken völlig apathisch. Wie sollen wir nur mit solch schwachen Wächtern irgendetwas gegen Joels Herrschaft ausrichten? Es wird Monde dauern, sie wieder aufzupäppeln.

Zwar waren es Roys Gedanken, die sich hier in ihren Geist schlichen, trotzdem nickte Fiara zustimmend.

Ihr Blick glitt über die kleine, schwächliche Katze, welche teilnahmslos und mit leeren Augen auf den Boden starrte.

Vorsichtig ging Fiara einen Schritt auf die zusammengekauerte Caet zu und berührte ihr verkrustetes Fell instinktiv mit der Nase. Sie konnte nicht sagen, wieso, aber irgendetwas tief in ihrem Inneren sagte ihr, dass sie ihre Durchblutung stimulieren sollte. Und so begann sie, die kleine Wächterin rhythmisch zu putzen.

Verell und Roy schauten sie verwundert an, verstanden aber ziemlich schnell, dass Fiara da einen fabelhaften Einfall gehabt hatte.

»Gar keine schlechte Idee«, brummte der alte Kater zustimmend, als er sich dem braunen Wächter zuwandte und es Fiara gleichtat.

Auch Roy machte sich an die Arbeit und für einige Augenblicke war die Höhle erfüllt von einem gleichmäßigen, sanften Schnurren, welches ausnahmslos alle Caet nun von sich gaben.

Die Fackel, die Verell zuvor neben sich auf den Boden gelegt hatte, war gerade dabei zu erlöschen, als Fiara sah, wie die weiße Wächter-Caet zum ersten Mal blinzelte.

»Ich glaube, es funktioniert!«, sagte Fiara freudig, während sie einen Moment mit dem Putzen innehielt.

Völlig unerwartet hob die Wächterin ihren Kopf.

Fiara konnte sehen, dass das Blau in ihren Augen endlich wieder etwas lebhafter wirkte.

»Wer ... Wer seid ... ihr?«, stammelte die weiße Caet mit belegter Stimme. Ein Hustenreiz offenbarte ihren immer noch sehr zerbrechlichen Gesundheitszustand.

Sofort blickten Roy und Verell zu ihnen herüber.

»Nicht aufhören!«, befahl Fiara selbstbewusst. »Es funktioniert!«

Ihre Freunde gehorchten überraschenderweise. Nicht einmal Verell hatte etwas dagegen einzuwenden.

Dann wandte sich Fiara wieder der Wächterin zu. Ehrfürchtig, so wie sie es zuvor bei dem alten Kater gesehen hatte, neigte sie ihren Kopf sanft und schloss die Augen. »Ich bin Fiara«, sagte sie mit fester Stimme. »Ich komme ursprünglich aus Graveland.«

Als die weiße Katze sie noch immer fragend anstarrte, fuhr Fiara fort: »Ich glaube, ich habe Caet-Vorfahren.« Sie fixierte das linke Ohr der Wächterin, welches in der Mitte einen tiefen Schlitz hatte. »Ich ... Wir ... Also –«

»Wie habt ihr uns her-herausgeholt?«, beendete die weiße Caet Fiaras nervöses Stammeln. Während sie versuchte, selbstständig aufzustehen, sog sie scharf die Luft zwischen ihren Zähnen ein.

Sie muss schlimme Schmerzen haben, dachte Fiara mitleidig. »Wir, also ich ...«

Sie hatte Angst. Sie hatte Angst, wie eine Hochstaplerin zu wirken, wenn sie der Wächterin sagen würde, dass sie – ausgerechnet sie – die fünfte Wächterin war.

»Sie ist die Wächterin der Seele, Maila«, nahm ihr Verell die Entscheidung ab.

Ruckartig wandte die weiße Caet dem alten Kater ihren Kopf zu. Sie schien sich unwahrscheinlich schnell zu erholen.

Die Wächterin der Seele. Fiara schluckte schwer. Sie wartete fieberhaft auf eine Reaktion der weißen Caet.

Doch Maila schwieg.

»Sie hat den Thron mit ihrer Rune verschoben?«, fragte der dunkelbraune Kater unvermittelt.

Auch dieser Wächter-Caet hob nun langsam den Kopf und schien aus seiner Starre zu erwachen.

Verell nickte.

»Fiara«, flüsterte der dunkle Caet, während sein Blick weich und beinahe liebevoll wurde.

Fiara wusste nicht, wie sie die Reaktionen der Wächter deuten sollte. In ihr herrschte ein Chaos, das von Sekunde zu Sekunde größer wurde. *Mutter*, dachte sie schließlich. Zum ersten Mal seit langem schickte sie einen Gedanken direkt an Frea. *Es zerreißt mich, Mutter.* Ihre Augen wurden glasig und ein kalter Schauer glitt über ihren Rücken. *Ich dachte, ich erhalte Antworten, wenn ich die Wächter finde. Aber ich habe das Gefühl, dass alles nur viel verknoteter wird, je weiter ich voranschreite.*

Ein warmer Pelz und der vertraute Geruch von Zedernholz holten sie schlagartig aus ihren düsteren Gedanken. Es war Roy, der ihr zärtlich seine Nase an die Wange drückte.

»Es wird gut werden. Wir sind beinahe an unserem Ziel«, flüsterte er so leise, dass nur sie es hören konnte.

Ein angenehmes Kribbeln durchzog ihren Rücken und vervollständigte ihr inneres Gefühlchaos.

»Wir müssen hinaus ins Mondlicht«, sagte Maila. Die Wächterin versuchte aufzustehen, doch als ihre Beine beim Tragen ihres Gewichts wieder zu zittern begannen, kam ihr Fiara schnell zu Hilfe.

»Wo ist Joel?«, fragte der dunkle Kater mit einem düsteren Unterton und an Verell gewandt.

»Er ist auf dem Mondfest«, entgegnete dieser.

»Das Mondfest«, hauchte der getigerte Caet sehnsüchtig.

Fast hätte Fiara ihn vergessen. »Wir ... Wir müssen Joel aufhalten«, platzte es endlich aus ihr heraus.

Der fragende Blick aller drei Wächter durchbohrte sie förmlich.

»Er will den Weg der Wechsel versperren. Selbst entscheiden, wie die Nachkommen der Caet aussehen.« Es sprudelte nur so aus der silbernen Katze heraus. »Wir haben gehofft, dass ihr das Gleichgewicht wieder herstellen könnt.«

»Er will Mensch-Caet-Hybride erschaffen«, ergänzte Roy trocken. »Und er will selbst bestimmen, wer welchen Partner hat.«

»Es ist der blanke Horror«, murmelte Verell zustimmend. »Er infiziert die gesamte Caetwelt – ganz Klevefelz – mit dem Gedanken, beide Welten beherrschen zu können.«

»Das ist Wahnsinn«, stellte Maila trocken fest.

»Aber in diesem Zustand könnt ihr doch niemals kämpfen!«, entglitt es Fiara. Ihre Stimme überschlug sich beinahe, als sie den Blick der völlig erschöpften, weißen Wächterin auffing.

»Wir müssen ins Licht des Mondes«, sagte der dunkle Caet.

»Hat der ... irgendwelche Heilkräfte?«, fragten Roy und Fiara beinahe gleichzeitig.

Maila nickte. »Was glaubst du, warum uns Joel so tief unter der Erde eingesperrt hat?« Ihre Worte waren nun nicht mehr als ein Zischen.

»Dann schnell!«, sagte Fiara.

Auch wenn sie die gesamte Situation noch immer nicht richtig verdaut hatte, sie mussten sich beeilen.

Wir haben schon so lange gebraucht. Unsicher kaute sie auf ihrer Unterlippe. Ich hoffe nur, dass mit Mila alles in Ordnung ist.

***

Obwohl die drei Wächter schon deutlich besser zu Fuß waren, stützten Roy, Verell und Fiara sie noch immer beim Hinauslaufen aus der großen Höhle.

»Du, Maila?«, fragte Fiara an die Wächterin gewandt, als sie schon von weitem das Ende des Tunnels sehen konnten.

»Ja?«

»Warum kann ich eigentlich nicht eure Gedanken lesen?«

Das schmale Lächeln der Wächterin endete erneut in einem Hustenreiz. »Jeder der fünf Wächter hat ein Element. Eine Fähigkeit, mit deren Hilfe er oder sie die Caet weise und klug leiten sollte.« Ihr Blick wurde weich. »Wir können diese Fähigkeiten nicht gegeneinander einsetzen.«

»Mhm«, machte Fiara, »deshalb konnte ich auch nicht die Gedanken von Joel lesen?«

Maila nickte.

Fiara hatte noch so viele Fragen, doch sie erreichten bereits den Ausgang der Höhle.

Die drei Freunde gingen einen Schritt zurück, als sie merkten, dass die Wächter sich draußen in einem Kreis nebeneinandersetzten und die Augen schlossen. Es wirkte wie eine Art Ritual und es wurde so still, dass Fiara beinahe Angst hatte, zu laut zu atmen.

Roy presste sich liebevoll an ihre Seite und diesmal vergrub sie ihr Gesicht in seinem seidig schwarzen Fell.

Fiara, säuselten Roys Gedanken zart und für einen Augenblick vergaß sie alles um sich herum.

Wenn es nach ihr gegangen wäre, hätte dieser Moment ewig andauern können. Doch das wär ihr nicht gegönnt.

»Sie kommen!«, brüllte Verell schlagartig und riss die beiden Freunde damit völlig aus ihrem innigen Moment.

Fiara und Roy bewegten ruckartig ihre Köpfe in Richtung Lagereingang.

Die Wächter jedoch rührten sich nicht. Tatsächlich wirkten sie – auf seltsame Art und Weise – bereits kräftiger, doch keiner der im Kreis sitzenden Caet schien es für nötig zu halten, sich zu bewegen.

Dann sah Fiara am Horizont die immer näher kommende, große Gruppe Caet. Angeführt von den bekannten Gesichtern Joel, Lira und Vero preschte die Meute in einem wahnsinnigen Tempo ins Innere des Lagers und füllte den Platz direkt vor der Anhöhe, auf der sich die drei Freunde mit den Wächtern befanden.

Fieberhaft suchte Fiara in dem Gemenge nach ihrer kleinen Freundin Mila, doch es waren einfach zu viele Caet, um sie in so kurzer Zeit zu entdecken.

Die Gedanken der aufgebrachten Caet umnebelten ungefragt Fiaras Geist. Selbst Roys Nähe half ihr nicht mehr dabei, die Ruhe zu bewahren.

Hilfe suchend blickte sie zu Verell herüber, doch dieser starrte nur gebannt auf den silberblauen Kater mit dem fehlenden Ohr, der mit aufgestellten Haaren und in Begleitung seiner treusten Wachen den Felsen erklomm.

»Wie könnt ihr es wagen!«, schrie Joel wütend, während er geräuschvoll seine Krallen ausfuhr. »Wie könnt ihr jämmerlichen Würmer es wagen, euch auf meinen Felsen zu stellen!« Der Schrei des Herrschers ging Fiara durch Mark und Bein, doch sie blieb standhaft.

Aus den Augenwinkeln heraus blickte sie zu den Wächtern herüber, welche sich noch immer kein Stück bewegten.

Mist, Mist, so ein riesiger Mist!, fluchte sie in Gedanken.

Instinktiv machte Fiara einen Katzenbuckel.

Das Licht des Mondes fiel in dieser nervenaufreibenden Situation unpassend sanft auf ihr silbernes Fell.

Sie spürte es. Fiara konnt nicht sagen wie, aber zum ersten Mal überhaupt hatte sie das Gefühl, dass sie das Mondlicht spürte.

»Ich bin bei dir, Fiara. Immer«, flüsterte Roy leise in ihr Ohr. Seine Stimme war fest, doch sie konnte die Angst in seinen Augen erkennen.

Mit einem dankbaren Seufzen vergrub sie ein letztes Mal ihre Nase in seinem dichten Fell. »Du hast mein Herz«, wisperte Fiara sanft und sie merkte, wie sich augenblicklich seine Muskulatur anspannte.

»Ich werde euch töten, ich werde euch alle töten!«, fauchte Joel ihnen wild entgegen.

Mittlerweile waren er, Lira und Vero in einen Sprint übergegangen und nur noch wenige Katzensprünge von ihnen entfernt.

Fiaras Körper bebte. »Wir brauchen euch!«, rief sie den Wächtern hilflos entgegen. »Bitte, bitte helft uns!«, flehte sie mit brüchiger Stimme.

Doch die Wächter bewegten sich nicht.

Diese verdammten Wächter bewegten sich einfach nicht.

Mutig stellten sich die drei Freunde schützend vor die Wächter. Die Haare aufgestellt, die Zähne gebleckt und die Augen zu schmalen Schlitzen verengt.

Fiara war bereit für den Kampf. Bereit, für etwas zu kämpfen, das niemals wirklich ihr Zuhause gewesen war und das sich trotzdem so sehr danach anfühlte. Bereit, dafür zu sterben.

Für die Familie, die sie nie gehabt hatte.

Und sich doch immer so sehr gewünscht hatte.

Leben und Tod

Ein Sprung. Dann ein reißender, heißer Schmerz in ihrer linken Flanke.

Fiara schnappte gierig nach Luft, als Veros Krallen tief in ihr Fleisch schnitten.

Endlich. Endlich kriegst du all das, was ich dir so lange versprochen habe. Seine Gedanken polterten kraftvoll gegen ihren Geist und ein Wimmern entglitt ihrer Kehle.

Da! Ein heller Pelz glitt vor ihren Augen vorbei und schubste Vero von ihr herunter. Samsa!

Die große, kräftige Caet kam ihrer Freundin zu Hilfe.

Flüchtig blickte sich Fiara um. Niemand sonst schien ihnen helfen zu wollen. Die anderen Caet standen noch immer wie festgewurzelt am Fuß des Felsens und redeten wirr aufeinander ein. Unsicherheit lag in der Luft, das fühlte Fiara.

Und wo ist eigentlich Nala?

Dann fiel ein Tropfen auf ihre Nase. Regen.

Die Katze hob ihren Kopf und sah, wie sich der Morgenhimmel augenblicklich verdunkelte.

Auch der Mond, der bis gerade eben noch so hell geleuchtet hatte, war mit einem Mal von den grauen Wolken verdeckt.

Ein lautes Kreischen zerriss das rhythmische Prasseln des immer stärker werdenden Regen.

Verell! Fiaras Augen weiteten sich. Lira und Lyk hatten sich auf den alten Anführer geworfen und bearbeiteten ihn mit ihren Fangzähnen.

Schnell eilte Fiara an seine Seite. Ihr Puls raste, die Muskeln zitterten. Mit wild peitschendem Schwanz sprang sie auf die rostbraune Caet, sodass diese mit einem vibrierenden Fauchen von Verell abließ.

»Du!«, zischte Lira wütend. »Ich habe von Anfang an gesagt, dass du nur Unglück über uns bringen wirst!«

Fiara konnte nicht sagen, ob es der Regen oder der Speichel der Katze war, welchen sie jetzt auf ihrem Gesicht spürte. Wahrscheinlich beides.

»Was Joel hier macht, ist nicht richtig!«, schrie Fiara ihr mutig entgegen.

Lira knurrte. »Du hast hier überhaupt nichts zu melden.«

Durch das in ihren Ohren rauschende Blut fiel es der silbernen Katze zunehmend schwerer, die Worte der stellvertretenden Anführerin zu verstehen. Das drückende Pulsieren ihres Herzschlags vermischte sich mit dem Kreischen und den schmerzerfüllten Schreien ihrer Freunde. Sie waren ihren Gegnern unterlegen.

Aus den Augenwinkeln sah sie, wie Verell bewegungslos am Boden lag.

Wir werden es nicht schaffen, schoss es ihr ängstlich durch den Kopf.

Da stoppte der Regen unvermittelt. Und mit Fiaras nächstem Atemzug ergoss sich ein gebündelter Wasserschwall über die rostbraune Katze.

Fiara zuckte zusammen und ging überrascht einen Schritt zurück.

»Wir sind da«, sagte Maila hinter ihr.

Fiara drehte sich um und warf der weißen Katze einen überraschten, aber dankbaren Blick zu.

»Narren!«, rief die tropfnasse Caet Fiara und der anderen Wächterin wütend entgegen. »Glaubt ihr, dass ihr mich mit etwas Wasser bändigen könnt?«

Jetzt gesellte sich auch Joel dazu. Er hatte Verell einfach am Boden liegen gelassen und hechtete nun mit einem großen Sprung auf Fiara zu.

Ein Blitz zuckte am Himmel und schlug in einen nahe gelegenen Baum ein. Feuer entfachte.

Feuer. Nein. Fiaras Gedanken rasten.

Noch bevor Maila etwas tun konnte, hatte Joel bereits das Feuer unter seine Kontrolle genommen.

Von unten hörte man Gejubel – aber auch besorgte Schreie. Das Volk der Caet war gespalten, doch Joel wusste damit umzugehen.

Er lenkte seinen Sprung in letzter Sekunde von Fiara ab und landete eine Katzenlänge weit entfernt am vorderen Teil des Felsvorsprungs.

»Ihr alle!«, rief er vom Felsen hinab in das Getümmel. »Folgt mir in den Kampf, verteidigt euren Wächter gegen diese Aufsässigen!«

Der Anführer steuerte das Feuer mithilfe seiner Gedanken. Er schloss die Augen und Fiara sah, wie die Flammen größer wurden. Breiter. Heißer.

Obwohl Maila stetig versuchte, das Regenwasser in Richtung des Feuers zu leiten, konnte doch kein Element das andere besiegen.

Das Gemurmel unter den Caet wurde lauter. Hilflose und unschlüssige Blicke streiften Fiaras Augen und die unsicheren Gedanken der vielen Katzen ließen die Wächterin schwanken.

Plötzlich spürte sie eine stützende Flanke an ihrem Rücken. *Roy?*

Fiara drehte sich um. Nein, es war der dunkelbraune Kater, der sie durchdringend ansah.

»Lass sie an dir vorüberziehen, wie dunkle Wolken«, riet er ihr ruhig.

»Bist du der Wächter der Erde?«, frage Fiara hechelnd.

»Ich bin das und noch einiges mehr«, flüsterte er. Dann schloss er die Augen und der Weg hinauf zur Anhöhe wurde mit einem heftigen Schlag von großen Steinbrocken versperrt. »Das hier ist ein Kampf zwischen uns Wächtern. Das Volk hat hier nichts zu suchen«, erklärte er.

Fiara nickte.

»Wie kannst du es wagen, Irden!«, fauchte Joel, der gesehen hatte, was der Erdwächter getan hatte.

Der dunkelbraune Caet stellte sich dem Herrscher mutig entgegen. »Hör auf, Unschuldige mit reinziehen zu wollen«, entgegnete er noch immer ruhig.

Joel bleckte die Zähne. »Lira, Lyk, Vero! Herkommen!«, rief er seine Wachen zusammen.

Die drei Caet gehorchten und ließen von ihren Gegnern Roy, Samsa und Maila ab.

»Beschützt euren Anführer«, befahl er und trat einen Schritt hinter sie.

»Das ist feige!«, brüllte Fiara. »Komm heraus und stell dich uns gefälligst!«

»Keine Angst, es wird schnell gehen«, zischte Lira. Fiaras Augen wandten sich an Lyk.

»Lyk, erinnerst du dich an unser Gespräch am Baum der Wechsel?«

Der dreifarbige Kater zog die Augen zu schmalen Schlitzen zusammen.

»Jetzt ist es Zeit, die richtige Seite zu wählen. Den Krieg zu beenden. Sieh doch! Die Wächter sind da!« Fiara zeigte mit ihrer Schwanzspitze in Richtung der Wächter.

Joel, Lira und Vero blickten den Kater warnend an.

»Wag es ja nicht!«, herrschte Joel ihn an.

Doch Lyk schien wirklich darüber nachzudenken.

Fiaras Augen wurden flehend.

Lyks Gedanken offenbarten ihr, dass er kurz davor war, die Seite zu wechseln.

Der Wind um sie herum rauschte und der Regen, den Maila unter ihrer Kontrolle hatte, preschte ungezügelt auf die Gegner ein. Nur Joel blieb verschont.

Wächter können anderen Wächtern mit ihren Fähigkeiten nichts antun, erinnerte sich Fiara.

»Greift sie an!«, brüllte Joel.

Lira drückte sich eng an den Boden, die Hinterbeine angespannt und bereit zum Sprung.

Lyk jedoch nicht. Er hob eine Pfote und machte den ersten Schritt in Richtung der Wächter.

Roy knurrte, aber Fiara bedeutete ihm zu warten.

Sie hörte Lyks Gedanken. Sie hörte, was andere nicht hörten.

Für die Wächter, schallte die Stimme des dreifarbigen Katers in ihrem Kopf.

Und dann lief Lyk erhobenen Hauptes zu ihnen hinüber. Er stellte sich neben Fiara, senkte ehrfurchtsvoll seinen Kopf und richtete sich dann mit gezückten Krallen gegen Joel.

»Verräter«, knurrte der Herrscher.

Jetzt waren es nur noch er, Lira und Vero gegen vier Wächter, Roy, Verell, Samsa und Lyk.

Dann wandte er sich unvermittelt an den Erdwächter. »Wer hat euch befreit?«, fragte er. »Wenn ihr mir denjenigen ausliefert, verspreche ich euch, dass ihr nicht sterben müsst.«

»Ich war das!«, rief Fiara, noch bevor irgendjemand anderes etwas sagen konnte. Roy funkelte sie wütend an.

»Dachte ich es mir doch.« Joel schmunzelte. Dann glitt sein Blick wieder zu dem dunkelbraunen Kater. »Du musst es ihr sagen, Irden«, sagte er plötzlich ganz ruhig.

Fiara schaute verwirrt zwischen den beiden Wächtern hin und her.

»Hör auf abzulenken!«, sagte Irden.

»Wir sind stärker als du und das weißt du.« Maila war es, die nun sprach.

»Gib auf, Joel«, sagte der getigerte Wächter.

»Ah, Finn ist also auch da. Wie schön. Ist die ganze Familie beisammen.« Sein sarkastischer Unterton war nicht zu überhören.

»Mama!«, piepste plötzlich eine Stimme von unten.

Mila?

»Mama, Mama!« Die kleine, schwarze Katze zwängte sich aus der Menge und hüpfte freudig auf und ab.

»Mila! O Mila!« Maila drehte sich um und Fiara sah, wie ihre Augen glasig wurden.

»Ich werde niemals aufgeben«, schrie Joel, als er in einem unvorhersehbaren, schnellen Sprung auf Maila zuhechtete und die Wasserwächterin den Felsvorsprung hinunterstieß.

Fiara hielt den Atem an.

Ein Schrei zerriss die bis dahin noch gebändigten Geräusche des Regens.

»Nein!«, rief die Katze und warf sich blindlings auf den Feuerwächter. Nun gab es kein Halten mehr. Lira und Vero hatten keine Chance gegen Roy und Samsa und so schlossen sich Finn und Irden der Seelen-Wächterin an.

Zu dritt waren sie dem Herrscher überlegen. Es ging schnell. Viel zu schnell für Joel, der nach wenigen Sekunden hilflos auf dem Boden lag. Auf drei seiner Pfoten stand ein Wächter.

»Das werdet ihr bereuen!«, drohte er trotz seiner ausweglosen Situation.

»Bringen wir ihn dorthin, wo er hingehört«, sagte Irden.

Alle Beteiligten nickten zustimmend.

»Und was machen wir mit Lira und Vero?«, fragte Roy schwer atmend.

»Die dürfen ihren Herrscher begleiten.«

Fiara wusste, was das bedeutete. »Ihr wollt sie in das Loch werfen?«, sagte sie erschrocken. »Wollt ihr wirklich genauso schlimm sein wie er?«

»Er muss seine Strafe bekommen.« Jetzt meldete sich Finn zu Wort. »Wie die aussehen wird, werden wir später noch entscheiden. Jetzt muss er aber erst mal eingesperrt werden.«

Fiara knetete unschlüssig den Boden.

»Kriegst du jetzt etwa Mitleid mit mir, du schäbiger Mensch?«, herrschte Joel sie an.

»Los jetzt!«, befahl Irden und die anderen Wächter taten wie ihnen geheißen.

Fiara jedoch rannte zu dem immer noch bewusstlosen Verell.

Roy ersetzte flink ihre Stelle, um Joel festzuhalten.

»Spinnst du?«, rief Finn wütend an Fiara gerichtet.

»Er braucht Hilfe! Und was ist mit Maila?« Fiaras Augen füllten sich mit Tränen.

»Ich bleib hier. Ich kümmere mich«, sagte Roy. »Ich kenne mich mit Kräutern und Wunden gut aus.«

Irden nickte. »Ihr da!« Er sah zu Samsa und Lyk. »Schnappt euch diese Nichtsnutze und folgt uns.«

Damit meinte er die am Boden liegenden Caet-Wachen Lira und Vero. Sie sahen wahnsinnig mitgenommen aus und Fiara war sich nicht mal sicher, ob sie zu Joels Höhle laufen konnten, selbst wenn Samsa und Lyk sie stützen würden.

Auch sie gehorchte. Die Katze ging widerwillig zurück zu Roy und packte Joels Pfote mit dem Maul, sodass der schwarze Kater zu Verell hechten konnte. Ein Blick in seine Augen sagte ihr, dass er alles unter Kontrolle haben würde.

Mach dir keine Sorgen, flüsterte er in Gedanken.

Dann machten sie sich auf in den Thronsaal.

***

Drinnen angekommen bemerkte Fiara, dass sie völlig vergessen hatten, den Thron wieder auf das Loch zu schieben. Umso einfacher würde es jetzt für sie sein.

»Ab nach Hause«, sagte Irden, als sich die Gruppe hinab in den Abgrund machte. Es sollte ein Witz sein, Fiara fand die Bemerkung aber absolut unpassend.

Der Erdwächter hatte eine Fackel aus der Halterung genommen und führte die Gruppe nun die Treppe hinunter.

Die nächsten Augenblicke zogen nur so an Fiara vorbei und obwohl Roy gerade nicht an ihrer Seite war, hatte sie das Gefühl, als wäre sie nicht allein..

»Hier könnt ihr sie lassen«, sagte Irden, dann wandte er sich an Lira und Vero. »Spielt keine Spielchen«, warnte er sie, bevor er die wenigen Wurzeln, die sich durch die Erde bis in dieses Loch gegraben hatten, wachsen ließ. Sie wuchsen, wurden länger und länger, bis sie sich wie von Zauberhand um die Pfoten der beiden Caet rankten.

Da Joel immun gegenüber Irdens Fähigkeiten war, bekam er die eisernen Fesseln zu spüren.

Genau wie die anderen Wächter zuvor, konnte er sich nun kaum noch bewegen.

Irden drehte sich zu Fiara um, die ihn wortlos anstarrte. »Es muss sein«, sagte er.

Die Katze spürte Samsas Nähe, als ihre Freundin ihr zart über die Ohren leckte. »Wir haben es geschafft«, sagte sie sanft.

»Ihr werdet das bereuen«, drohte Joel. »Das ist nicht das Ende.«

»Sagt der, der gefesselt in einem Loch liegt«, entgegnete Finn schmunzelnd.

Fiara drehte sich um und rannte die Treppe hoch. Sie konnte diesen Anblick nicht mehr ertragen. Hinter sich hörte sie die schnellen Schritte ihrer Freundin.

»Warte, Fiara!«, rief Samsa der Wächterin hinterher. Doch die Katze dachte nicht daran, stehen zu bleiben.

Fiara rannte. Sie rannte durch den Thronsaal, hinaus aus der Höhle und blieb dann draußen nur stehen, weil die Steine ihr den Weg nach unten versperrten.

»Alles okay?«, fragte Roy besorgt, als er sah, dass Fiara völlig gehetzt und mit Tränen in den Augen aus der Höhle geprescht war.

»Okay? Gar nichts ist okay!«, schrie sie. »Verell liegt bewegungslos am Boden und Maila, die Mutter meiner Freundin Mila, ist wahrscheinlich tot! Was ist daran okay?« Heiße Tränen rannen ihr die Wangen hinunter, als Roy ihr ein paar Schritte entgegenkam.

»Mein Vater wird wieder«, sagte er beschwichtigend. »Und sobald Irden da ist, schauen wir gleich nach Maila. Versprochen.«

Fiara konnte nicht mehr klar denken. Sie drückte einfach nur noch ihren Kopf gegen Roys Brust und weinte bitterlich.

***

Es dauerte noch etwas, bis Samsa, Irden und Finn ebenfalls aus der Höhle kamen.

Der Erdwächter nickte Roy dankbar zu und machte sich dann mit Finns Hilfe daran, die Steine zurück an ihren ursprünglichen Ort zu bringen.

Finn scheint der Luftwächter zu sein, dachte Fiara, als sie durch den Schleier ihrer Tränen sah. *Wir haben es geschafft. Und gleichzeitig haben wir so viel verloren.* Sie schüttelte ungläubig ihren Kopf.

Sobald der Weg frei war, rannte sie den Weg zum Lager hinunter. Ihre Tränen ließen sie nur verschwommen sehen, doch die schmerzerfüllten Gedanken der kleinen Mila leiteten sie an die Stelle, an der die Wasser-Wächterin Maila lag.

Um die kleine Katze herum hatte sich ein Kreis gebildet und einer der Älteren hatte sich bereits über die weiße Katze gebeugt.

Anders als vorhin war das Einzige, was Fiara nun hören konnte, das leise Flüstern der anderen Caet. Und das Schluchzen der kleinen Mila, welche ihren Kopf in das nasse Fell ihrer Mutter drückte.

Langsam trat Fiara näher. »Es tut mir so leid«, flüsterte sie kaum hörbar.

»Mama. Mama. Mama«, schluchzte die kleine Katze unaufhörlich. Und gerade als Fiara sich umdrehen wollte, um nach ihrem Freund zu schauen, kam Roy mit einem Päckchen Kräuter im Maul um die Ecke.

Der Älteste, der ebenfalls vor der leblos am Boden liegenden Wächtern saß, schüttelte traurig den Kopf.

»Ich weiß nicht, ob sie es schaffen wird«, sagte der alte Caet mit brüchiger Stimme. Dann ging er einen Schritt zurück, um dem schwarzen Caet den Blick auf Maila freizugeben.

»Hallo, Kleines«, sagte Roy vorsichtig zu Mila. Doch die junge Katze antwortete nicht. »Ich müsste mal deine Mama abhorchen, ist das okay?«

Die kleine Katze rührte sich nicht von der Stelle.

Vorsichtig legte der alte Heiler seinen Schwanz an Roys Schulter. »Lass das die erfahrenen Heiler machen«, entgegnete er behutsam.

Doch Roy drückte sich an ihm vorbei.

»Mila, komm. Wir müssen deiner Mama helfen. Sie soll doch wieder gesund werden.« Fiara ging einen Schritt auf Mila zu und stupste sie sanft an.

»Du musst sie gesund machen!«, rief sie noch immer unter Tränen. »Gib mir dein Katzenehrenwort«, forderte sie zitternd.

»Das kann ich nicht«, entgegnete Fiara traurig. »Diesmal kann ich das nicht.«

Schluchzend drehte sich Mila um und lief der silbernen Katze direkt in die Arme.

Fiara nickte Roy zu und dieser machte sich sogleich an die Arbeit.

»Ihr Lieben.« Es war Irden, der nun vom Felsvorsprung aus seine Worte an das Volk der Caet richtete.

Inmitten der Caet wurde es totenstill.

Fiara konnte sehen, wie beinahe jeder an seinen Lippen hing.

Neben dem Erdwächter stand Finn, der, ebenso durchweicht wie Irden, seinen Blick über das Lager schweifen ließ.

»Das letzte Jahr muss hart für euch gewesen sein und ich kann euch versprechen, wir werden alles tun, damit ihr so schnell wie möglich wieder zurück zu eurem gewohnten Alltag findet.«

»Wir, eure Wächter, waren niemals verschwunden. Wir sind niemals weggelaufen oder was auch immer Joel euch gesagt haben mag.« Irden schloss für einen Moment seine Augen. »Wir, das sind Finn, Maila und Fiara –«

Schlagartig begann das Getuschel.

Einige der Caet starrten Fiara feindselig, andere neugierig an. Doch alle Blicke hatten eins gemeinsam: Verwunderung.

»Ja, ihr habt richtig gehört. Fiara ist eine Wächterin. Sie ist das fünfte Element. Die Seelenwächterin. Und sie ist wichtig für unser Gleichgewicht«, fuhr Irden unbeeindruckt fort.

»Sie ist ein Mensch!«, rief einer aus der Menge.

»Ja.« Irden nickte. »Sie ist zur Hälfte ein Mensch, genau wie viele von euch.«

Zustimmendes Gemurmel.

»Ich glaube nicht, dass wir uns vor den Menschen fürchten müssen. Vielmehr sind wir es, vor denen wir Angst haben sollten. Das haben wir alle nun am eigenen Leibe miterleben müssen.«

Fiara sah, dass die meisten der Caet nickten. Die Macht, die dieser Wächter mit seinen Worten auf die Katzen hatte, war beeindruckend. Sie bewunderte ihn.

»Also lasst uns nun das Beste aus der Situation machen. Wir Wächter werden bald – zusammen mit euch – über das Schicksal von Joel entscheiden. Seid gewiss, dass wir von nun an und bis in alle Ewigkeit mit Freuden jeden Wechsel spirituell begleiten werden!«

Nun wurde es laut. Freudenschreie, Jubel, selbst Fiaras Gedanken wurden von Glücksgefühlen geflutet.

Doch ihr Blick galt Roy.

Ihm und der weißen Wächterin Maila, die noch immer leblos auf dem Boden lag.

Ein Tag später

»Bitte, Fiara, wir brauchen dich hier«, sagte Irden beinahe flehend.

Doch Fiara schüttelte den Kopf. »Nein, ich muss zu meiner Mutter. Ich habe sie schon viel zu lange im Unklaren gelassen.«

Die Katze und ihre Freunde standen in der Heilerhöhle des Lagers, wo Roy sich aufopferungsvoll um die schwer verletzte Maila kümmerte. Sie lebte, doch niemand konnte sagen, wie lange noch. Ihr Atem ging rasselnd und die kleine Mila wich ihrer Mutter keine Sekunde lang von der Seite.

Der Erdwächter kaute auf seiner Unterlippe. So nervös sah Fiara ihn zum ersten Mal.

»Begleitest du mich nach Hause, Samsa?«, fragte sie an ihre Freundin gewandt.

»Natürlich.«

»Kann ich mitkommen?«, fragte Irden unvermittelt.

Fiara und Samsa blickten ihn verwundert an.

»Ähm, aber sicher ... Nur, warum?«, fragte die Seelen-Wächterin überrascht.

»Nun ja.« Irden druckste seltsam herum. »Sagen wir so ... Ich kenne sie.«

»Du kennst meine Mutter?« Völlig entgeistert wäre Fiara ihm beinahe ins Gesicht gesprungen. »Du kennst sie und sagst nichts?«

»Ich habe es ja jetzt gesagt ...«, stammelte er.

Das find ich alles sehr seltsam, hörte Fiara Samsa in ihren Gedanken. Einen Moment lang herrschte Stille.

Glaubst du ... Glaubst du, es könnte sein, dass er ... dein Vater ist?

Fiara schüttelte wild ihren Kopf. »Nein!«, sagte sie etwas zu laut.

Aber warum? Das wäre doch nicht schlimm, entgegnete Samsa wieder in ihren Gedanken.

Sie hat Recht. Warum wäre das schlimm? Weil er sie so früh verlassen hatte? Wo war er dann all die Jahre vor seiner Gefangennahme? Fiaras Gedanken rasten.

Und Samsa schwieg.

»Ich darf also nicht mitkommen?«, hakte er ungeduldig nach, während er unsicher von einer auf die andere Pfote trat.

»Von mir aus schon«, sagte Fiara und rollte mit den Augen. »Bist du denn mit ihr verwandt?«, fragte sie beiläufig. Natürlich war es nicht beiläufig. Es interessierte sie wirklich, brennend sogar. Aber irgendwie traute sie sich nicht, ihn direkt zu fragen.

Irden hielt geräuschvoll den Atem an. »Äh, nein, nicht wirklich«, presste er zwischen den Zähnen hervor. So völlig aus der Fassung kannte sie den Wächter überhaupt nicht.

Nervös kaute Fiara auf ihrer Unterlippe, dann wandte sie sich an Samsa, die noch immer im Eingang der Höhle stand und sie musterte. »Ich wollte dich das schon die ganze Zeit fragen, wo ist eigentlich Nala?«

Samsas Ohren zuckten. »Darüber reden wir ein andermal«, entgegnete die Katze abweisend.

Ist ihr etwas passiert? Als ich sie das letzte Mal in Samsas Bau gesehen habe, war sie noch völlig gesund.

»Sag es mir«, forderte Fiara.

»Sie soll es dir selbst sagen, sobald sie wieder hier ist«, antwortete Samsa daraufhin.

Fragend verzog die silberne Katze ihr Gesicht. »Wieso so rätselhaft?«

»Das war ihre eigene Entscheidung. Sie wird es dir selbst sagen.«

Fiaras Blick wanderte zu Roy herüber, doch dieser schüttelte nur den Kopf.

Sie war eines Tages einfach verschwunden. Scheinbar hat sie vorher mit Samsa geredet, ich weiß leider von nichts, erklärte der Kater ihr in ihren Gedanken.

»Das ist doch lächerlich«, knurrte Fiara unzufrieden.

»Wenn du deine Mutter besuchen willst, sollten wir jetzt langsam aufbrechen«, entgegnete Samsa, während sie ein paar Schritte aus der Höhle machte.

»Gut«, murmelte Fiara. »Wir sehen uns, Roy.« Die Katze drückte ihren Kopf liebevoll gegen seinen.

»Pass bitte auf dich auf«, flüsterte er. »Ich komme nach, sobald meine Pflichten hier getan sind.«

Fiaras Herz machte einen Hüpfer. Sie wusste, dass Roy zur Hälfte ein Mensch war. Und sie konnte nicht erwarten zu sehen, wie er als ein solcher aussah.

»Kommst du jetzt, du Turteltaube?«, neckte Samsa ihre Freundin. Mit einem schalkhaften Blick stürzte Fiara sich spielerisch auf die sandfarbene Katze und rannte dann zum Ausgang der Heilerhöhle.

Ich freue mich schon darauf, dich wiederzusehen, dachte sie, als sie einen letzten Blick auf den schwarzen Caet warf.

Dann machte sie sich mit Irden und Samsa auf in Richtung des Baums der Wechsel.

Graveland

Hochzeitstag

Fiara fühlte sich frei, als sie endlich den Fuchsbau in Richtung ihrer Heimat verließen.

Sie hatte gar nicht bemerkt, dass sie auf dem Weg durch die Tunnel bereits ihre Menschengestalt angenommen hatte.

Noch etwas wackelig auf den Beinen hob sie ihre Hände vor das Gesicht und bewegte die Finger.

Das ist so seltsam, dachte sie kopfschüttelnd.

Hinter ihr kamen Samsa und Irden aus dem Tunnel gelaufen. Die im Vergleich zu den Caet kleinen, niedlich aussehenden Hauskatzen miauten und sie musste unvermittelt grinsen.

»Na, ihr Süßen, das ist eine verrückte Welt, was?«

Wie zur Bestätigung begann Samsa, sich um ihre Beine zu schlängeln.

»Also gut, gehen wir meine Mutter besuchen.« Mit einem komischen Gefühl im Bauch verließ Fiara die Lichtung und ging durch den Wald. Sie hatte den Eindruck, dass der Weg ins Dorf deutlich länger war als damals der Weg zum Fuchsbau. Doch es war schon so lange her, dass sie das nicht mehr mit Sicherheit sagen konnte.

Als sie zwischen dem letzten Paar Eichen hindurchschlüpfte, konnte sie bereits den alten, hölzernen Zaun und die kleine Hütte ihrer Mutter sehen.

»Was zum Geier ...?« Fiara blieb der Mund offen stehen, als sie sah, dass vor ihrem Haus ein riesengroßer Menschenauflauf war.

Sie blickte die beiden Katzen an, die links und rechts neben ihren Beinen standen. Doch Samsa und Irden sahen sie genauso ratlos an. Augenblicklich drängte sich Angst durch ihren Körper. *Ist meiner Mutter etwas passiert?*

Eine Mischung aus Zweifel, Schuld und einer dunklen Vorahnung trieb ihr einen Stich in die Magengegend.

Dann begann sie zu rennen. Sie rannte – so gut es ihre zurückgewonnenen Beine eben konnten – hinunter zum Dorf. Der Wind wehte durch ihre Haare, welche sie noch immer zu einem Zopf zusammengebunden hatte.

Das Gras quietschte unter ihren abgewetzten Schuhen, vermutlich hatte es vor Kurzem geregnet. Und obwohl die Luft rein war und der Himmel nicht blauer hätte sein können, lag etwas in der Luft, das Fiara schwer zu Boden drücken wollte.

»Träum ich?«, fragte sich Fiara laut, als sie am Eingang des Dorfes zum Stehen kam.

Überall befanden sich Blumen und Gestecke und jeder, den sie sah, war ganz besonders schick angezogen.

Da! In der Dorfmitte ... Das ist ... Das ist ... Mutter!

Da stand tatsächlich ihre Mutter gehüllt in ein strahlend weißes Kleid.

Irden begann zu rennen.

»Warte, Irden!«, konnte Fiara gerade noch rufen, als ihr Gerla bereits mit zackigen Schritten entgegenkam.

»Das wirst du nicht zerstören, dumme Göre!«, herrschte sie das Mädchen an.

Fiara blieb abrupt stehen, wich einen Schritt zurück und wäre beinahe über Samsa gestolpert.

Ehe sie sich versah, hatte die alte Gerla bereits Fiaras Arm fest umklammert und rief nach Serena, welche sofort herbeieilte. Gemeinsam hielten sie die um sich tretende Fiara fest, die mit aufgerissenen Augen sah, wie ein Mann sich – wie selbstverständlich – neben ihre Mutter stellte. Er war ganz in schwarz gekleidet und plötzlich fiel es Fiara wie Schuppen von den Augen.

Er wird meine Mutter heiraten.

»Nein!«, schrie Fiara, noch bevor Gerla ihr mit ihrer schrumpeligen Hand den Mund zuhalten konnte.

Da drehte sich Frea plötzlich um und blickte direkt in Fiaras angsterfüllte Augen.

Eine Träne rann über ihr Gesicht, als sie ihre Tochter und den dunkelbraunen Kater erkannte.

»Diese Ehe ist unwiderruflich«, sagte Gerla zufrieden. »Und du bist hier ab heute nicht länger willkommen.«

Ende von Band 1

Danksagung

Auch wenn das vielleicht seltsam klingt: mein Dank gebührt allen voran meinen Katzen (Lyra, Hel, Loki und Gimli), denn ohne diese wundervollen Tiere wäre das Caet-Universum gar nicht erst entstanden.

Außerdem danke ich meinem Freund Dani, der bereits vor langer Zeit die Rohversion dieser Geschichte lesen durfte - und mich bei allem was ich tue so bedingungslos unterstützt.

Katzen. Wunderbar einfühlsame, aber auch eigenwillige Tiere, nicht wahr? Ich hoffe, ich konnte dich etwas in die Welt der sanftmütigen Tiger entführen.

Das Abenteuer ist noch nicht zu Ende und ich kann dir jetzt schon versprechen, **Caet 2** wird noch einmal alles auf den Kopf stellen, was du bisher erfahren hast. Vielen Dank an dieser Stelle, dass du mein Herzensprojekt unterstützt und gelesen hast! :)

Dann gilt mein Dank natürlich auch dem Wreaders Verlag und allen, die an meinem Projekt bisher mitgearbeitet haben und noch mitarbeiten werden. Es war mir ein ganz besonderes Bedürfnis, das Caet-Universum in die Hände dieses Verlags zu legen. Vielen Dank, dass ihr mir das alles ermöglicht habt!

Ich danke Sam, für die endlosen WhatsApp-Stunden, Voicemails und aufmunternden Worte. Dafür, dass du immer für mich da bist.

Fiaras Reise ist noch nicht zu Ende. Wenn du für diese Geschichte genauso brennst wie ich, dann wirst du auf meinem Instagram-Account **@ryvie.fux** garantiert auf deine Kosten kommen!

Bis bald
deine *Ryvie*

Personenverzeichnis:

Bron:	*Bewohner von Graveland*
Fiara:	*Tochter von Frea, silberne Caet mit leichten schwarzen Streifen*
Finn:	*Wächter der Luft, grau getigerter Kater*
Frea:	*Mutter von Fiara*
Gerla:	*Dorfälteste in Graveland*
Irden:	*Wächter der Erde*
Joel:	*Herrscher von Klevefelz, Wächter des Feuers, silber-blauer Caet mit nur einem Ohr*
Lira:	*oberste Wache von Joel, rostbraune Caet mit einer Narbe über dem Auge*
Lyk:	*Wache von Joel, dreifarbiger Caet*
Maila:	*Wächterin des Wassers, weiße, kleinere Caet*
Mila:	*junge, schwarze Caet mit einem weißen Fleck auf der Brust*
Nala:	*Freundin von Roy und Samsa, kleinere, schneeweiße Caet mit schwarzer Schwanzspitze*
Roy:	*Freund von Nala und Samsa, muskulöser, großer, nachtschwarzer Caet mit saphirgrünen Augen*
Samsa:	*Freundin von Fiara, sandfarbene, große Caet mit buschigem Schwanz, Ohrpinseln und blauen Augen*
Serena:	*Dorfbewohnerin und Gerlas Gehilfin*
Vell:	*Onkel von Mila, alter, gebrechlicher, roter Caet*
Vero:	*Wache von Joel, rot getigerter, kräftiger Caet*